DIE MELODIE DER FLAMMEN

DIE WILDSONG SERIE

BUCH ZWEI

TRICIA O'MALLEY

LOVEWRITE PUBLISHING

Die Melodie der Flammen
DIE WILDSONG-SERIE
BAND ZWEI

Übersetzung: Daniel Friedrich – www.translatebooks.com
Deutsches Korrekturlektorat: Annette Glahn
Englisches Lektorat: Jena O'Connor; David Burness

Lovewrite Publishing: 382 NE 191st, st#24553, Miami, FL, USA,
33179-3899

„Halte das kleine Feuer am Brennen, wie klein es auch sein mag, wie versteckt es auch sein mag." – Cormac McCarthy

Das Feenreich

Danula

Helle Fae, regiert von der Göttin Danu

Elementar-Fae

Der königliche Feenhof der Danula
überwacht die Elementar-Fae

Wasser-Fae

Feuer-Fae   Feuer-Fae

Luft-Fae

Domnua

Dunkle Fae, regiert von der Göttin Domnu

PROLOG

Die wahren Schicksalsgefährten,
Treffen sich eines Tages.
Am Tor der Liebe stehend,
Ist ihre Ehe vollendet.
Beiden unbekannt,
Sind ihre Wege vorgezeichnet.
Sie haben den Eid geleistet,
Ihre Herzen haben gesprochen.

Goldene Augen, die von innen heraus zu leuchten schienen, starrten sie durch die Flammen des Lagerfeuers an. Sorcha Kelly war stolz darauf, dass sie nie vor einer Herausforderung zurückschreckte, und so begegnete sie dem Blick des Mannes direkt und hob ihr Kinn. Ein Lächeln umspielte seine Lippen, und Hitze durchzuckte sie, als er eine Hand hob und sie mit einem Finger zu sich winkte. Sorcha ignorierte die Anziehung und hob verächtlich eine Augenbraue. Der Mann hatte sich geirrt, wenn er glaubte, sie würde einer solchen Aufforderung nachkommen.

Als Königin ihres eigenen Schicksals wandte sich Sorcha vom Feuer ab und folgte dem immer heftiger werdenden Schlag der Trommeln, der ihr Inneres zum Beben brachte. Dieser Musik konnte sie nicht widerstehen, und Sorcha wippte im Rhythmus mit, während sie sich ihren Weg über das Festivalgelände bahnte. Sie lachte, als irgendeine Frau ihre Hand ergriff und sie in eine Reihe improvisierter irischer Tanzschritte zog. Tanzen war Sorchas Lieblingssprache, und sie ließ sich ganz natürlich auf den Takt ein, lachte und warf ihre kirschroten Locken über die Schulter. Musik, Lachen und Kreativität waren ihr Treibstoff, und das Kunstfestival erfüllte ihre Seele an diesem Wochenende.

Das als „Burning Man Irlands" angekündigte Ring of Fire Festival ermutigte Künstler aller Art, sich ein Wochenende lang zu versammeln und Kunst zu schaffen, die die Seelen in Brand setzen sollte. Diese Art von Veranstaltungen waren wie ein Lebenselixier für Sorcha. Sie hatte ihre Sachen und Ausrüstung gepackt, und war mit Betty Blue, ihrem treuen Wohnmobil, zu dem in den irischen Hügeln gelegenen Festival gefahren. Sie hatte jahrelang als Freiberuflerin in den darstellenden Künsten gearbeitet, vor allem in den Bereichen Tanz und Akrobatik, und arbeitete gerade an einer neuen Fähigkeit, die ihr Interesse geweckt hatte – dem Feuertanz.

Diese Kunstform war sowohl bei Fotografen als auch

beim Publikum, das Live-Performances bei seinen Veranstaltungen wünschte, immer beliebter geworden. Sorcha wurde für alles Mögliche gebucht, von Hochzeiten bis hin zu Fotoshootings, und begann endlich, sich ein geregeltes Einkommen zu sichern. Zum ersten Mal seit Jahren erlaubte sie sich, ihre Kunst und ihren Lebensstil ohne die schweren Schuldgefühle, die ihre Familie ihr auferlegt hatte, auszuleben.

Mit ihren sechs Schwestern war Sorcha nur eine Nebendarstellerin in einer langen Reihe von Enttäuschungen für ihren Vater gewesen. Sie hatte beobachtet, wie der Rest ihrer Geschwister versuchte, seinen Erwartungen gerecht zu werden, und schnell erkannt, dass sie dieses Spiel nie gewinnen würde. Sie war sich ziemlich sicher, dass die einzige Möglichkeit, die Anerkennung ihres Vaters zu gewinnen, eine Reise zurück in die Zeit und die Geburt als Mann gewesen wäre. Sie hatte zwar viele Talente, aber Zeitreisen gehörten nicht dazu, und kurz nachdem sie volljährig geworden war, hatte sie sich auf den Weg in die Welt gemacht.

Oh, aber wie sie ihr Leben jetzt liebte! Sorcha lachte, als die tanzende Frau ihr einen Kuss auf die Wange drückte, und sie machte einen kleinen Knicks, bevor sie zurück zu Betty Blue ging, um ihren Isolierbecher mit Wein zu füllen. Dort hielt sie inne, lehnte sich gegen den kühlen Stahl ihres Wagens und betrachtete die Szene.

Die Sonne war längst untergegangen, und der Vollmond schien hell auf die Lagerfeuer in den Hügeln. Zwischen den Zeltplätzen waren Lichterketten aufgereiht, und Musik und Gelächter stiegen zu den sanft funkelnden

Sternen auf. Alle hier hatten ein gemeinsames Interesse – kreativ zu sein – und die Lebensfreude und Liebe, die man unter diesen Menschen fand, gaben Sorcha das Gefühl, dass ein freudiges Feuer in ihr brannte. Der Name dieses Festivals war treffend gewählt, dachte sie, als sie einen Schluck von ihrem Wein nahm.

„Du hast mich ignoriert."

Sorcha zuckte zusammen, der Wein spritzte ihr von den Lippen, als sie sich umdrehte und den goldäugigen Mann neben sich stehen sah. Er hatte sich so leise wie ein Windhauch genähert, und Sorcha nahm sich ein paar Sekunden Zeit, um ihn genauer zu betrachten und zu sehen, ob sie ihn einordnen konnte. Sie reiste nun schon seit Jahren allein, und ihr Instinkt hatte sie bisher sicher beschützt.

„Du glaubst doch nicht etwa, dass der Weg zum Herzen einer Frau darin besteht, sie mit einem Finger zu sich zu winken?"

„Ach? Du ziehst es also vor, diejenige zu sein, die Forderungen stellt?" Der Mann schenkte ihr ein seidiges Grinsen. Das Leuchten in seinen goldenen Augen verriet Sorcha, dass ihn dieser Austausch amüsierte.

„Ich ziehe es vor, das Sagen zu haben, ja. Vielen Dank. Hast du denn einen Namen? Oder soll ich dich einfach frecher Löwe nennen?"

Daraufhin warf der Mann den Kopf zurück und lachte, wobei sich Sorchas Zehen kräuselten. Sie war auf seltsame Weise fasziniert. Obwohl es auf dem Fest erwünscht war, sich zu verkleiden, hatte Sorcha den Eindruck, dass dieser Mann seine gewöhnliche Kleidung trug. Eine rote Lederhose, ein schwarzes T-Shirt mit langen Ärmeln und goldbraunes Haar mit roten Strähnchen trugen dazu bei, dass er wie ein Löwe aussah. Es waren jedoch die Augen, die sie einen zweiten und dann einen dritten Blick werfen ließen. Er musste farbige Kontaktlinsen tragen, denn der Effekt, den seine goldenen Augen hatten, war verblüffend und fesselnd zugleich. Sorcha trat näher heran. Dieser Mann war ausgesprochen gut aussehend, mit kantigen Wangenknochen und einem markanten Kiefer, und er verströmte eine Selbstsicherheit, die für die meisten Männer in schreiend roten Lederhosen nicht so leicht zu erreichen wäre.

„Da wärst du sicherlich die Erste. Mein Name ist Torin. Und wie lautet Eurer, meine Zauberin?" Die Worte kamen säuselnd von seinen Lippen, ihre Hitze brannte direkt in ihrem Inneren.

„Sorcha." Sie nahm einen Schluck von ihrem Wein, da ihre Kehle trocken geworden war, während Torin sie mit der gleichen Intensität musterte, mit der sie ihn betrachtete.

„Und ist das nicht der perfekte Name für eine Frau mit deinem Charakter? Ich finde dich unfassbar schön."

Die Worte, die er so leichthin aussprach, beeindruckten Sorcha. Sie klangen völlig aufrichtig. Tränen drohten zu kommen, und sie zwang sich, den Blickkontakt abzubrechen und einen Moment lang zum Festival hinüberzuschauen. *Skurril?* Ja. *Interessa*nt. Auf jeden Fall. Aber *schön?* Nein, auf diese Art von Komplimenten war Sorcha noch nie hereingefallen. Auch wenn es nur eine weitere Anmache war, um sie ins Bett zu kriegen, die Überzeugung, mit der er seine Worte ausgesprochen hatte, hallte tief in ihr nach.

„Sind deine Augen echt?" Sorcha drehte sich noch einmal zu Torin um.

Seine Lippen schürzten sich und er setzte das schmollende Halblächeln auf, das schon einmal ihr Interesse am Feuer geweckt hatte. Er streckte eine Hand aus.

„Tanzt du mit mir?"

„Mal sehen, ob du mithalten kannst", sagte Sorcha und hob erneut herausfordernd ihr Kinn. Sie leerte ihren Wein, stellte den Becher hinter das Lenkrad von Betty Blue und ergriff Torins Hand. Ein Hitzeschock durchfuhr sie, und sie keuchte, als er ihre Hand festhielt, statt sie loszulassen. Als sie sich umdrehte, sah sie ihm im Mondlicht in die Augen und las die Einladung, die in ihnen lag.

Sorcha schluckte, da sie auf diese Anfrage nicht vorbereitet war, und zog ihn stattdessen in einen Kreis von Menschen, die um ein großes Lagerfeuer zu einer eindringlichen keltischen Melodie tanzten. Die Dudelsackspieler traten vor und erhöhten das Tempo des Liedes, während Sorcha ihre Augen schloss, um dem Takt zu folgen. Torins Hände umkreisten ihre Taille, und dann zog er sie in seine Arme. Sorcha schwebte mit und ließ sich in einen fließenden Tanz ziehen, die Wärme seiner Berührung belebte sie.

Die Zeit schien sich zu verlangsamen, als sie in einen uralten Rhythmus verfielen, während die Musik sie antrieb. Sie drehten und wendeten sich, ihre Körper berührten sich und ihre Blicke blieben aneinander hängen. Torin folgte Sorcha Schritt für Schritt, forderte sie mit seinen Bewegungen heraus, und seine braunen Augen versengten ihre. Die Nacht wurde länger, und Sorcha fand sich in dem Zauber gefangen, den er ausübte.

Die Flammen werden tanzen,
Feuer erhellt die Dunkelheit,
Die Liebe braucht nur einen Funken,

Um ihre Chance zu bekommen.

Mit heiserer Stimme und einem Blick, in dem sich Lust und etwas viel Zärtlicheres spiegelten, fuhr Torin mit einem Finger über ihre Lippen, während er sang. Berauscht von ihm, nahm Sorcha seine Hand und zog ihn zurück zu Betty Blue, wo sie ihn auf ihr Bett zog und ihren Körper so um seinen schlang, wie sie miteinander getanzt hatten. Wie gebannt fanden sie Vergnügen im Körper des anderen, während das Pulsieren der Trommeln den Puls ihrer Herzen widerspiegelte, und Lust und Feuer ihre intimsten Tänze antrieben. Flammen zuckten durch Sorchas Adern, das Verlangen erstickte sie fast, als sie Torins intensivem Blick begegnete, bevor er erneut ihren Mund nahm. Licht blitzte auf, und Sorcha schreckte auf, aber Torin nahm sie noch einmal in die Arme und lenkte ihre Aufmerksamkeit wieder auf seine Berührung. Erst gegen Morgengrauen, nachdem sie gesättigt waren, fielen sie auseinander und rangen nach Atem.

Sorcha blinzelte an die Decke ihres Wohnmobils, wo sie ein wunderschönes Bild angebracht hatte: Die Sonne, die ihre feurigen Strahlen über ein stürmisches Meer warf. Sie drehte sich um, um zu sprechen...

Niemand war da.

Torin war verschwunden. Keuchend setzte sich Sorcha auf und presste ihr Top an ihre nackte Brust. Schweiß rann ihr den Rücken hinunter. Hatte sie sich die ganze Begegnung nur eingebildet? Ihr Verstand versuchte, sich einen Reim auf die letzten Stunden zu machen, denn alles in ihr schrie danach, dass das Erlebnis mit Torin echt gewesen war.

Hitze breitete sich in ihrer Handfläche aus, bis hin zum

Schmerz, und ein tief verwurzelter Drang zwang Sorcha, ihre Hand zu öffnen. Als eine einzelne Flamme, nicht größer als die einer kleinen Kerze, aufflackerte und über ihrer Handfläche schwebte, schloss Sorcha ihre Augen gegen die drohende Panik.

Hatte sie an diesem Abend mit dem falschen Mann getanzt?

KAPITEL EINS

Der Anblick des Mother Jones Flea Market ließ Sorchas Herz immer höher schlagen. Wenn sie Zeit hatte, liebte sie nichts mehr als einen Nachmittag, an dem sie sich durch die Stände wühlte, um ein kurioses Schmuckstück oder ein Vintage-Outfit für ihren Auftritt zu finden. Aufgrund ihres Terminkalenders kam Sorcha nur noch etwa einmal im Monat nach Cork, aber sie nahm sich immer Zeit für einen Besuch bei Mother Jones. Der dunkelblaue Eingang war mit bunten Blumensträußen geschmückt, und als sie das Gebäude betrat, stieg die vertraute freudige Erregung in ihr auf. Der Duft von Zedernholz gemischt mit Vanille von einer Kerze, die fröhlich auf dem Tresen flackerte, hing in der Luft, und Sorcha strahlte eine der Verkäuferinnen an, die dort regelmäßig arbeiteten.

„Hi, Sorcha. Hast du wieder einen Auftritt?"

„Hallo, Talia. Ja, man hat mich heute Abend für eine Hochzeit gebucht. Aber ich arbeite an einem neuen Programm. Ich bin mir noch nicht sicher, was ich Neues machen will ... ich denke an einen Reifen oder einen Tanz-stab ..." Sorcha schürzte ihre Lippen und legte den Kopf schief, während sie darüber nachdachte. Beiläufig streckte sie die Hand aus und fuhr über einen Wollschal, der um den Hals eines Plüschschafes hing.

„Und du willst ein völlig tadelloses Stück Kunst in Brand setzen? Ist es das, was ich höre?" Talia warf ihr im Spaß einen bösen Blick zu.

„Nein, nein ... versprochen. Ich würde niemals ein Vintage-Stück in Brand stecken." Sorcha hob eine Hand, als würde sie einen Schwur ablegen. „Ich denke an den akrobatischen Teil der Show. Heute Abend werde ich mit Feuer arbeiten, aber auch verschiedene Posen einnehmen ... ich glaube, in einem lebensgroßen Martiniglas? Ich muss es mir ansehen, wenn ich dort bin. Sie wollten eine Hochzeit mit Zirkusthema. Es ging irgendwie darum, dass der letzte Moment, den die Braut mit ihrem Vater hatte, im Zirkus war. Ich glaube, das ist ihre Art, ihn an ihrem besonderen Tag miteinzubeziehen."

„Na, das hört sich doch lustig an, oder? Man stelle sich das vor..." Talia schüttelte den Kopf. „Eine Zirkus-hochzeit."

„Solange ich bezahlt werde, bin ich glücklich", kicherte Sorcha. „Aber ich trete gerne auf Hochzeiten auf, weil die Stimmung dort meist sehr gelöst ist."

„Nun, gestern kam eine neue Ladung rein und wurde heute Morgen ausgepackt. Ich bin noch nicht dazu gekommen, alles zu kategorisieren, aber ein paar der Verkäufe-rinnen laufen herum und legen ihre Sachen in ihre Stände. Sag mir Bescheid, wenn du einen Hingucker findest – ich würde gerne sehen, welche Ideen du hast."

„Wird gemacht. Ich habe ein gutes Gefühl für heute." Sorcha rieb sich voller Vorfreude die Hände. Stöbern war für sie wie ein Sport, und Adrenalin durchströmte sie, als sie begann, durch die engen Reihen zwischen den Ständen zu schlendern. Der Flohmarkt war so aufgebaut, dass jede Verkäuferin ihren eigenen Platz hatte, um ihre Waren zu präsentieren, und so entstand ein – nach Sorchas Meinung – fröhliches Durcheinander von Schätzen aller Art.

„Nicht im Ernst...", hauchte Sorcha und sprang zu einem Kleiderständer. Eine paillettenbesetzte Motorradjacke hing auf einem gepolsterten Bügel, und Sorcha zog sofort ihre Handtasche und ihren Mantel aus und ließ sie kurzerhand auf den Boden gleiten. Sie schob ihre Arme in die Ärmel der Jacke und drehte sich um, um sich in einem staubigen Ganzkörperspiegel zu betrachten. Die Jacke passte fast perfekt, obwohl die Arme ein wenig schlaff waren. Sorcha schob die Ärmel hoch, rollte sie ein wenig auf und drehte sich hin und her, um sich aus verschiedenen Blickwinkeln zu betrachten. Roségoldene Pailletten bedeckten die Ärmel und den Rücken der Jacke, und der Saum war aus abgenutztem grauem Leder gefertigt. Sorcha strich sich die selbstgefärbten, kirschroten Haare aus dem Gesicht, und betrachtete ihr Spiegelbild. Sie war klein, und hatte durch das lange Tanz- und Akrobatiktraining kaum ein Gramm Fett auf den Hüften. Wenn sie ihr Haar kurz schneiden würde, war Sorcha sicher, dass sie als Junge durchgehen könnte. Sorcha war, abgesehen von der kleinsten Andeutung einer Kurve an der Taille, von oben bis unten rank und schlank, muskulös und federte immer auf ihren Absätzen. Sie sprühte stets vor Energie, und begegnete dem Leben mit Enthusiasmus und einem

Lächeln. Dabei tat sie ihr Bestes, um mögliche Schwierigkeiten, die ihr die Freude rauben würden, zu verdrängen.

„Normalerweise würde ich diese rosa Farbe nicht mit meinen Haaren kombinieren ...", sagte Sorcha laut.

„Es funktioniert", rief Talia ihr zu und besiegelte damit Sorchas Entscheidung. Nach einem kurzen Blick auf das Preisschild wanderte das stark reduzierte Stück schnell in ihre Einkaufstasche. Begeistert von ihrem Fund, obwohl sie nicht nach Jacken gesucht hatte, schnappte sich Sorcha ihren Mantel und ihre Handtasche vom Boden und ging in den hinteren Teil des Marktes, wo sich die Türen zum Lagerraum befanden. Dort tummelten sich mehrere Leute, die Kisten öffneten und Sachen auspackten.

„Banphrionsa."

Sorcha drehte sich bei den Worten um, eine Welle des Gewahrseins fuhr über ihre Haut, ihr Puls beschleunigte sich. Sie hatte nie Irisch gelernt, weil sie die Sommerkurse, die ihre Schwestern besucht hatten, geschwänzt hatte, so dass ihr die Bedeutung des Wortes nicht bekannt war. Ein Mann stand in einer schattigen Ecke, neben einem Stapel halb ausgepackter Kisten, und trug einen gewebten smaragdgrünen Umhang. Seine Aufmachung wirkte, als sei er ein Darsteller in einem Live-Rollenspiel. Er sah aus, als würde er sich gleich auf eine epische Reise begeben, und Sorchas Lippen verzogen sich. Sie mochte schräge Typen und bezeichnete sich selbst stolz als eine solche, und so ging sie fröhlich zu ihm.

„Ich habe nicht ganz verstanden, was Sie gesagt haben, mein Herr." Sorcha neigte den Kopf und versuchte, das

Gesicht des Mannes zu sehen, aber seine Kapuze war so tief ins Gesicht gezogen, dass sie nur ein Glitzern der silbernen Augen erkennen konnte. Die Gegenstände auf dem Tisch neben ihm schienen nicht recht zu seiner Aufmachung zu passen, und Sorcha blinzelte auf das rosa gemusterte Teeservice auf dem antiken Beistelltisch.

„Ein Geschenk."

Als Sorcha wieder aufblickte, blieb ihr der Mund offen stehen, als sie den Stab sah, den ihr der Mann hinhielt. Aufgeregt griff sie nach dem Stab... oder war es ein Spazierstock? Nein, es war auf jeden Fall ein Stab – wie einer, den ein Zauberer hoch oben auf der Klippe eines Berges schwang, während er sein Dorf weit unten überblickte. Keltische Knoten waren kunstvoll hineingeschnitzt, und oben befand sich ein abgegriffenes goldenes Herz, so groß wie ihre Hand, das ebenfalls mit demselben feinen Knotenmuster versehen war. Sorchas Mund wurde trocken.

Sie *musste* diesen Stab haben. Ihr gingen bereits alle Möglichkeiten durch den Kopf, wie sie ihn bei ihren Auftritten verwenden konnte, und das Herz an der Spitze wäre besonders schön, wenn sie auf Hochzeiten auftreten würde. Ja, das war genau der Gegenstand, nach dem sie heute gesucht hatte, und ihr Lächeln wurde breiter.

„Unglaublich. Was für ein schöner Stab. Was kostet er? Ist er sehr teuer? Vermutlich, bei dieser Handwerkskunst." Sorcha presste die Lippen zusammen, während sich ihre Hände um den Stab schlossen. Zwei Dinge geschahen gleichzeitig – die Lichter gingen aus, und Sorchas Arm wurde heiß, als hätte sie ihre Hand auf einen Elektrozaun gelegt. Okay, das war vielleicht ein bisschen dramatisch ausgedrückt, denn sie flog nicht quer durch den Raum oder so etwas. Aber sie bekam einen heftigen Schlag.

„Autsch", sagte Sorcha und nahm den Stab in die andere Hand. Sie schüttelte ihre Handfläche. „Das war mal ein heftiger Stromschlag." Stimmen erhoben sich im Raum, und Sorcha blinzelte überrascht, während das Licht wieder anging. Der Mann im grünen Umhang war verschwunden.

„Wo ist er nur hin? Ich habe ihn nicht einmal gehen hören." Sorcha schaute über ihre Schulter und suchte den Raum ab. Ein paar Leute blickten sich verwirrt um, bevor sie sich wieder dem Auspacken der Kartons widmeten. Unsicher, ob sie den Stab zurücklegen oder einfach mitnehmen sollte, hielt Sorcha inne und überlegte.

Sie lehnte den Stab gegen den Tisch und ließ ihn los – sie beschloss, Talia nach diesem Verkäufer zu fragen. Doch kaum hatte sie sich umgedreht, überkam sie eine Welle der Panik, die so schlimm war, dass sich ihr der Magen umdrehte und sie sich die Hand vor den Mund halten musste, aus Angst, sich zu übergeben. Sie drehte sich wieder um und betrachtete den Stab. Als sie einen Schritt näher kam, bemerkte Sorcha, dass die Übelkeit nachließ. Sie streckte ihre Hand aus und strich mit dem Finger über die kunstvollen Schnitzereien, während das ungute Gefühl vollständig verschwand.

„Also gut." Sorcha schloss die Augen und beruhigte ihre Atmung. Der letzte Mann, der spurlos vor ihren Augen verschwunden war, hatte ihr Leben für immer verändert und ihren Geist für neue Welten und Möglichkeiten geöffnet, und nun fragte sie sich, ob diese Episode mit ihrer zufälligen Begegnung mit Torin zusammenhing.

Sie träumte immer noch von ihm.

Mit der Zeit waren Sorchas Träume von Torin immer intensiver geworden, anstatt nachzulassen. Sie war an den Punkt gekommen, dass sie sich entweder jede Nacht auf den Schlaf freute, um ihn noch einmal zu sehen, oder sich in die Vergessenheit trank, um dem Griff dieses Mannes um ihr Herz zu entkommen. Die Träume waren ... nun, es war, als würde sie umworben werden. Sie picknickten zusammen, sprachen über ihre Interessen, reisten, tanzten in schummrigen Nachtclubs. Es war, als würde sie diesen Mann kennen. Als wüsste sie, was ihn zum Lachen brachte, was ihn abschreckte, was ihn ärgerte ... und doch war er nicht *real*. Nicht wirklich. Schließlich konnte sie ihn nicht finden, nicht wahr? Deshalb trank sie in manchen Nächten ein bisschen zu viel, um Torins Besuchen in ihren Träumen zu entgehen. Er hatte sie nicht nur so meisterhaft verführt wie kein anderer zuvor, er hatte ihr auch eine Fähigkeit verliehen, für die sie noch keine Erklärung gefunden hatte. Selbst jetzt, da sie diesen Stab in den Händen hielt, konnte Sorcha spüren, wie diese Kraft durch ihren Körper strömte – wie ein innerer Fluss aus Licht. Sie hatte ihre Fähigkeiten in den letzten zwei Jahren so verfeinert, dass sie in der Lage war, nach Belieben Feuer zu erzeugen.

Es verblüffte sie immer noch, aber diese neu entdeckte Fähigkeit hatte sie auch zu einer der begehrtesten Künstlerinnen Irlands gemacht. Sorcha hütete sich davor, ihre Gabe – oder ihren Fluch... je nachdem, wie man es sah – zu offenbaren. Aber nachdem sie sich damit abgefunden hatte, dass sie, nun ja, *Magie* besaß, hatte sie schnell beschlossen, sie zu ihrem Vorteil zu nutzen.

„Das ist ein wahres Schmuckstück, nicht wahr?"

Sie zuckte zusammen, als Talia hinter ihr sprach.

„Das ist es. Der Verkäufer ist ein seltsamer Typ, nicht wahr? Mit dem Umhang und allem?" Sorcha drehte sich um, den Stab in der Hand.

„Ich weiß nicht, wen du meinst, Kleine. Aber ich werde für dich nachsehen. Ich bin sicher, der Stab ist irgendwo aufgelistet."

„Er sagte mir, es sei ein Geschenk." Sorcha überraschte sich selbst mit ihren Worten. Sie war durch und durch ehrlich und würde nie jemanden ausnutzen. Aber sie wusste, dass sie sich den Preis für diesen Stab nicht würde leisten können, und er musste heute unbedingt mit ihr den Laden verlassen.

„Hat er das gesagt? Na, ist das nicht großzügig?" Talia zuckte mit den Schultern. „Na ja, notieren wir es trotzdem, und lass mir deine Telefonnummer da, falls es irgendwelche Probleme gibt, ja?"

„Na klar. Ich war selbst überrascht", gab Sorcha zu und trug den Stock zum Eingang des Flohmarktes. Selbst als sie ihn an den Tresen lehnte, um in ihrer Tasche nach der paillettenbesetzten Jacke zu kramen, merkte Sorcha, dass sich ihre Hände nicht gerne von dem Stock lösten.

„Diese Jacke ist zum Sterben schön. Tolle Fundstücke heute." Talia zog ein Notizbuch hervor und machte sich ein paar Notizen, bevor sie auf dem Computer herumtippte. „Ich sehe keinen Eintrag für den Stab und... ehrlich gesagt, auch keinen Namen des Verkäufers. Aber das passiert manchmal, wenn wir eine neue Ladung an Artikeln bekommen. Kann ich deine Telefonnummer haben?"

Sorcha zögerte, überrascht von sich selbst, dass sie eine falsche Nummer sagen wollte, zwang sich dann aber, die richtige Telefonnummer anzugeben. Sie war keine Lügnerin, und wenn dieses Ding jemand anderem gehörte, nun, dann war es eben so. Sie würde es akzeptieren müssen. Aber vorerst? Sie würde damit zu Betty Blue zurückkehren.

„Was wirst du mit dem Stab machen? Ihn wie einen Taktstock schwingen?", fragte Talia, nachdem sie Sorcha das Wechselgeld ausgehändigt hatte.

„Ich bin mir noch nicht sicher, um ehrlich zu sein. Aber er ist einfach zu schön, um widerstehen zu können, nicht wahr? Ich denke, ich muss mir ein paar Videos von Tänzern mit Stöcken angucken und sehen, ob ich ihn einbauen kann."

„So machst du es also? Um neue Ideen zu bekommen?"

„Oh ja, sicher. Ich schau mir alles auf YouTube an. Tanz und die darstellenden Künste haben eine lange Geschichte. Vergiss nicht, dass es keine neuen Geschichten gibt – nicht wirklich. Sie werden nur auf neue Weise erzählt. So ist es auch mit dem Tanz und der Performance. Ich schaue mir die Vergangenheit an und gebe ihr dann meinen eigenen Dreh."

„Nun, das klingt großartig. Viel Spaß!" Jemand rief Talia aus dem hinteren Teil des Marktes zu, und sie huschte mit einem kleinen Abschiedswinken für Sorcha davon. Sorcha schnappte sich den Stab und rannte fast aus dem Markt. Sie freute sich über ihren Fund, war aber auch nervös.

Ein Teil ihres Herzens – der Teil, den sie zu ignorieren versuchte – hoffte, dass es vielleicht ein Geschenk von Torin war. Einem Mann, über den sie nie wirklich hinweggekommen war – und den sie immer noch suchte.

Eines Tages würde sie ihn wiederfinden – und wenn es so weit war, würde er einiges zu erklären haben.

KAPITEL ZWEI

„Donal, ich habe keine Zeit für so etwas. Wir werden gebraucht. Die Feuer-Fae revoltieren, und wir müssen herausfinden, warum, bevor sie ganz Irland abfackeln."

„Aber für ein bisschen Spaß ist doch immer Zeit, oder?" Donal, Torins rechte Hand, grinste über einen dünnen Zigarillo hinweg. Der Rauch schwebte in der Luft, schwer von der Verheißung des Regens, und die verbliebenen Strahlen der Dämmerung warfen einen warmen Schein auf die gewölbte rote Tür des Pubs. Torin hatte Donal dort angetroffen, wo er die Einheimischen mit langen Geschichten erfreut und mehr als einer hübschen Dame, die durch die Tür kam, schöne Augen gemacht hatte. Torins Ungeduld wuchs, während er auf seinen Freund wartete, denn er wusste genau, dass er Donals Unterstützung brauchte, um die Feuer-Fae zu bändigen.

„Spaß? Du hast doch schon seit Wochen Spaß. Ich habe seit Monaten kaum eine Minute mehr mit dir verbracht.

Ich kann nicht behaupten, dass du besonders pflichtbewusst warst."

Donal legte sich in einer verletzten Geste die Hand aufs Herz, aber der freche Schimmer in seinen Augen zeigte Torin, dass ihn die Kritik nicht sonderlich störte.

„Du kommst mir immer mit ‚dieser Pflicht‘ und ‚jener Pflicht‘ – wann entspannst du dich mal?"

„Vielleicht wenn die Welt um uns herum nicht gerade dabei ist abzubrennen?" Torin warf die Hände hoch. „Du weißt doch, dass ich immer für eine kleine Party zu haben bin, wenn ich kann. Aber jetzt ist nicht der richtige Zeitpunkt. Ich brauche deine Hilfe, Donal. Die Domnua sind in der Nähe, und sie schüren den Ärger mit allen Fraktionen der Elementar-Fae. Ich glaube nicht, dass dies der richtige Zeitpunkt ist, es auf die leichte Schulter zu nehmen."

„Ach ja? Dann geh doch." Donal zuckte mit den Schultern, ließ seinen Zigarillo auf den Boden fallen und drückte ihn mit der Sohle seines Lederstiefels aus.

„Was ist in letzter Zeit mit dir los?", fragte Torin. Als königlicher Hofrat der Feuer-Fae war Torin dafür verantwortlich, alle Bereiche der Welt der Feuer-Fae zu überwachen und dafür zu sorgen, dass sie die Regeln befolgten, die die Danula für die Elementaren aufgestellt hatten, während gleichzeitig sichergestellt wurde, dass ihre Bedürfnisse erfüllt und sie versorgt wurden. Auf diese Weise gelang es den Danula, ein gesundes Gleichgewicht in der natürlichen Ordnung der Welt aufrechtzuerhalten, ohne dass die Menschen etwas davon mitbekamen.

Bis die Domnua, auch bekannt als die dunklen Fae, beschlossen hatten, aus ihrem erbärmlichen Reich zu kriechen und Ärger zu machen. Jetzt musste Torin dafür sorgen, dass die Feuer-Fae nicht von seinem Volk zu den dunklen Fae überliefen, und sie davon abhalten, nebenbei ganz Irland niederzubrennen. Donal war fast so mächtig wie Torin, auch wenn es ihm an Genauigkeit in seiner Magie mangelte, und er hatte sich im Laufe der Jahre als geschickte und hilfreiche Ergänzung seines Teams erwiesen. Aber in letzter Zeit? Er war oft weg, und Torin hatte die Abwesenheit zugelassen, weil er verstand, dass jeder von Zeit zu Zeit mal Dampf ablassen musste.

„Bist du es nicht leid, ständig nach der Pfeife der Königin zu tanzen?" Donal überraschte Torin mit dieser Frage.

Torin musterte seinen Freund, spürte, dass sich hinter der Frage etwas Tieferes verbarg, und ließ sich mit seiner Antwort Zeit. Torin lehnte sich mit dem Rücken an die Steinmauer des Pubs und blickte auf, während ein paar dicke Regentropfen vor ihm auf die Straße platschten. Mit Erleichterung betrachtete er die trüben Wolken, die tief am Horizont hingen. Auch wenn die Feuer-Fae Magie besaßen, konnten sie die Regeln der Elementargesetze nicht brechen. Das bedeutete, dass ein kräftiger Regen viele der kleinen Feuer löschen würde, die sie an diesem Morgen aus Protest entfacht hatten. Wenn sie weiterhin Feuer aus Protest entzündeten, würde Torin gezwungen sein, Nolan, den Anführer der Wasser-Fae, zu einem Gegenangriff zu rufen, und schon bald würde es zu einem regelrechten Krieg der Elemente zwischen ihnen kommen.

Das ist genau das, was die dunklen Fae wollten, überlegte Torin. Das war genau ihr Stil. Chaos stiften, Verwüstung anrichten und inmitten dieser Verwirrung nach der

Macht greifen. Die Danula mussten diesen Aufstand stoppen, bevor er sich zu etwas ausweitete, der den Göttinnen Anlass zu Tränen gab.

„Sie wurde von der Göttin Danu auserwählt, unser Volk zu führen, und sie tut dies mit fester und gerechter Hand", sagte Torin und kehrte zum Gespräch zurück.

„Schwestern." Donal machte ein abfälliges Geräusch, bevor er seinen Blick zum Himmel erhob. „So viel Streit, weil sich zwei Schwestern nicht vertragen konnten."

Torin hob eine Augenbraue. Die Geschichte der Göttinnen Domnu und Danu war kompliziert und voll von Legenden, Verrat und jahrhundertealten Flüchen, die in die Anfangszeit ihrer Welten zurückreichten. Dass Donal sie einfach auf einen Streit zwischen zwei Schwestern reduzierte, war... nun ja, gelinde gesagt, beunruhigend.

„Die Göttin Danu hat immer wieder bewiesen, dass sie auf der Seite des Lichts steht. Sie will, dass unser Volk gedeiht und dass die Menschen vor dem Unheil bewahrt werden, das ihnen droht, wenn die dunklen Fae in diese Welt eindringen. Sie vertraut uns die Aufgabe an, dafür zu sorgen, dass das natürliche Gleichgewicht der beiden Welten nicht gestört oder für das Böse missbraucht wird. Vergiss nicht, wie viele Leben durch Danu und ihre Gefolgschaft, die Danula-Fae, gerettet wurden."

„Vielleicht wäre es klüger gewesen, jeden für sich selbst kämpfen zu lassen." Donal richtete sich auf und zog einen weiteren Zigarillo aus einem kleinen Lederbeutel. Er blickte sich um, bevor er ihn mit einer kleinen Flamme an seiner Fingerspitze anzündete. Er warf Torin einen teuflischen Blick zu. „Du weißt schon ... das Überleben der Stärkeren und so."

Torin ließ den Atem heraus, den er angehalten hatte, denn er sah jetzt, dass Donal ihn nur ein wenig aufziehen wollte.

„Vielleicht. Ich für meinen Teil bin dankbar, dass es nicht so gekommen ist. Wir haben ein schönes Leben geführt, relativ frei von schweren Tagen, und ich glaube nicht, dass das so wäre, wenn die dunklen Fae hier frei herumlaufen würden, so wie sie es wollen." Torin ließ einen Finger in der Luft kreisen und zeigte auf die Straße. „Während wir die Menschen unendlich unterhaltsam und unverwüstlich finden, fürchte ich, dass die dunklen Fae das nicht tun. Und wo wärst du überhaupt ohne das hübsche Mädchen mit den sehnsuchtsvollen Augen, das dich heute Abend angelächelt hat?"

„Stimmt, das ist ein Pluspunkt für uns, nicht wahr? Die Möglichkeit, nach Belieben hierher zu kommen, wenn wir wollen", grinste Donal.

„Nicht alle von uns. Wie du weißt, können die Fae Abhängigkeiten von Menschen entwickeln. Aber genug von uns schlüpfen durch, um zu überwachen, wie die Dinge stehen. Die dunklen Fae tun das auch. Wir müssen ihre Portale finden, aber sie verlegen sie so häufig."

„Sieh mal ..." Donal hob das Kinn, als auf der anderen Straßenseite ein Strom von Autos auf einen Parkplatz fuhr. Menschen stiegen aus und eilten mit einem flüchtigen Blick zum Himmel hinein. Lachen und Rufe wurden vom Wind zu ihnen getragen. „Es ist eine Hochzeit. Das blonde Mädchen mit den melancholischen Augen singt dort heute Abend. Sollen wir hingehen? Ich liebe eine gute Party."

„Donal. Wir werden gebraucht, um ..." Torin brach ab, als sich der Himmel öffnete und Regen aus den Wolken schoss, der nur als überfallartig – oder freigiebig – beschrieben werden konnte, je nachdem, wie man über Regen dachte. Torin entschied sich für freigiebig, denn genau so fühlte es sich an. Er wusste, dass der Regen die Feuer löschen würde, die die Feuer-Fae aus Protest gelegt hatten.

„Komm schon, Kumpel. Ich brauche das. Eine Nacht voller Spaß und dann gehöre ich ganz dir. Ich werde mit dir gehen, um die Feuer-Fae zu besänftigen. Du weißt, dass sie mich lieben, und ich bin mir sicher, dass das, was sie erzürnt, leicht behoben werden kann."

Torin hielt inne und dachte darüber nach. Er schwankte zwischen Pflichtgefühl und Freundschaft. Es war schon eine Weile her, dass er und Donal wirklich Zeit miteinander verbracht hatten, geschweige denn einen ganzen Abend, bei dem sie nicht über etwas diskutiert hatten, das mit ihren königlichen Pflichten zu tun hatte. Sie waren schon länger befreundet, als er Berater am königlichen Hof war, und diese tiefe Verbundenheit war durchaus etwas Besonderes. Da Donal in letzter Zeit nicht mehr so präsent war und ein wenig abwesend wirkte, beschloss Torin, dass heute Abend die Freundschaft wichtiger war. Außerdem würde es die Erledigung ihrer königlichen Pflichten in Zukunft erleichtern, wenn er sich wieder mit Donal verbinden und ihren Zusammenhalt stärken würde.

„In Ordnung, Kumpel. Eine Nacht. Lass uns ein Bier trinken, oder vielleicht auch drei, und vielleicht bringst du die Lady mit den stimmungsvollen Augen dazu, nur für dich zu singen." Torin legte einen Arm um Donals Schultern und war erleichtert, als er sah, wie sich ein echtes Lächeln auf dem Gesicht seines Freundes breit machte.

„Ich bin es nicht, der Probleme damit hat, die Damen zum Singen zu bringen." Donal stieß Torin mit dem Ellbogen in die Seite, woraufhin dieser sich zum Spaß krümmte, bevor er mit Donal durch den Regen huschte. Lachend hüllte Torin sie in Fae-Magie ein, als sie durch die Türen in einen großen Empfangsraum schlüpften, der mit Tausenden von Lichterketten, baumelnden Metalltellern und Miniatur-Diskokugeln dekoriert war, die das Licht in einem fast schwindelerregenden Glitzern durch den Raum tanzen ließen.

„Es ist erstaunlich, was die Menschen ohne Magie tun können", sagte Torin.

„Ja, oder? Ihr Erfindungsreichtum fasziniert mich. Wollen wir uns einen Whiskey besorgen?", fragte Donal, als er die Bar erspähte.

„Auf geht's." Torin folgte Donal durch die Menschen-massen, die sich durch den Raum bewegten, ihre Tische suchten und sich Häppchen von Kellnern schnappten, die mit Tabletts in der Hand vorbeikamen. Die Stimmung war ausgelassen, wie es sich für eine Hochzeit gehörte, und mehr als eine Frau schenkte Torin ein freundliches Lächeln, was er jedoch ignorierte. Donal konnte sich heute um die Mädels kümmern, denn Torin hatte im Moment weder Zeit noch Lust auf Frauen in seinem Leben – nicht, solange die dunklen Fae Ärger machten. Aber wenn er ehrlich zu sich selbst war – was nur selten, und normalerweise erst nach mehreren Runden Whiskey zu später Stunde vorkam –, kam für ihn nur eine Frau in Frage.

Sorcha.

Allein ihr Name ließ Hitze in seine Adern schießen. Er hatte sie an jenem Morgen verlassen – nach jener schicksalhaften Nacht, in der ihre Bindung besiegelt wurde –, nicht aus Gefühllosigkeit, sondern aus reinem Selbsterhaltungstrieb. Torin war völlig unvorbereitet gewesen auf das, was sich zwischen ihnen abgespielt hatte. Seitdem hatte er nach ihr gesucht, oft hörte er ihr Lied, hörte sie in seinen Träumen nach ihm rufen, aber er hatte sie nie finden können, wenn er wach war. Auch das ärgerte ihn. Torin verfügte über starke Magie, und eine Frau aufzuspüren – vor allem eine, die er für sich beansprucht hatte – hätte für ihn kein Problem darstellen sollen. Und doch. Sorcha wollte offenbar nicht gefunden werden.

Allein die Tatsache, dass er sie nach all der Zeit nicht finden konnte, brachte Torin auf den Gedanken, dass Sorcha vielleicht gar nicht so menschlich war, wie er zuerst gedacht hatte. Vielleicht tanzte auch sie in einem anderen Reich und entzog sich ihm dank ihrer eigenen Kräfte mit Leichtigkeit. Er hatte viele Fragen, und eines Tages würde Sorcha ihm die Antworten geben. In der Zwischenzeit hatte sich die Anziehungskraft anderer Frauen jedoch nahezu verflüchtigt, und Torin war seit ihrer gemeinsamen Nacht mit keiner anderen Frau zusammen gewesen. Nicht, dass er Donal diese Sache erzählen würde, sonst wäre er den ganzen Abend lang die Zielscheibe seiner Witze.

Die Menschen neigten dazu, sich von Natur aus zu Fae hingezogen zu fühlen, ob sie sich nun bewusst waren, dass es magische Wesen waren oder nicht. Die meisten wurden sich dessen nicht bewusst, denn die Fae gaben sich nicht leichtfertig zu erkennen, und stattdessen wurde den Menschen eine Nacht der Leidenschaft geschenkt, an die sie sich für immer erinnern würden. In gewisser Weise verglich Torin es mit Katzen, die sich auf Spielzeug mit

Katzenminze stürzen. Die Magie der Fae hatte etwas, das die Menschen in ihren Bann zog, und Torin würde lügen, wenn er behaupten würde, dass er das in der Vergangenheit nicht schon das eine oder andere Mal ausgenutzt hatte.

„Zum Wohl…" Donal hielt Torin ein Glas mit honigfarbener Flüssigkeit hin. Sie stießen mit ihren Gläsern an.

„Sláinte", sagte Torin.

„Wie können die Menschen so albern sein, dass sie auf ihre Gesundheit anstoßen, während sie Gift trinken?", fragte Donal. Alkohol hatte eine andere Wirkung auf die Fae. Sie genossen zwar die Vorzüge des Alkohols, aber selten führte er zu extremer Trunkenheit, und ihr Körper konnte das Gift besser verarbeiten als der menschliche.

„Ich nehme an, es ist dieselbe Albernheit wie die, die sie tanzen lässt, während draußen die Welt in Flammen steht…" Torin warf Donal einen strengen Blick zu, aber sein Freund warf nur den Kopf zurück und lachte.

„Ach, mein Guter, wir müssen dir heute Abend eine Lady suchen. Du bist zu angespannt. Lass uns unter die Leute mischen."

Torin tauschte das leere Glas gegen ein volles, lächelte der Barfrau dankend zu und folgte Donal, während die ersten Takte Musik den Saal erfüllten. Jubel hob an, als das Brautpaar die Tanzfläche betrat. Die Braut trug ein Kleid, das aufgebauscht war wie Zuckerwatte, und die Freude war ihrem hübschen Gesicht anzusehen. Irgendetwas an der Art, wie der Bräutigam seine Braut ansah, versetzte Torin einen Stich ins Herz, und er wandte sich ab, weil er sich bei dieser Zurschaustellung von Zuneigung unwohl fühlte. Wenn es auch nicht die Liebe war, die er suchte, so wollte er zumindest Erleichterung von den Träumen, die ihn plagten.

Wenn er Sorcha schon nicht haben konnte, dann wollte er wenigstens mal eine Nacht gut durchschlafen können. Stattdessen überfiel sie ihn jede Nacht in seinen Träumen und ließ ihn morgens mit einer Sehnsucht zurück, die ihn langsam verbittern und an der Möglichkeit einer neuen Liebe zweifeln ließ.

Eine Stunde später musste selbst Torin zugeben, dass die Freude des Paares ansteckend war. Fast die gesamte Partygesellschaft war auf der Tanzfläche geblieben, und obwohl er an diesem Abend keine Dame mit nach Hause nehmen wollte, hatte Torin mit fast allen anwesenden Frauen getanzt. Er liebte es zu tanzen, wie die meisten Fae, und der Takt der Musik bewegte sich so natürlich durch ihn, dass er kaum über seinen nächsten Schritt nachdenken musste, während er sein Bestes tat, um mit Donal mitzuhalten, der ihn mit einem stetigen Strom von Getränken versorgte. Die Nacht hatte einen warmen Schein angenommen, und die Hängelampen funkelten über der Menge, als die Musik stoppte.

„Und als besondere Überraschung ..." Die Stimme des Bandleaders verstummte. Die Zeit verlangsamte sich. Ein Schauer des Gewahrseins kroch über Torins Haut, und sein Blick verengte sich auf das Einzige, nach dem er sich sehnte, das er aber nicht haben konnte. Bis jetzt.

Sorcha.

Sie schritt selbstbewusst auf die Bühne, als wäre sie dafür geboren, und hatte ein einladendes Lächeln auf ihrem strahlenden Gesicht. Das Licht, das von ihr ausging, spiegelte sich in ihrem mit Pailletten besetzten Kostüm wider, und ihr feuerrotes Haar fiel in langen Locken über ihren Rücken. Sie sah aus wie eine Kerze, die sich selbst entzündet hatte. Sie brauchte keinen Mann, der ihr Licht spendete – denn sie war ihre eigene Flamme. Torin hatte den Raum schon halb durchquert, bevor er überhaupt bemerkte, dass er sich bewegte.

Ihre Worte am Mikrofon gingen im Dröhnen in seinen Ohren unter, und er stockte, als Donal sich vor ihn bewegte. Auch das Gesicht seines Freundes war voller Ehrfurcht.

„Sie ist der Wahnsinn", sagte Donal, und Torin kräuselte die Lippen.

„Fasse sie bloß nicht an." Es war nur ein Flüstern und ging in der Musik unter, die im Saal anschwoll, während Sorcha nach vorne trat und ein kompliziertes Tanzmanöver mit einem großen Reifen vollführte, bevor sie ihn um ihre Hüften schwang. Die Menge staunte, während Sorcha über die Bühne kreiselte, ein wirbelndes Vergnügen aus Glitzer und Eleganz, und als der Reifen in Feuer ausbrach, keuchte die Menge auf. Doch sie wirbelte weiter, ihr geschmeidiger Körper hing in einer Endlosschleife aus Flammen und blinkenden Pailletten, und Torin konnte seinen Blick nicht abwenden. Sie war alles. Sie raubte ihm den Verstand. Sie war seine Zukunft.

Seine Schicksalsgefährtin.

Torin konnte sich kaum davon abhalten, auf die Bühne zu springen und sie auf der Stelle wegzutragen. Er ignorierte Donal und drängte sich um die Tanzfläche herum und durch eine kleine Seitentür, die zum Teil hinter der Bühne führte. Er musste so dringend mit ihr sprechen, wie er seinen nächsten Atemzug brauchte, aber Torin konnte sich nicht sicher sein, wie sie reagieren würde, wenn sie ihn sah.

Er war ihr eine Erklärung schuldig. Eine, von der er selbst nicht wusste, wie er sie abgeben sollte.

Sorcha schwang sich durch die Vorhänge, ein Lächeln umspielte ihre Lippen, Schweiß glänzte auf ihrer Stirn. Ihr blieb der Mund offen stehen, als sie ihn sah.

„Torin", keuchte Sorcha.

„Meine Frau." Torin schockierte beide mit seinen Worten. Seine Frau? Wo kam das auf einmal her? Torin verfluchte sich im Stillen, und trat einen Schritt nach vorne, während Verwirrung über Sorchas atemberaubendes Gesicht glitt.

Ein Schrei ging durch die Menge, als Donal durch die Bühnentür stürmte.

„Domnua", keuchte Donal und sein Blick fiel auf Sorcha. Ein Leuchten trat in Donals Augen, was Torins Nackenhaare aufstellen ließ. Er stellte sich vor Sorcha.

„Geh. Wir müssen die Menschen schützen."

„Und was ist mit der hier?" Donals Augen waren immer noch über Torins Schulter auf Sorcha gerichtet.

„Ich kümmere mich um sie." In Torins Stimme lag eine Warnung, die Donal beherzigte, bevor er durch dieselbe Tür verschwand, durch die er gekommen war.

„Feuer!" Ein weiterer Schrei kam aus der Menge, und Torin drehte sich um, um Sorcha zu packen und sie in Sicherheit zu bringen.

Ihr Reifen lag auf dem Boden, und ein paar Pailletten ihres Kostüms glitzerten im schwachen Licht. Der Platz, an dem sie gerade noch gestanden hatte, war leer.

KAPITEL DREI

N ur ihr Instinkt ließ Sorcha bei den ersten Schreien umdrehen und losrennen, denn hätte sie ihrem Gehirn – oder ihrem Herzen – erlaubt, die Kontrolle zu übernehmen, wäre sie auf der Stelle erstarrt.

Torin.

Der Schock, ihn nach unzähligen Nächten, in denen sie von ihm geträumt hatte, wiederzusehen, sein Geschmack noch frisch auf ihren Lippen, hatte ihr Herz zum Überlaufen gebracht. Verzweifelt hatte sie sich nichts sehnlicher gewünscht, als zu ihm zu gehen und sich in seine Arme zu werfen. Es war, als ob ein unsichtbarer Faden die beiden verband, aber die Kraft, mit der sie ihn wollte, hielt sie davon ab, zu ihm hinüberzugehen. Das und das völlige Chaos, das im Empfangsraum ausgebrochen war.

Was machte er nur hier?

Sorcha stürzte sich in die Menge, anstatt vom Gebäude wegzulaufen, und folgte ihrem natürlichen Instinkt, anderen zu helfen. Sie hustete gegen eine dichte und abscheuliche Wand aus Rauch an, und bedeckte automatisch den Mund mit ihrer Hand. Schweiß rann ihr über die Stirn und ihre Augen weiteten sich bei dem Anblick, der sich ihr bot.

Die Vorhänge der Bühne, auf der sie gerade noch aufgetreten war, standen in Flammen. Eine Seite war bereits auf die Bühne gesunken, hatte das Equipment der Band verdeckt und einen lauten Knall verursacht, der den Raum erschütterte, während Funken von einem freiliegenden Stromkabel flogen. Die Menge wurde in zwei Hälften geteilt, die sich in der Nähe der Ausgänge drängten, und mehrere Leute riefen zur Besonnenheit auf, während die Leute aus dem Inferno flüchteten. Tränen stiegen Sorcha in die Augen, als sie den Raum nach Personen absuchte, die noch Hilfe brauchten.

Sie würden denken, es sei ihre Schuld.

Sie war diejenige, die auf der Bühne Flammen eingesetzt hatte, nicht wahr? Das war die einzige Erklärung, und wahrscheinlich eine plausible. Sorcha war zwar äußerst vorsichtig, wenn sie mit Feuer auftrat, aber wer konnte schon sagen, ob nicht vielleicht doch ein Funke auf den Vorhängen gelandet war? Eine andere Erklärung gab es nicht, und die Angst packte Sorcha, als ihr zwei Dinge klar wurden.

Ihre Karriere war vorbei.

Und das Böse war nahe.

Ihre Lungen krampften sich zusammen, als sie durch den Rauch nach einem weiteren Atemzug rang, aber sie konnte ihren Blick nicht von der Stelle abwenden, wo sich silbrige Wesen durch die Menge wanden und in jeder Hinsicht auf der Jagd zu sein schienen, Tische umwarfen und verängstigte Menschen packten, bevor sie sie wie Müllsäcke zur Seite warfen. Sorcha schnappte nach Luft, als eine Frau über den Boden schlitterte, mit dem Kopf gegen die Theke knallte und schlaff wurde. Ohne weiter darüber nachzudenken, rannte Sorcha an den silbernen Wesen vorbei und hockte sich zu der Frau, die zusammengekauert auf dem Boden lag.

„Sie müssen aufstehen", keuchte Sorcha und rüttelte an der Schulter der Frau. Als Sorcha die Frau umdrehte, stellte sie mit Schrecken fest, dass sie locker achtzig Jahre alt war. Aus einer Wunde an der Stirn rann Blut. Die Frau stöhnte und blinzelte zu ihr auf, und Sorcha tat das Einzige, was zu tun war. In der Hocke nahm sie die Frau in einen Feuerwehrgriff und zog sie auf ihre Schulter. Viele Leute unterschätzten Sorchas Kraft, weil sie so ein kleines Ding war. Aber jahrelanges Training hatte ihren schlanken Körper mit geschmeidigen Muskeln ausgestattet, und die nutzte sie jetzt zu ihrem Vorteil und eilte mit der Frau über der Schulter zur Tür.

Mit Glück schaffte sie es durch den nun freien Ausgang und hinaus in die kühle Nachtluft, wo sich die Menschen in Gruppen auf dem Parkplatz zusammengefunden hatten.

„Oma!"

Es war ein Schrei der Braut, und bald spürte Sorcha, wie ihr die Last der Frau von den Schultern genommen wurde. Sie richtete sich auf und atmete durch, wobei sie die Nachtluft wie einen beruhigenden Balsam in ihren brennenden Lungen willkommen hieß.

„Du hast sie gerettet." Die Braut weinte unverhohlen vor Sorcha, während eine Gruppe die Frau wegtrug.

„Ich konnte sie nicht dort lassen. Ich musste …" Sorcha rang nach Worten und blickte zurück in die Empfangshalle.

Sie holte noch ein paar Mal zittrig Luft. „Ich muss nachsehen ... um sicherzugehen ...“

„Du kannst nicht wieder reingehen.“ Die Braut ergriff ihren Arm. „Das ist Wahnsinn.“

„Ich muss wissen, dass niemand sonst...“

„Das darfst du nicht. Du wirst sterben.“

„Aber was ist, wenn ich... wenn es mein...“ Sorcha konnte die Worte nicht einmal aussprechen, aber die Braut sah den Schmerz in ihren Augen.

„Es war ein Unfall. Die Feuerwehr ist gleich da. Hörst du die Sirenen?“

„Es tut mir leid. Ich kann nicht bleiben. Ich muss es wissen.“ Sorcha riss ihren Arm aus dem Griff der Braut und rannte zurück ins Gebäude, wobei sie die Warnrufe hinter sich ignorierte. Sie würde niemals mit sich selbst in Frieden leben können, wenn in dieser Nacht jemand wegen ihrer Fehler sterben sollte. Sorcha schnappte sich eine Serviette von einem Tisch neben der Tür, tauchte sie in einen Krug mit Wasser und band sich den tropfenden Stoff über die untere Hälfte ihres Gesichts. Sie ließ sich in der Hocke auf den Boden des rauchgefüllten Raums fallen, um ihn nach Personen abzusuchen, die auf dem Boden liegen könnten. Langsam krabbelte sie durch den Raum und versuchte, unter die Tische zu sehen, in der Hoffnung, niemanden zu entdecken, der zurückgeblieben war.

„Oh!“, rief Sorcha aus, als die Sprinkleranlage ansprang. Wasser spritzte von der Decke und durchnässte sie sofort, während Sirenen aufheulten. War es nur wenige Minuten her, dass sie von der Bühne gerannt war? Entweder gab es eine Verzögerung im Feuerschutzsystem, oder die Sekunden hatten sich wie Stunden angefühlt. Sorcha richtete sich auf und wischte sich das Wasser aus dem Gesicht, während sie versuchte zu verstehen, was auf der Tanzfläche vor sich ging.

Eine Gruppe von Männern – dieselben Männer, die sich durch die Menge gedrängt hatten – umringten Torin. Die eisigen Krallen der Angst gruben sich in Sorchas Bauch, und sie wollte gerade einen Schritt nach vorne machen, als ein Arm ihre Taille umschloss. Sie drehte sich um und wollte sich losreißen, doch Sorcha erstarrte, als sich der Arm fest um sie legte und eine Hand ihren Mund fest umschloss.

„Ruhig, Kleine. Du wirst ihn ablenken."

Sorcha ließ ihren Blick zu dem Gesicht gleiten, das in ihrer Nähe schwebte. Es war der Mann, der auf die Bühne gestürmt war, Sekunden bevor sie bemerkt hatte, dass der Raum in Flammen stand. Torin hatte zu ihm als Freund gesprochen, nicht wahr? Sie entspannte sich etwas, denn sie verstand, dass seine Worte der Wahrheit entsprachen. Sorcha wusste so gut wie keine andere, dass die geringste Ablenkung – oder Fehleinschätzung – zu Verletzungen führen konnte. Deshalb zwang sie sich, in einem Raum voller anderer Athleten zu trainieren, um sich ein Maß an Konzentration anzueignen, das keine Fehler zuließ.

Fehler wie das Niederbrennen einer Hochzeit.

Ihr Magen kribbelte, Übelkeit stieg in ihrer Kehle auf, während die seltsam leuchtenden Männer Torin umkreisten. Was war das für ein Trick mit den Augen, dass sie so leuchteten? War es der Rauch, der immer noch schwer in der Luft hing? Sorcha erstarrte, als ein Mann angriff und Torin ihn mit einem Dolch in die Seite traf, während er sich bereits auf den nächsten Mann stürzte, der auf ihn losging. Es war ein fließender und müheloser Tanz, so schien es

Sorcha, wie Torin einem Schlag nach dem anderen auswich, sich drehte und wendete, so dass seine Klinge mehr Schaden anrichtete, als sie jemals zuvor gesehen hatte. Sie würgte gegen die Hand des Mannes und versuchte, ihr Gesicht zur Seite zu ziehen, um mehr Luft in ihre brennenden Lungen zu bekommen. Diese Männer... dieses Blut.

Ihr Blut war silbern.

Sicherlich hatte sie schon Halluzinationen – vielleicht eine Konsequenz der Rauchinhalation –, denn die Männer explodierten in einer silbernen Flüssigkeit, als Torin sie aufspießte. Sie musste mehr Rauch eingeatmet haben, als ihr bewusst war, denn ihr Verstand spielte ihr sicher gerade einen Streich. Es war unmöglich, dass sich ein Mann einfach so auflöste, durch einen einzigen Hieb auf den Körper. Was bedeutete...

Ein Warnschrei ließ ihren Blick nach links schweifen, wo eine Schar silbriger Männer durch den Hintereingang hereinströmte.

„Nein, nein, nein", keuchte Sorcha und schaffte es schließlich, ihren Mund vom Griff des Mannes loszureißen. „Sie werden ihn töten. Es sind zu viele."

„Vielleicht. Oder auch nicht. Er hat eine starke Magie, unser Torin."

Magie. Die Worte kamen ihr dumpf in den Sinn, als wäre ihr Gehirn vom Schlaf benebelt und versuchte immer noch, Traum und Wirklichkeit zu unterscheiden. Ein Schauer der Vorahnung durchlief sie, während sie die Worte des Mannes verarbeitete und sich an Torins Kommentar erinnerte, bevor die Hölle losgebrochen war.

Meine Frau. Er hatte sie seine Frau genannt. Die Überraschung auf seinem Gesicht hatte wahrscheinlich ihre eigene widergespiegelt, und nun kämpfte Sorchas Verstand mit allem – dem Tumult, der vor ihr ausbrach, und den Implikationen dessen, was der Mann, der sie festhielt, gerade gesagt hatte – Schritt zu halten. Sie wünschte, sie könnte all das in ihrem eigenen Tempo verarbeiten, denn es war, als hätte ihr Gehirn dicht gemacht. Es weigerte sich zu akzeptieren, weigerte sich, vorwärts zu gehen, so dass sie nur auf den Kampf starren konnte, der zwischen einem Mann und Hunderten von...

„Was seid ihr?", flüsterte Sorcha.

„Du weißt es nicht? Das überrascht mich, mein Schatz. Wir sind Fae, natürlich."

Fae.

Die Wahrheit traf Sorcha so hart, dass kleine Punkte vor ihren Augen zu tanzen begannen. Sie musste sich zwingen, flach zu atmen, um ihr rasendes Herz zu beruhigen.

„Sie ist entsetzlich wild, obschon so klein." Sorcha flüsterte ihr Lieblingszitat von Shakespeare vor sich hin, einen Satz, den sie sich auf ihr Handgelenk tätowieren lassen wollte. Die Worte beruhigten sie und sie zwang sich, die Situation nüchtern einzuschätzen. Panik würde sie an diesem Tag nicht retten, ihre eigene Cleverness vielleicht schon. „Wir müssen ihm helfen."

„Ich glaube nicht, dass es das ist, was er braucht. Vielleicht. Wir werden sehen, wie sich die Lage entwickelt." Der Mann schien völlig unbesorgt zu sein über die Möglichkeit, dass sein Freund verletzt werden könnte.

„Wer bist du?"

„Ich bin Donal, Torins Beraterkollege. Wir sind Royals, nun, er ist der Chefberater der Feuer-Fae."

„Das... Feuer ..." Sorchas Worte waren nur ein Flüstern,

als sie auf ihre eigenen Hände hinunterblickte. Das Feuer. Torin hatte ihr in der Nacht, in der sie zusammen gewesen waren, die Gabe des Feuers geschenkt. Niemals hatte sie daran gedacht, ihre neugewonnene Macht zu benutzen, um einem anderen zu schaden, aber jetzt könnte sie es tun. Sie biss die Zähne zusammen, als die neue Welle von Silbermännern, beziehungsweise Fae, Torin umzingelte und angriff. Diesmal verließ er sich nicht auf seinen Dolch, sondern entfachte eine Welle der Magie, die den inneren Kreis sofort in einer Explosion aus silbrigem Blut auflöste.

„Warum hat er das nicht schon früher getan?", fragte Sorcha.

„Magie erfordert ein Geben und Nehmen. Wenn man aus dem Universum schöpft, muss man vorsichtig sein, wie viel man benutzt und wie oft. Es kann das Gleichgewicht der Dinge stören."

„Aber... wenn es notwendig ist?" Sorcha presste die Lippen aufeinander, erfüllt von der Sorge um Torin.

„Wer darf bestimmen, was notwendig ist? Was ist gerecht? Denkst du, die dunklen Fae haben keine Familien? Dass sie nicht wissen, wie man liebt?"

„Das kann ich nicht sagen, denn bis vor einer Minute wusste ich nicht einmal, dass Fae existieren, geschweige denn, dass es verschiedene Arten gibt."

„Das ist unklug von dir", sagte Donal, woraufhin Sorcha den Kopf herumdrehte und seinen dunklen Augen begegnete.

„Wie das?"

„Du bist Irin, nicht wahr? Es ist nicht ungewöhnlich, dass in irischen Geschichten die Rede von Feenwesen ist."

„Mythen", beharrte Sorcha und drehte sich wieder zu

der Stelle um, an der Torin eine weitere Welle dunkle Fae bekämpfte. „Es sollten doch nur Mythen sein."

„An Legenden ist immer etwas Wahres dran, Darling."

Die Art, wie er sie „Darling" nannte, jagte Sorcha einen Schauer über den Rücken. Sie wollte sich entfernen, aber sein Arm blieb fest um ihre Taille gelegt.

„Lasst mich gehen. Ich habe meinen ersten Schock überwunden."

„Hier bist du sicherer."

„Du solltest ihm helfen. Wir beide sollten es tun." Sorcha zerrte an seinem Arm, aber er war wie ein Schraubstock um ihre Taille. Die Wut darüber, zurückgehalten zu werden, kochte in ihr hoch und Sorcha griff nach der Kraft, die sie durchströmte. Sie schloss ihre Handflächen um seine Arme und setzte zum ersten Mal ihre Kraft ein, um jemandem zu schaden.

„Verflucht." Donal ließ seine Arme fallen, und Sorcha wich zurück, um Abstand zwischen sie zu bringen. Von draußen ertönten Sirenen. Die Feuerwehr traf ein, und Rufe vom Parkplatz wurden laut, während sich die Türen nach draußen öffneten.

Die dunklen Fae drehten sich gemeinsam um, denn die Rufe hatten sie auf die Menschen aufmerksam gemacht. Ihre Blicke richteten sich sofort auf Sorcha. Sie konnte den Moment spüren, in dem sie ihre Absichten änderten und sich wie aus einem Guss auf sie stürzten. Sorcha hob ihre Arme und rief noch einmal ihre Kraft, keuchte aber auf, als sie von hinten gepackt wurde.

„Donal! Beschütze sie!", brüllte Torin über den Lärm und die Rufe der Feuerwehr hinweg, während die dunklen Fae vorrückten.

38

Doch Donal tat nichts, stattdessen ließ er zu, dass die dunklen Feen um sie herumschnellten und sie einkreisten. Der Kreis der silbernen Männer drehte Sorcha den Rücken zu. Sie starrten auf Torin, und ein mulmiges Gefühl erfüllte ihren Magen, als sie begriff, was geschah.

„Torin. *Lauf.*" Sorcha wusste nicht, ob sie es mit ihren Gedanken sagte oder laut schrie, aber Torin erhörte sie. Für den Bruchteil einer Sekunde sah sie den Schmerz über den Verrat seines Freundes in seinem Gesicht aufblitzen, als er über ihre Schulter hinweg zu Donal blickte. Dann löste er sich in Luft auf, und die dunklen Fae schickten eine Welle von Magie durch die Empfangshalle, die Gläser zerbrechen und Tische zersplittern ließ.

„Warum?", verlangte Sorcha und hob die Hände, doch ein seltsames, saugendes Gefühl zog an ihrem Körper. Ein Schwindelgefühl überkam sie, und dann wusste sie nichts mehr.

KAPITEL VIER

S orcha kam stotternd zu sich und schnappte nach
Luft, ihre Lungen brannten vom Rauch, den sie
eingeatmet hatte. Sofort versuchte sie aufzuspringen, doch
ihre Arme und Beine waren gefesselt. Sie konzentrierte sich
auf ihre Atmung, während ein weiterer Schwindelanfall
ihre Sicht bedrohte. Dann schloss sie die Augen und
versuchte, ihre Umgebung einzuordnen. Irgendwie war sie
von der Empfangshalle in eine Art Höhle transportiert
worden. Die rauen Kanten einer feuchten Felswand
drückten gegen ihren Rücken, und der Geruch von Moder
und Erde gemischt mit dem Rauch eines kleinen Feuers in
der Ecke hing in der Luft. Es musste eine Öffnung geben,
vermutete Sorcha, denn der Rauch des Feuers war nicht
überwältigend.

Das bedeutete, dass es zumindest einen Fluchtweg gab...
wenn sie die Fesseln lösen konnte. Sorcha hielt die Augen
noch einen Moment geschlossen, denn sie wusste, dass sie
ihre Kraft brauchen würde. Sie zwang sich, ihr klopfendes
Herz zu beruhigen. Panik würde ihr jetzt nicht helfen, und

sie brauchte einen klaren Kopf, um herauszufinden, was zu tun war. Das Problem war nur... es gab einfach *so* viel zu verarbeiten.

Die Fae *waren* real.

Es gab gute *und* schlechte Fae.

Sie war entführt worden.

Torin – ein Mann, von dem sie unablässig träumte – war ein Fae. Er war lebendig. Er war in dieser Welt. Und irgendwie hatte er ihr Macht gegeben. Feenmagie. *Sie* besaß Feenmagie. Der letzte Gedanke ließ ein warmes Rinnsal der Erregung durch sie gleiten. Sicher, sie hatte gelernt, diese seltsame Gabe, die Torin ihr gegeben hatte, zu nutzen, aber sie war nie in der Lage gewesen, ganz zu verstehen, was während der Intensität ihres Liebesaktes geschehen war. Hatte Torin ihr die Kraft gegeben, Feuer zu machen? Oder hatte er etwas tief in ihr freigesetzt, das ihre *eigene*, unbekannte Fähigkeit, nach Belieben Feuer zu machen, hervorbrachte? In den vergangenen Monaten hatte Sorcha nach Büchern gesucht und Nachforschungen angestellt, die sie einer Antwort näher bringen würden, aber es gab nichts Festes, auf das sie sich stützen konnte.

Und sie konnte ganz sicher niemandem ihr Geheimnis verraten. Es war fast unvorstellbar, so etwas bei einem Bier in der Kneipe anzusprechen. Sie war kurz davor gewesen, einer ihrer Schwestern davon zu erzählen, aber irgendetwas hatte sie im letzten Moment davon abgehalten, ihre Wahrheit zu offenbaren. Sie konnte nicht wissen, wie sie darauf reagieren würden, und bis sie besser verstehen konnte, was mit ihr geschehen war, hatte Sorcha ihr Geheimnis für sich behalten.

Und dann geriet ihre ganze Welt an einem einzigen

katastrophalen Abend aus den Fugen. Sorcha hoffte inständig, dass niemand bei dem Brand ernsthaft verletzt worden war, obwohl sie sich sicher war, dass sie genug von dem Raum abgesucht hatte, um sich zu vergewissern, dass niemand sonst dort gefangen war. Außer Torin.

Der Ausdruck auf seinem Gesicht, nachdem Donal ihn verraten hatte ... Sorchas Magen drehte sich um. Scharfer, brennender Schmerz hatte in seinen Augen aufgeblitzt, bevor er auf irgendeine magische Weise aus ihrem Blickfeld verschwunden war. War es dasselbe, was mit ihr geschehen war, als sie dieses seltsame, saugende Gefühl verspürt hatte? War sie auch auf irgendeine seltsame Weise von Fae-Magie wegtransportiert worden, die sie nicht einmal ansatzweise verstehen konnte?

„Ich weiß, dass du wach bist."

„Ich habe nicht versucht, diese Tatsache zu verbergen", stieß Sorcha hervor und schloss die Augen, während sie noch ein paar Mal tief durchatmete. Das war eine Technik, die sie benutzte, um sich vor einem Auftritt zu konzentrieren, denn es half ihr, den Kopf frei zu bekommen. Ablenkungen waren nicht willkommen, vor allem, wenn sie mit Feuer arbeitete.

„Was machst du da?", fragte Donal.

„Meine Lunge schmerzt wegen des Rauchs. Ich hole gerade erst wieder Luft." Ein Gedanke kam ihr in den Sinn, und sie öffnete blinzelnd die Augen, um Donal anzublicken, der in der Ecke am Feuer hockte. Er war ein kräftiger Mann von sehnigem Körperbau, mit dunklem, kurz geschnittenem Haar und obsidianfarbenen Augen. Sein Gesicht war kantig, mit einer Grube am Kinn, und sein

Mund formte ein kleines V, während er sie angrinste. „Das Feuer war nicht meine Schuld, oder?"

„Nein, Darling. Das war es nicht. Aber es war eine schöne Ablenkung, und das haben wir zu unserem Vorteil genutzt."

„Wir?", fragte Sorcha. Erleichterung durchströmte sie. Sorcha war froh zu wissen, dass es kein Fehler von ihr gewesen war, der das Feuer ausgelöst hatte. Sie konnte sich immer noch auf ihre Fähigkeiten verlassen. Auf der anderen Seite ... wer würde nach dem Vorfall glauben, dass es nicht sie gewesen war? Es war nicht so, dass sie der Welt erzählen konnte, dass die Fae das Feuer gelegt hatten – nicht ohne ausgelacht zu werden.

„Die Domnua und ich."

Sorcha schüttelte nur den Kopf. Sie war völlig verwirrt. Er flüsterte etwas in das Feuer, und es wuchs. Ein Rinnsal von Angst sickerte durch sie.

„Die Domnua sind die dunklen Fae. Obwohl ich nicht weiß, ob wir die Dinge wirklich in dunkel und hell einteilen sollten, oder? Wenn überhaupt, dann sind die meisten Dinge im Leben Grautöne, oder?" Donal zwinkerte ihr wieder dieses V-Lächeln zu. „Wie auch immer, der Einfachheit halber nennen wir sie die bösen Fae."

„Und du und Torin seid Teil der bösen Fae?" Dieser Gedanke gefiel Sorcha nicht, und sie blickte auf ihre gefesselten Arme hinunter, die auf ihrem paillettenbesetzten Schoß ruhten. Sie hoffte, dass sie keine dunkle Magie in sich trug.

Donal warf den Kopf zurück, lachte und stocherte mit einem langen goldenen Stock im Feuer herum.

„Nein, Torin ist ein Danula. Die guten Fae." Donal formte Anführungszeichen mit seinen Fingern. „Die ‚guten‘ Fae wachen über die Elementar-Fae, die ihre eigenen separaten Fraktionen haben. Es ist wie bei verschiedenen Städten, die alle zusammen in einem Land existieren. Jede Stadt hat jemanden, der die Dinge überwacht und sicherstellt, dass die Regeln befolgt und die Bedürfnisse der Menschen in der Stadt erfüllt werden. Das ist es, was Torin für die Feuer-Fae tut. Er ist Teil des königlichen Hofes der Danula. So wie ich, um genau zu sein. Ich arbeite mit ihm zusammen, um sicherzustellen, dass die Bedürfnisse der Feuer-Fae erfüllt werden."

„Und diese ... anderen Fae?" Sorcha konnte sich nicht an ihren Namen erinnern.

„Die bösen Fae wurden ungerechterweise in ein anderes Reich verbannt und dürfen nicht mit dem Rest der Fae auf dem Land verweilen." Ein bitterer Ausdruck huschte über Donals zerklüftetes Gesicht.

„Aber dafür muss es doch eine Rechtfertigung geben, oder? Man verbannt doch nicht einfach ein ganzes Volk, wenn nicht etwas Schlimmes vorgefallen ist, oder?" Sorcha zog ihre Knöchel leicht auseinander, um die Seile zu testen.

„Das ist Auslegungssache." Donal zuckte mit einer Schulter. „Ich habe es immer so verstanden, dass zwei Göttinnen sich gestritten und dann diese unnötige Trennung herbeigeführt haben. Und hier sind wir nun."

„Göttinnen..." Sorchas Blick huschte zu Donal.

„Liest du denn nie ein Buch?" Donal schnalzte tadelnd mit der Zunge.

„Ich war zu sehr damit beschäftigt, meinen Lebensunterhalt zu verdienen. Warum klärst du mich nicht auf? Da ich nun in diese Sache verwickelt bin, was auch immer das sein mag, könntest du mir wenigstens sagen, warum ich in eure Probleme hineingezogen wurde. Denn, um ehrlich zu sein, ich bin wirklich nicht daran interessiert, ein Teil dieser Zankerei zu sein, die ihr mit den guten oder bösen Fae oder was auch immer veranstaltet."

In Donals Augen leuchtete Anerkennung auf, und er schaukelte auf seinen Fersen zurück, während er sie betrachtete.

„Ich mag Frauen mit Temperament. Sag mir bitte, dass du grüblerische Männer mit einer düsteren Ader magst." Donal schenkte ihr ein schiefes Lächeln, und Sorcha erschauderte.

„Ich treffe mich zurzeit nicht mit Männern, tut mir leid."

„Na ja, vielleicht kann ich dich ja umstimmen." Sein Grinsen wurde bei ihrem angewiderten Blick noch breiter. „Keine Sorge, Darling. Ich zwinge mich niemandem auf. Wo bleibt da der Spaß? Was du mir gibst, gibst du freiwillig."

Sie würde lieber über Glasscherben laufen, als sich Donal hinzugeben, aber Sorcha ignorierte seine Bemerkung. „Also, die Göttinnen?"

„Richtig, die Göttin Danu gründete ihre eigene Fraktion der Fae, die Danula, die derzeit die größte Macht in unserer kleinen Fae-Welt sind. Göttin Domnu, ihre Schwester, verschwand mit ihren dunklen Fae, und jetzt haben sie schon seit, nun ja, Jahrhunderten Machtkämpfe und streiten sich um verschiedene Schätze, die unbezwingbare Magie bergen. Dies ist nur die jüngste der Schlachten. Nun ja, es ist noch nicht wirklich eine Schlacht, oder? Aber es wird zu einer kommen. Bis dahin, so die Hoffnung, werden die Domnua genug Unzufriedenheit unter den Elementar-Fae geschürt haben, dass sie sich ihnen anschließen, um die guten Fae zu stürzen."

Sorchas Augenbrauen hoben sich. Sie drückte sich gegen die unbequeme Wand. Ihre Glieder waren durch die Fesseln bereits taub geworden. Sie dachte über seine Worte nach.

„Aber was wollen die bösen Fae damit bezwecken? Angenommen, sie haben Erfolg mit ihrem Aufstand oder was auch immer ... was soll das bringen?" Bring ihn zum Weiterreden, ermahnte Sorcha sich. Sie nahm einen weiteren langen, tiefen Atemzug und hoffte, dass der Schmerz in ihren Lungen bald nachlassen würde.

„Macht, natürlich." Donal stand auf und ging auf sie zu, und sie zuckte zusammen, als er eine Hand auf ihren Oberkörper legte, direkt zwischen ihre Brüste. Ihre Gedanken zerstreuten sich, und sie konnte nur wie erstarrt zu ihm aufblicken. Etwas durchflutete sie wie eine kühle Welle, und der Schmerz in ihren Lungen ließ nach. Sorcha blinzelte Donal verwirrt an.

„Was...hast du gerade..."

„Nun, ich habe deine Schmerzen für dich gelindert. Du solltest jetzt wieder leichter atmen können." Donal verweilte mit seiner Hand auf ihrer Haut, an der Stelle des tiefen V-Ausschnitts ihres Kostüms zwischen ihren Brüsten. Als Sorcha keine Reaktion zeigte, nahm er seine Hand weg und zwinkerte ihr zu. „Wie ich schon sagte ... ich nehme mir nichts einfach so."

„Danke", flüsterte Sorcha und hasste es, dass sie ihm das schuldig war. Aber ihre Lungen fühlten sich wirklich besser an. Bedeutete das, dass er nicht vorhatte, ihr etwas anzutun?

„Also, wie ich schon sagte... Macht ist das, was die dunklen Fae wollen. Du musst verstehen, dass es eine ganze Menge ihrer Magie braucht, um zwischen den Welten zu reisen und sich in Irland frei bewegen zu können. Dieses Land gehörte einmal ihnen, weißt du. Als es noch Innisfail war. Jetzt jagt man uns, wenn es uns gelingt, in diese Welt zu schlüpfen."

„Euch?", fragte Sorcha. Gerade hatte er ihr noch erzählt, dass er Torins rechte Hand war.

„Natürlich, Darling. Ich bin nicht wirklich Teil der guten Fae. Ich bin ein Domnua." Er grinste sie an, und Sorcha zuckte zusammen, als sie sich an Torins bestürzten Blick erinnerte.

„Deshalb sah Torin so..."

„Tja, das ist wirklich bedauerlich, nicht wahr? Er ist ein so guter Kerl. Ich habe gerne ab und zu ein Bier mit ihm getrunken, das kann ich nicht leugnen. Wir hatten endlose Nächte, in denen wir zechend durch die Straßen zogen und uns Frauen aussuchten. Ihr menschlichen Frauen liebt die Fae. Wir bereiten euch ein unvorstellbares Vergnügen, weißt du ..."

Sorcha musste an die Nacht mit Torin zurückdenken. Stundenlanges Vergnügen, das nie nachzulassen schien, eine Welle der Befriedigung nach der anderen, die ihren Körper durchströmt und ihre Haut wie ein freier elektrischer Strom hatte vibrieren lassen.

„Ah, natürlich weißt du es. Das habe ich mir schon gedacht, als Torin dich wiedergesehen hat. Es war die Nacht, nach der er sich verändert hatte..." Donal tippte mit einem Finger auf die Spalte an seinem Kinn. „Das macht jetzt mehr Sinn."

„Wie verändert?" Sorcha weigerte sich, über diese Nacht zu sprechen – weder mit Donal noch mit sonst jemandem. Es war ein Moment, den sie in ihren Träumen durchlebte, kristallklar in seiner Vollkommenheit, und niemand durfte ihn für sie trüben.

„Früher waren es wir beide, verstehst du? Wir waren diejenigen, die das Sagen hatten. Wir trafen gemeinsam Entscheidungen, feierten gemeinsam, rissen gemeinsam Frauen auf... aber nach dieser Nacht mit dir... war es vorbei. Etwas in ihm hatte sich verändert. Er berief seinen eigenen Rat ein. Er traf Entscheidungen ohne mich. Er ging nicht mehr aus. Ich habe ihn nie wieder mit einer Frau gesehen."

Der Gedanke hätte Sorcha eigentlich nicht gefallen sollen, denn sie kannte Torin kaum, und doch wurde ihr bei der Idee, dass er ohne Partnerin geblieben war, irgendwie warm ums Herz. Bei ihr war es auch nicht viel anders gewesen, stellte sie erschrocken fest. Die wenigen Männer, mit denen sie versucht hatte, zusammen zu sein, waren im Vergleich zu dieser einen Nacht mit Torin abgefallen, und sie hatte sich zu einem Leben als Single entschlossen, anstatt sich mit schlechten Dates abzufinden.

„Also tust du das alles, weil du sauer auf Torin bist? Weil du deinen Trinkkumpel verloren hast?" Sorcha warf Donal einen tadelnden Blick zu.

„Tja, ich wünschte, es wäre so einfach. Leider bin ich kein sentimentaler Typ, und Torin war einfach ein Werkzeug, das man benutzen konnte." Donal legte den Kopf schief, als würde er etwas hören, das sie nicht hören konnte.

„Ich verstehe immer noch nicht, warum ich hier bin.

Das ..." Sorcha hob ihre gefesselten Hände und machte eine kleine kreisende Bewegung in der Luft. „Dieses Feen-Zeug hat doch nichts mit mir zu tun, oder? Könnt ihr das nicht unter euch ausmachen und mich meinen Weg gehen lassen? Ich will damit nichts zu tun haben. Weißt du, was ich auf meinen Reisen gelernt habe?"

„Was?" Donal amüsierte sich offensichtlich über sie, was Sorcha ganz recht war. Wenn sie ihn unterhielt, konnte sie ihn zum Reden bringen und er konnte sich nicht auf das konzentrieren, was er als Nächstes vorhatte. Wenn sie den richtigen Zeitpunkt erwischte, konnte sie vielleicht ihre eigene Feuerkraft nutzen, um die Fesseln zu brechen und sich einen Weg nach draußen zu bahnen... wo auch immer sie waren. Aber eins nach dem anderen.

„Man sollte erst mal vor der eigenen Tür kehren." Sorcha hob ihren Blick. „Deine Probleme sind deine eigenen, Donal, und ich mische mich nicht in die Angelegenheiten anderer Leute ein. Das ist nie gut. Die Fae können das selbst regeln, ohne mich reinzuziehen. Bitte lass mich gehen."

„Ich wünschte, es wäre so einfach." Donal legte wieder den Kopf schief und schwieg einen Moment. Sei Kinn wippte. Es war, als führe er ein inneres Gespräch. „Aber du bist, genau wie Torin, ein nützliches Werkzeug für meine Zwecke geworden."

„Ich kann mir nicht vorstellen, wie ich dir von Nutzen sein könnte. Ich bin eine einfache Künstlerin, Donal, die nichts zu eurem Kampf beitragen kann."

„Genau da liegst du falsch, Darling. Du bist eine Ablenkung... eine Verlockung. Torin muss jetzt eine Entscheidung treffen. Dir hinterher zu jagen oder den Aufstand der

49

Feuer-Fae zu unterdrücken. Was denkst du, wird er wählen? Liebe oder Loyalität gegenüber der Krone?"

Sorcha blieb der Mund offen stehen, und dann tat sie etwas Unerwartetes.

Sie lachte.

Sie lachte, bis ihr die Tränen über das Gesicht liefen und sie nach Luft schnappen musste. Donal legte seinen Kopf schief und hockte sich neben sie.

„Ich amüsiere dich?"

„Oh ... du bist wirklich eine dramatische Person, nicht wahr?" Wieder kam ein Lachen über ihre Lippen, und ein Hauch von Irritation ging über Donals Gesicht.

„Ich bin mir nicht sicher, ob ich verstehe, was du meinst. Dramatisch? Um auf der Bühne aufzutreten?"

„Nein ... es ist nur ..." Ein weiteres Kichern und dann schüttelte Sorcha den Kopf. „Ihr seid alle so wichtig und mächtig und die Welt geht gerade unter und..."

„Die Welt wird nicht untergehen. Es würde eine neue Welt beginnen. Das heißt, die Welt, wie ihr Menschen sie kennt, würde vergangen sein. Aber für uns? Es ist eine Geburt, kein Tod."

Daraufhin verließ Sorcha jeglicher Humor.

„Du glaubst das wirklich, nicht wahr?"

„Und du glaubst wirklich, dass wir nicht siegen werden?" Donal schüttelte den Kopf und stieß wieder dieses schnalzende Geräusch aus. „Die Menschen sind so dumm. Man kann ihnen etwas tausendmal zeigen und sie glauben trotzdem an ihre Träume."

„Ein Leben ohne Träume ist ein ungelebtes Leben."

„Ach, und wer ist jetzt die Dramatische?" Donal fuhr mit dem Finger über ihre Wange.

„Torin wird mich nicht holen kommen." Sorcha musste Donal diesen Punkt zu verstehen geben. „Wir kennen uns kaum. Wenn du denkst, dass ich ein nützlicher Köder für deine Pläne bin, liegst du falsch."

„Du weißt es nicht, oder? Was du für ihn bedeutest?" Belustigung funkelte in Donals glitzernden Augen. „Tja, das macht die Sache noch ein bisschen interessanter."

„Was meinst du?" Sorcha presste sich gegen den Felsen in ihrem Rücken. Ärger und Frustration wollten sie etwas tun lassen – irgendetwas –, um sich gegen diesen Mann zu wehren.

„Wir haben keine Zeit mehr. Wir müssen los. Das Portal ist bereit."

„Wie bitte?" Sorchas Augen weiteten sich, als Donal aufstand, sie am Arm packte und sie so mühelos auf seine Arme hob, als wäre sie ein Bücherstapel. „Warte ... nein ... wo bringst du mich hin?"

„Sei still. Ich muss mich jetzt konzentrieren."

„Aber..."

„Wenn du noch ein Wort sagst, wirst du sterben."

Sorcha schluckte die Worte hinunter, die in ihrer Kehle aufkamen. Angst durchfuhr sie, während Donal durch den Raum schritt und ... direkt auf das Feuer zuging. Flammen umgaben sie, die Hitze war unvorstellbar, und Panik ersetzte die Angst, als der erste Schmerz ihre Haut berührte. Ein Schrei erhob sich, blieb aber ihr in der Kehle stecken, als Donal sie ins Feuer trug.

KAPITEL FÜNF

D er Schweiß tropfte ihr den Rücken hinunter, so dass
die Pailletten ihres Kostüms auf ihrer Haut kratz-
ten. Sorcha bewegte sich und versuchte, sich aus Donals
Armen zu befreien.

„Sei still." Es war ein Befehl, den Sorcha sofort befolgte,
als sie die Augen öffnete und sah, dass sie sich nicht mitten
in einem Feuer befanden, nein, sie waren ganz woanders.
An einem Ort, der nicht von dieser Welt war, stellte Sorcha
fest, und ihr Puls beschleunigte sich, als sie in den rot
gefärbten Himmel blinzelte. Zumindest glaubte sie, dass es
der Himmel war, aber sie konnte sich nicht sicher sein.
Donal trug sie vorwärts und folgte einem geschwungenen
grauen Steinweg, der auf beiden Seiten von Steinmauern
umgeben war. Außerhalb der Mauern ragten die Hügel auf,
aber das Gras war grau und dunkel, und das Wasser, das den
roten Horizont küsste, war schwarz. Es war Irland, stellte
Sorcha mit Schrecken fest. Aber es war, als wäre alle Farbe
aus der Landschaft herausgesaugt worden, abgesehen von
dem seltsamen rötlichen Farbton des Himmels.

„Wo sind wir?", fragte Sorcha, als Donal am Ende des Weges zum Stehen kam und sie auf die Füße stellte. Sorcha war überrascht, dass die Seile, mit denen ihre Handgelenke gefesselt waren, verschwunden waren, und sofort streckte sie ihre Beine aus, denn sie spürte, wie sich die Anspannung des Tages in ihren Muskeln festgesetzt hatte. Abwesend rieb sie sich die Handgelenke, während sie sich umsah und ihr der Geruch von verbranntem Gras entgegenwehte. „Ist dies das dunkle Reich, von dem du gesprochen hast? Lebt hier dein Volk?"

„Nicht ganz", sagte Donal, ließ sich auf die Mauer plumpsen und verschränkte die Arme vor der Brust, während er sich umsah. „Es ist ein Zwischenort. Ein Rastplatz zwischen den Welten."

„Warum musst du rasten?", fragte Sorcha und machte einen vorsichtigen Schritt von Donal weg. Vielleicht würde es einen Weg geben, ihn abzulenken, damit sie den Weg zurücklaufen konnte, den sie gekommen waren, durch … nun, durch das Feuer, wie sie annahm … und zurück in ihre Welt.

Ihre Welt. Ein hysterisches Lachen bahnte sich an, während ihr Verstand noch immer versuchte, mit all den neuen Entwicklungen Schritt zu halten, die sie zu verarbeiten hatte. Ein Teil von ihr wünschte sich verzweifelt, dies wäre ein wilder, whiskeygetränkter Traum, und sie würde bald auf dem Rücksitz von Betty Blue aufwachen.

„Nun, das müssen wir nicht. Nicht unbedingt. Es ist eher so, dass wir nicht immer wissen, was uns auf der anderen Seite eines Portals erwartet, daher ist es sicherer, einen Ort zu haben, an dem wir eine Weile warten können."

„Und wohin führt uns dieses spezielle Portal? Gehen wir zu den dunklen Fae?"

„Nein, in der Welt würdest du nicht lange überleben. Im Moment bist du noch zu nützlich für mich", sagte Donal und zuckte lässig mit den Schultern. Sorcha war sich nicht sicher, ob es am Achselzucken lag oder daran, dass er so zuversichtlich zu sein schien, dass sie ihm ausgeliefert war, jedenfalls begann die Wut tief in ihr zu brodeln. Normalerweise verdrängte sie diese Emotion, aber heute hieß sie das Gefühl willkommen, öffnete sich ihm, und die Kraft in ihrem Blut reagierte darauf.

„Niemand – weder ein Fae noch sonst wer – wird mich benutzen", zischte Sorcha. Noch während Donal aufstand und Überraschung über sein Gesicht blitzte, hob Sorcha ihre Arme und schleuderte ihm eine gewaltige Feuerwand entgegen. Ohne abzuwarten, was als Nächstes geschah, drehte sich Sorcha um und rannte den Pfad zurück, wobei sie Feuerbälle hinter sich schleuderte. Sie war sich nicht sicher, ob sie stark genug war, um Donal zu entkommen, aber sie war nicht bereit, ihr Schicksal kampflos hinzunehmen.

Schmerz brannte in ihrer Seite, und als Sorcha an sich herunterblickte, sah sie einen Riss in ihrem Kostüm, aus dem Blut quoll. Die Angst spornte sie an, und ihr Atem ging schwer, während sie um ihr Leben rannte – nicht wissend, was als Nächstes kommen würde. Das Ende des Weges kam näher, und Sorcha konnte gerade noch den gewölbten Eingang in die zerklüftete Felsenhöhle ausmachen. Wenn sie die Öffnung erreichen konnte, konnte sie sie vielleicht blockieren, um Zeit zu gewinnen und...

Ein Schmerz wie ein Blitzschlag – hell und scharf – ließ

Sorcha stolpern, Blut lief aus einem Riss in ihrem Ober-schenkel. Ein paar Schritte noch...

Sorcha kämpfte sich weiter, schluckte gegen die Galle an, die in ihrer Kehle aufstieg, und versuchte, sich darauf zu konzentrieren, an dem Faden der Macht zu ziehen, der sie durchzog. Dann feuerte sie eine weitere Feuerwand hinter sich ab. Felsen purzelten von der Wand des Berges vor ihr, und Sorcha erkannte, was Donal vorhatte. Er wollte den Durchgang versiegeln, um sie an der Flucht zu hindern. Das bedeutete, dass sie – *wenn* sie es schaffte – ohne ihn durch das Portal gehen konnte. Er wollte nicht, dass sie entkam. Der Gedanke trieb sie vorwärts, und ein Schrei entfuhr ihr, als ein weiterer Feuerstrahl an ihrer Schulter abprallte. Kleine Punkte tanzten vor ihrem inneren Auge, und die Angst begann, an ihr zu zerren und bedrohte ihre Entschlossenheit, während sie sich dem Eingang der Höhle näherte. Sie stolperte erneut, diesmal fiel sie auf die Knie, und der Fels schürfte die zarte Haut auf.

„Nein...", hauchte Sorcha, während ihr Tränen in die Augen stachen.

Torin duckte sich durch den Bogen des Portals und seine gelbbraunen Augen erfassten die Situation sofort. Schon war er an ihrer Seite – viel schneller als jeder Mensch – und Sorcha wurde hochgehoben. Die Luft um sie herum war heiß von Feuer, und dann war sie in dem dunklen Durchgang zum Portal. Wieder umgaben sie Flammen, als Torin direkt ins Feuer trat, doch Sorcha kümmerte das nicht mehr.

Er war gekommen.

Und das wurde auch verdammt noch mal Zeit, dachte sie, während Wut in ihr aufstieg. Torin war der einzige

Grund, warum sie in dieser Lage war. Hätte er sie in jener Nacht auf dem Festival einfach in Ruhe gelassen, wäre sie nie in dieses ... nun ja, was auch immer es war, hineingezogen worden. Als kühle, vom Nieselregen befeuchtete Luft über sie strich, drehte sich Sorcha in Torins Armen und stieß gegen seine Brust – und zwar hart. Er stolperte einen Schritt zurück und Sorcha fiel auf ihre Füße, schnappte nach Luft und war erleichtert, wieder in ihrer Welt zu sein. Zumindest hoffte sie, dass sie dort war. Sorcha rannte ein paar Schritte zurück und hob ihre Hände in die Luft, um Torin zu signalisieren, dass er zurückbleiben sollte, während sie sich im Kreis drehte und ihre Umgebung in Augenschein nahm.

Ein paar Möwen kreisten träge in der nebligen Luft über den Klippen, die direkt ins Meer abfielen, und das Gras, das die sanften Hügel bedeckte, wuchs in einem normalen irischen Grünton. Der Geruch nach feuchter Erde und frischem Regen, gemischt mit salziger Meeresluft, beruhigte Sorcha. Erleichtert stolperte sie näher an den Rand der Klippe und starrte auf das Wasser hinunter, wobei sie gegen die Tränen blinzelte, die ihre Sicht trübten. Ihr Adrenalinspiegel war in die Höhe geschossen, und jetzt, wo sie wieder in ihrer Welt war, legte sich die Müdigkeit wie eine schwere Decke über sie. Sie wünschte sich nichts sehnlicher, als sich hier im Gras zusammenzurollen und zwei Tage lang zu schlafen, um aufzuwachen, als wäre nichts von alledem geschehen.

Die irische Landschaft wirkte ihren Zauber. Das Vertraute löste ihre Anspannung etwas, und als sich ihre Sinne wieder beruhigten, stellte sie fest, dass sie verletzt war.

Und sehr wütend.

Sie brachte es nicht über sich, auf die Wunden hinunterzublicken, von denen sie wusste, dass sie immer noch bluteten, und war sich nicht sicher, ob sie schon bereit war, die Verletzungen zu begutachten. Stattdessen zitterte sie am Rande der Klippe. Ihre Wut und Angst waren das Einzige, was sie auf den Beinen hielt.

Als das Wasser in der Bucht unter ihnen blau zu leuchten begann, verzog sich Sorchas Mund, und sie ließ der Wut freien Lauf. Wie es schien, war immer noch Magie im Spiel, und sie wollte nichts damit zu tun haben.

„Du." Sorcha keifte das Wort heraus, denn sie wusste, dass Torin nur ein paar Meter von ihr entfernt stand. Ein Teil von ihr schätzte das Schweigen, das er ihr schenkte, denn andere Männer hätten sofort versucht, die Situation zu erklären oder sich beeilt, ihre Wunden zu flicken. Stattdessen war Torin zurückgetreten und hatte ihr erlaubt, sich zu sammeln, im Vertrauen darauf, dass Sorcha wusste, was sie brauchte.

Ein Punkt zu seinen Gunsten. Aber das war alles, was sie ihm im Moment zu geben bereit war.

„Sorcha." Ihr Name auf seinen Lippen war wie eine Heimkehr, und Sorcha hasste es, wie sehr sie sich danach sehnte, in seine Armen zu sinken und sich auszuheulen. Weitere Tränen drohten, und sie versuchte, sie zurückzuhalten. Dieser Moment ... er war der Anfang, und er war das Ende. Das Ende von allem, was sie über ihre Welt wusste, und der Anfang von etwas, das sie noch nicht verstand.

Sie war an Torin gebunden. Auf eine unerklärliche Weise. Wenn sie sich umdrehte und zu ihm ging, würde ihr Leben nie mehr dasselbe sein.

Aber würde es das überhaupt jemals wieder sein

können? War nicht schon so viel passiert, dass Sorcha nie wieder die Frau werden konnte, die sie vor dieser Nacht war? Ihre Karriere war wahrscheinlich vorbei. Die dunklen Fae wussten von ihr und wollten sie als Spielfigur in irgendeinem Spiel haben. Und Torin ... nun, er tanzte seit Hunderten von Nächten durch ihre Träume. Dass er zur Realität wurde, würde nichts an dem ändern, was sie bereits als wahr erkannt hatte.

Ihr Leben, wie sie es kannte, *war* vorbei.

Es waren Momente wie dieser, die einen Menschen in die Knie zwingen konnten, dachte Sorcha und kämpfte gegen das immer stärker werdende Pochen des Schmerzes in ihrer Seite an. Manche Menschen weigerten sich für den Rest ihres Lebens, den Zeichen der Zeit zu folgen, weil ihnen die Bequemlichkeit des Vertrauten mehr wert war als das Versprechen der Realität. Sie starben auf diese Weise, und klammerten sich an ihre sorgfältig erdachten Geschichten, ohne zu begreifen, dass ihnen eine ganz neue Welt offen gestanden hätte, hätten sie die Möglichkeit nur ergriffen.

Das Wasser der Bucht kräuselte sich weit unter ihnen, und das herrliche blaue Licht tanzte fröhlich über die Wellen, als hätte die Bucht eine Art göttliche Botschaft für sie und Torin. Als sie sich umdrehte, sah sie Torin in die Augen, und seine Kraft war nicht geringer als in der ersten Nacht, als sie ihn durch die Flammen des Lagerfeuers angeblickt hatte.

„Was hast du mit mir gemacht?", flüsterte Sorcha und Tränen kullerten ihr über die Wangen, während die Wut immer größer wurde. „Wie kannst du es wagen, zu mir zu kommen... und... und... mein Leben zu zerstören, als ob die

Konsequenzen keine Rolle spielten? Als ob mein Leben für dich und dein dummes Königreich der Feen bedeutungslos wäre? Du...du..."

„Sorcha." Wieder brachte ihr Name auf seinen Lippen den Wunsch hervor, über das Gras zu schleichen und in seinen Schoß zu kriechen, wie eine Katze, die sich unter einem Sonnenstrahl auf einer Couch zusammenrollt. Das Bedürfnis war so stark, dass Sorcha sich aktiv dagegen wehren musste, zu ihm hinüberzugehen, denn das Versprechen seiner Berührung war wie der Ruf einer Sirene. Bei ihm wirst du dich besser fühlen, schrie ihr Verstand, und es war nur ihre sture Ader, die sie davon abhielt, zu ihm zu gehen.

„Ich habe mein Leben geliebt", sagte Sorcha. „Verstehst du das nicht? Ich war glücklich. *Glücklich!* Bis du auftauchtest. In dieser Nacht... hast du etwas mit mir gemacht. Etwas, das ich immer noch nicht verstehe. Und seitdem konnte ich nicht mehr glücklich sein. Nicht wirklich. Ich bin jetzt anders, und ich weiß nicht, warum. Ich scheine nicht zu verstehen, was passiert ist. Ich hatte nie Antworten auf meine Fragen, und du bist einfach... du bist *gegangen*. Du bist auf und davon, ohne ein Wort zu sagen. Und jetzt... das? Du hast mein Herz bereits zerstört. Siehst du das nicht? Aber letzte Nacht? Und jetzt? Du hast alles kaputt gemacht. Alles. Ich habe keine Karriere mehr. Es gibt dunkle Fae, die frei herumlaufen. Menschen werden verletzt. Hochzeiten werden ruiniert. Es gibt ..." Sorcha schluckte, als der Schmerz in ihrem Körper zusammen mit der Angst um ihre Zukunft stärker wurde.

„Es tut mir leid", sagte Torin. Trotzdem kam er nicht näher, obwohl Sorcha jetzt spürte, wie ihr das Blut an den

Beinen herunterlief. „Ich wollte dich in jener Nacht nicht verlassen. Wirklich nicht. Es war... und es ist immer noch... einer der wichtigsten Momente in meinem Leben. Dich zu treffen, Sorcha, hat meinen Lebensweg unwiderruflich verändert."

„Du bist gegangen!" Sorcha schnellte herum, schleuderte ihre Hände wütend in die Luft, und ein kleiner Feuerstrahl flog heraus. Torin wich aus, seine Augen wurden groß, und Sorcha unterdrückte ihren Instinkt, sich bei diesem Mann zu entschuldigen. Diesem Feenmann.

Aber ob er nun ein Fae oder Mensch war – Gott steh ihr bei –, sie wollte ihn. Selbst jetzt, wo ihre Wut keine Grenzen kannte und ihre Angst sie zu ersticken drohte, wollte sie ihn auf eine Art und Weise, die sie nicht zu verstehen vermochte.

„Ja, das bin ich. Und das tut mir leid. Ich werde den Rest meiner Tage damit verbringen, es wiedergutzumachen, wenn du mir nur verzeihst. Sorcha, meine Liebe, komm zu mir. Bitte lass mich dich heilen." Torin streckte seine Arme aus.

„Ich ... ich kann nicht." Sorcha weinte jetzt ganz offen, der Schmerz lähmte sie fast, aber sie wusste, dass sie nicht den ersten Schritt zu Torin machen konnte. Er hatte ihr Leben bereits zerrissen und alles zerstört, was sie in dieser Welt für real hielt, und sie hatte nichts mehr, was sie ihm geben konnte, während Donals böse Fae-Magie begann, sich ihren heimtückischen Weg durch ihre Adern zu bahnen. Aber selbst dann, als sie wusste, dass ihr Leben am Ende war, musste Sorcha für eine letzte Sache einstehen.

Sich selbst.

„Du... du hast mich verlassen. Du hast mich als Spielfigur in einem Kampf zwischen Licht und Dunkelheit benutzt, und ich will nichts davon wissen, verstehst du? Ich will nichts damit zu tun haben. Du hattest kein Recht, dich wie ein allwissender Gott einzumischen und mit meinem Leben... meiner Zukunft... solche Spiele zu treiben. Deinetwegen wurden heute Abend Menschen verletzt. Gute Menschen, da bin ich mir sicher."

„Und noch mehr werden verletzt werden, wenn du nicht akzeptierst, was ist." Die Wahrheit von Torins Worten verdrehten Sorcha das Herz. „Bitte glaub mir, wenn ich sage, dass ich nie wollte, dass du verletzt wirst. Dass ich dich bis zu meinem letzten Atemzug beschützen werde."

„Aber das hast du nicht." Sorcha blickte durch ihre Tränen hindurch auf. In seinen braunen Augen lag Traurigkeit, sein Gesicht war von Sorge gezeichnet, und sein muskulöser Körper war angespannt, als wäre er bereit, sich zu bewegen, sobald sie einen Zentimeter nachgab. Sie deutete auf die Stelle, an der das Blut über ihren Körper lief. „Du hast mich nicht beschützt, oder?"

„Eine Tatsache, die mich für den Rest meines Lebens verfolgen wird. Sorcha, meine Liebe, du musst mich dich heilen lassen. Das ist zu viel. Bitte... tu mir das nicht an. Ich kann nicht ohne... Ich *brauche* dich."

„Was?" Sorcha lachte und schnappte nach Luft, als die dunkle Magie und die schweren Verletzungen ihre Beine schwächer werden ließen. „Wie kannst du das überhaupt wissen? Wir hatten eine Nacht zusammen. Du kennst mich noch nicht einmal. Du kannst mich unmöglich wollen – eine einfache Frau aus einer Kleinstadt. Eine Frau, die in einem abgewrackten Wohnmobil herumtingelt, ihrer Kunst folgt und sich von ihrem Herzen leiten lässt." Sorcha stolperte nach vorne, fast bis zum Rand der Klippe, der Schmerz brachte sie aus dem Gleichgewicht.

„Ich weiß, dass ich dich bei mir brauche, weil ich in jener Nacht Anspruch auf dich erhoben habe." Torins Lippen waren an ihrem Ohr, seine Arme legten sich um ihren Körper, und Sorchas Welt wurde schwarz.

KAPITEL SECHS

„Wie geht es ihr?", wollte Torin wissen, als Bianca das kleine Schlafzimmer verließ und die Tür fest hinter sich schloss.

„Sie ist immer noch nicht aufgewacht, aber sie scheint jetzt ruhiger zu schlafen. Deine Magie wirkt, und ihre Wunden haben sich geschlossen. Ich vermute, es ist eher ein Anflug von Erschöpfung, der sie erfasst hat."

„Sie wird es überleben." Torins Stimme überschlug sich, was sie beide überraschte, und Bianca blickte ihn mit warmen Augen an. Sie trat vor, legte eine Hand auf Torins Arm und drückte ihn sanft.

„Sie ist wirklich eine starke Frau. Deine Sorcha wird sich wieder erholen."

„Danke", sagte Torin und schluckte gegen den Kloß in seinem Hals an. Er hatte keine Angst vor Emotionen, oh nein, man konnte die Feuer-Fae nicht anführen und sich mit Gefühlsausbrüchen unwohl fühlen, aber der Gedanke, Sorcha wieder zu verlieren, jetzt, wo er sie endlich gefunden hatte, zwang ihn beinahe in die Knie.

Das Portal hatte sie nach Grace's Cove gebracht, wofür Torin dankbar war. Dort konnte er Fae-Freunde wie Bianca und Seamus aufsuchen, die den Danula über die Jahre hinweg geholfen hatten, die Domnua in Schach zu halten. Bianca, obwohl technisch gesehen ein Mensch, war Ehrenmitglied der Fae und hatte nach der Suche nach den vier Schätzen vor einigen Jahren ihre eigenen besonderen Kräfte erhalten. Kürzlich hatten Bianca und Seamus eine maßgebliche Rolle gespielt, als die Wasser-Fae revoltiert hatten, und Torin war dankbar, dass sie sofort zur Stelle waren, als er von den Klippen von Grace's Cove aus einen Hilferuf ausgesandt hatte.

Fast wäre sie von der Klippe gestürzt.

Es hatte ihn all seine Willenskraft gekostet, Sorcha aus seinen Armen zu lassen, nachdem sie durch das Portal gegangen waren. Er war so auf den Zauber konzentriert gewesen, das Portal hinter sich zu schließen, dass er sie losgelassen hatte, als sie ihn geschubst und sich in einem Anfall von Tränen und Wut aus seinen Armen gerissen hatte. Er hatte zwar gemerkt, dass sie Abstand brauchte, aber sie so zu sehen – blutverschmiert und mit dem matten Schimmer auf ihrem zerrissenen Paillettenkostüm – hatte ihn am Boden zerstört. Doch als sie anfing, das Bewusstsein zu verlieren und zu nahe an den Rand der Klippen kam, hatte Torin einen Schlussstrich gezogen.

Jetzt waren sie im Haus von Biancas Freundin – einer Frau, die ein Pub in der Stadt betrieb – und Torin war vor der Schlafzimmertür auf und ab gegangen, während Bianca sich um Sorcha kümmerte. Sie hatte ihr das blutverschmierte Paillettenkostüm ausgezogen, und nun hing es schlaff in ihren Händen. Glitzer mischte sich mit matten rostfarbenen Blutflecken und Torin nahm es ihr ab. Selbst die Berührung von Sorchas abgelegter Kleidung löste in ihm eine Welle des Gewahrseins aus, und er seufzte auf, weil er wusste, wie nahe er daran gewesen war, sie zu verlieren.

„Whiskey?", fragte Seamus, der an der Küchentheke stand. Die Hütte war gemütlich, mit ein paar Schlafzimmern und einem Hauptwohnbereich, der zu einer kleinen Küche führte.

„Ja..." Torins Kopf hob sich und er packte Bianca an den Schultern. „Sie ist wach." Ohne zu warten, drehte er sich um und folgte Bianca ins Schlafzimmer, wobei sein Blick sofort auf das Bett in der Ecke fiel, wo Sorcha ihnen mit einem müden Gesichtsausdruck zublinzelte. Sie sah aus wie ein Kind in dem großen Bett, ihre Augen waren riesig in ihrem weißen Gesicht, und das leuchtende Rot ihres Haares hob sich von der frischen cremefarbenen Bettwäsche ab. Sie war nur ein winziges Ding, wenn auch voller Muskeln, und die Decken hüllten sie ein wie ein Nest aus Wolken. Ihr Blick fiel auf Torin, und als sie zu Boden schaute, um ihre Gefühle vor ihm zu verbergen, fühlte es sich für ihn an wie ein Stich ins Herz.

„Nun, es ist schön, dich wach zu sehen. Ich bin Bianca, und ich habe mich um dich gekümmert." Bianca lächelte fröhlich und schenkte Sorcha ein Glas Wasser aus einer Karaffe auf dem Nachttisch ein. Sorcha beäugte es misstrauisch, bevor sie zu Bianca aufschaute.

„Keine Magie?"

„Nein, nur gutes altes Quellwasser für dich, meine Liebe. Ich bin übrigens ein Mensch, und ich vermute, dass du mit einem großen Durcheinander an Gefühlen zu kämpfen hast, nachdem du diesen Typen begegnet bist, habe ich recht?" Bianca gestikulierte mit ihrem Daumen in Richtung Torin. Ihre Worte ärgerten ihn, aber sie musste den richtigen Ton getroffen haben, denn ein kleines Lächeln huschte über Sorchas Gesicht.

„Das kann man wohl sagen", sagte Sorcha mit rauer Stimme. Sie nahm das Wasser an und trank, bis Bianca sie stoppte.

„Kleine Schlucke, sonst wird dir schlecht. Feenmagie ist heikel für den Körper."

„Wo bin ich?" Sorchas Hände krallten sich in die Decke, zogen sie weiter nach oben und sie vergrub sich wieder in den Kissen.

„Grace's Cove. Ein hübsches kleines Städtchen an der Westküste."

„Ich meine ... im Sinne von ..." Sorcha hob die Augenbrauen.

„In Irland. Nicht in einem magischen Reich", stellte Bianca mit einem kleinen Lächeln klar und ließ sich auf der Bettkante nieder. „Als Torin den Hilferuf absetzte, hatten wir das Glück, gerade hier zu sein und helfen zu können. Wir sind hierher gekommen, weil es hieß, dass die Feuer-Fae revoltierten."

„Ich..." Sorchas Augen wurden glasig vor Tränen. Torin trat näher. Er wünschte sich nichts mehr, als ihren Schmerz lindern zu können.

„Der hier hat mich auf den neuesten Stand gebracht." Bianca nickte Sorcha zu. „Er hat alles ganz schön durcheinander gebracht, nicht wahr?"

„Ich würde nicht sagen, dass das alles meine Schuld..." Torin brach ab, als er sah, wie sich die beiden Frauen mit anklagenden Blicken zu ihm umdrehten. Na dann. Es schien, als sei das Urteil über ihn gesprochen worden.

„Werde ich überleben?", fragte Sorcha. Ihre zitternde Stimme brach Torin das Herz. Wie sehr er sich doch danach sehnte, zu ihr zu gehen. Aber er verstand, dass es nicht das war, was sie im Moment brauchte oder wollte. Er hatte Arbeit vor sich, wenn er ihr Vertrauen zurückgewinnen wollte, und er hoffte, dass er die Zeit dazu bekommen würde. Die Pflicht rief, und doch hatte er sie vernachlässigt, als Sorcha entführt worden war. Er hatte sie über den königlichen Auftrag gestellt, die Fae zu beschützen, und damit seine eigene Zukunft und die seines Volkes aufs Spiel gesetzt. Würde sie überhaupt verstehen, was das bedeutete? Würde es für sie eine Rolle spielen? Er spürte bereits den Tadel der Königin und seines Volkes, und dennoch blieb er... er musste wissen, dass Sorcha wieder gesund werden würde.

„Ja, das wird schon wieder. Zum Glück weiß Torin genug über Heilmagie, dass er dich durchbringen konnte, und ich habe ein paar Freunde hier in Grace's Cove angerufen, die beim Rest helfen konnten. Du solltest nur minimale Narben davontragen. Aber du wirst ein wenig Zeit brauchen, um dich zu erholen. Wie fühlst du dich?", fragte Bianca.

„Ich..." Die Decke kräuselte sich, als Sorcha ihre Beine bewegte und dann mit den Händen über ihren Körper fuhr. „Ehrlich gesagt? Gar nicht so übel. Ich bin wirklich müde. Aber ich spüre keinen Schmerz – und das ist schon seltsam, nicht wahr? Ich sollte Schmerzen haben. Besonders hier an der Seite, wo er mich getroffen hat." Verwirrung machte sich auf ihrem reizenden Gesicht breit.

„Ich habe dir den Schmerz genommen", sagte Torin. Er wollte, dass sie ihn mit etwas anderem als Groll ansah. Ihre Augen flogen zu ihm, eine Frage lag darin.

„Du hast mir den Schmerz genommen?"

„Ja." Torin neigte den Kopf. „Ich habe ihn in mir aufgenommen. Das ist Teil der Heilmagie. Man kann den Schmerz vom Körper ableiten oder ihn in sich aufnehmen. Ich habe ihn auf mich genommen... als eine Art Buße. Weil ich dich nicht früher gefunden habe. Weil ich dich überhaupt erst verlassen habe. Weil ich zugelassen habe, dass du verletzt wurdest."

„Das war nicht sehr klug von dir", sagte Bianca und unterbrach sein bedeutungsvolles Geständnis. Verärgerung blitzte in Torins Augen auf.

„Ja, oder?" Sorcha lachte leise. „Wenn du den Schmerz woanders hinschicken kannst, warum würdest du ihn in deinen Körper aufnehmen?"

„Vor allem, wenn deine Leute dich jetzt brauchen?" Bianca schüttelte den Kopf über Torin, und er fühlte sich wie ein gescholtenes Kind. Dann warf sie einen verschwörerischen Blick zu Sorcha. „Männer. Sie sind alle gleich, nicht wahr? Ob Fae oder Mensch. Sie würden sich lieber dramatisch in ihr Schwert stürzen, als eine einfache Entschuldigung anzubieten."

„Wenigstens gibt es ein paar Dinge, die in den Welten gleich sind", lächelte Sorcha.

„Ich habe mich entschuldigt." Torin merkte, dass er gefährlich nahe daran war, mit seinem Stiefel auf dem Holzboden aufzustampfen. „Und zwar von ganzem Herzen, wohlgemerkt."

„Stimmt das?" Bianca sah zu Sorcha, die nickte.

„Das hat er. So viel ist richtig."

„Wenn du dich entschuldigt hast, warum nimmst du den Schmerz auf dich? Der Hang zur Selbstgeißelung ist keine besonders anziehende Eigenschaft, weißt du?" Bianca tippte mit einem Finger gegen ihre Lippen. Ein Kichern entwich Sorcha, dann musste sie losprusten. Torins Brauen hoben sich.

„Lachst du ... über mich?", fragte Torin, hin- und hergerissen zwischen der Freude, ihr Lachen zu hören, und der Frustration, der Grund dafür zu sein.

„Und Frauen sind angeblich das dramatische Geschlecht...", seufzte Bianca.

„Nicht wahr?", sagte Sorcha und richtete sich langsam auf, so dass sie gegen die Kissen saß. Bianca hatte ein einfaches weißes Männer-T-Shirt für Sorcha gefunden, und der Stoff lag locker auf ihren Schultern. „Ich habe dich bestimmt nicht darum gebeten, dass du so ein Opfer auf dich nimmst. Nicht, dass ich eine Ahnung davon hätte, wie man mit Magie heilt und so, aber es scheint mir eine dämliche Sache zu sein. Wenn wirklich ein Kampf bevorsteht, wirst du dann nicht deine Kräfte brauchen?"

„Ich ... es war ..." Torin fuhr sich mit der Hand durch die Haare. Seine Verärgerung wuchs. Beide Frauen starrten ihn wie Eulen an und warteten darauf, dass er zu Ende sprach. „Ich habe nicht klar nachgedacht, okay? Ich wusste nicht, wohin ich die dunkle Magie lenken sollte, und ich wusste, dass es zu mehr Probleme führen könnte, wenn ich sie aus dem Fenster schießen und jemanden draußen verletzen würde."

„Warte ... ich bin..." Sorcha hob eine Hand und kniff sich in die Nase. „Erkläre mir das bitte."

„Lange bevor die moderne Medizin diese Praxis fast zerstört hat, ging es in den alten Traditionen im Grunde darum, die Krankheit aus dem Körper zu ziehen, wenn man jemanden mit den Händen heilte. Dabei braucht die Krankheit einen Ort, wo sie landen kann – ein Ventil, wenn man so will. Die Praxis erlaubt es, die Krankheit auf ein unbelebtes Objekt zu lenken, wie den Boden oder einen Baum oder etwas Ähnliches... so wird sie neutralisiert. Sie in den eigenen Körper zu leiten, ist eine Möglichkeit, aber keine empfehlenswerte. Ich vermute sogar, dass du dich im Moment nicht besonders gut fühlst, oder?" Bianca blickte Torin mit verengten Augen an.

„Es geht mir gut", sagte Torin knapp. Sicher, er fühlte sich nicht hundertprozentig, aber er verfügte über genug Magie und Kraft, um die Wucht der dunklen Magie, die er auf sich genommen hatte, abzumildern.

„Sagt der Mann mit den Schweißtropfen auf der Stirn." Bianca warf ihre Hände hoch. „Göttin, bitte bewahre mich vor starrköpfigen Männern. Ich schwöre, wenn ich gewusst hätte, dass du den verdammten Schmerz auf dich genommen hast, würdest du jetzt auch im Bett liegen. Und nun wirst auch du die Füße hochlegen, während ich Seamus bitte, etwas Suppe warm zu machen."

„Seamus?", fragte Sorcha.

„Mein Mann. Er ist Fae und die Liebe meines Lebens. Lass die Finger von ihm, sonst gibt es Ärger, und das wollen wir nicht." Bianca zwinkerte Sorcha zu. „Er ist ein Traummann, aber er ist *mein* Traummann. Verstanden?"

„Mach dir keine Sorgen wegen mir, ich habe den Männern abgeschworen", versprach Sorcha und hielt die

Bettdecke fest umklammert. Torins Verärgerung wuchs, und er blickte die beiden an.

„Du. Setz dich. Sofort." Bianca wies auf einen Sessel in der Ecke des Zimmers. Torin schritt darauf zu und zog ihn an die Seite des Bettes, ohne sich darum zu kümmern, dass Sorcha mit den Augen rollte. Auf die eine oder andere Weise würden sie wieder zueinander finden müssen. Torin wusste bereits, was Sorcha ihm bedeutete, aber es schien, dass die Frau nicht daran interessiert war, zu erfahren, was direkt vor ihren Augen geschah. „Ich hole euch beiden etwas zu essen, und dann werden wir darüber sprechen, wie es weitergehen soll. Verstanden?"

„Ist gut", knirschte Torin. Sorcha nickte und Bianca hüpfte kopfschüttelnd aus dem Zimmer, während sie über sture Männer schimpfte.

„Ich bin froh, dass du in Sicherheit bist", sagte Torin, streckte eine Hand aus und ließ sie dann auf die Decke fallen, als Sorcha ihn nur misstrauisch beäugte.

„Bin ich das?" Sorcha lachte leise, schüttelte den Kopf und warf einen Blick zum Fenster, als ein dicker Regentropfen gegen die Scheibe platschte. „Ich bin mir nicht sicher, ob ich mich jemals wieder sicher fühlen werde, jetzt, wo ich all das über diese Welt weiß."

„Das kannst du aber. Ich werde auf dich aufpassen", sagte Torin, während seine Stimme vor Rührung anschwoll.

„Nein, danke." Sorcha drehte sich um und durchbohrte ihn mit der Intensität ihres Blicks. „Ich kann nicht darauf vertrauen, dass du für mich da sein wirst, was bedeutet, dass die einzige Person, auf die ich mich verlassen kann, ich selbst sein werde."

KAPITEL SIEBEN

„Ich brauche meine Sachen", sagte Sorcha, nachdem sie eine Schüssel Gemüsesuppe und etwas köstliches, noch ofenwarmes Schwarzbrot verschlungen hatte. Seamus, der sich als reizende Bohnenstange mit rotem Haarschopf entpuppt hatte und nichts als Bewunderung für seine Frau empfand, hatte ihr Lob für seine Kochkünste mit einer leichten Rötung der Wangen angenommen. Der Mann war hinreißend, stellte Sorcha fest, und erwärmte sich sofort für ihn und Bianca. Torin hingegen stellte ein ganz anderes Problem dar, und sie war sich nicht sicher, wie sie damit umgehen sollte. Sorcha mochte es nicht, wenn sie mit jemandem ein ungutes Gefühl hatte, und normalerweise versuchte sie, Konflikte mit den Menschen in ihrem Leben schnell zu lösen. Hier handelte es sich jedoch um etwas Größeres, das viel verwirrender war als ein gewöhnlicher Streit mit einem Freund. Ihre Gefühle verknoteten sich wie Ketten in einer Schmuckschatulle, und es fiel ihr schwer, sie zu entwirren.

Einerseits war es unbestreitbar, dass sie sich sofort zu

Torin hingezogen gefühlt hatte. Sie wäre gewiss eine Lügnerin, wenn sie sich nicht einmal *das* eingestehen könnte. Torins Anziehungskraft war so stark, dass sie fast greifbar war. Es war, als wäre er ein Sicherer, der das Seil an ihrem Sicherheitsgurt hielt, während sie auf dem Hochseil balancierte. Selbst mit geschlossenen Augen spürte sie, wenn er den Raum verließ und in der Hütte umherging, und ihre Sinne konnten seine Bewegungen irgendwie verfolgen. Sorcha wusste nicht, was sie davon halten sollte, auch nicht von der Tatsache, dass sie sich so sehr gefreut hatte, ihn zu sehen, dass sie ihm fast schon verziehen hätte, dass er sich nach ihrer ersten gemeinsamen Nacht einfach verdrückt hatte.

Nur ... sie *konnte* es einfach nicht. Selbst so wie sie lebte, wo die freie Liebe weitgehend als Ausdruck des kreativen Lebensstils akzeptiert war, war Sorcha nie so grob gewesen, sich ohne ein Wort aus dem Bett eines Liebhabers zu wälzen und einfach zu gehen. Das war nach einer Nacht der Intimität nicht gerade freundlich, und wenn der besagte Liebhaber zufällig ein magischer Feenmann war und zum Abschied die Macht über das Feuer hinterlassen hatte – nun dann war es noch schlimmer. Sorcha hatte fast zwei Jahre damit verbracht, zu glauben, dass sie verrückt wurde, oder schlimmer noch, dass sie in dieser Nacht den Teufel in ihr Wohnmobil gelassen hatte. Sie hatte ihr Bestes getan, um ihre neu gewonnene Macht zu ihrem Vorteil zu nutzen, aber die nagende Sorge, dass sie ein böses Spiel spielte, hatte sie nie verlassen. Seit jener Nacht mit Torin war Sorcha unruhig und unsicher geworden und hatte sich gezwungen, ihre Verunsicherung zu überwinden, indem sie sich einen Namen machte und eine eigene Marke schaffte. Denn das war es, was Überlebende taten, dachte Sorcha. Sie hätte dem Wahnsinn verfallen und Passanten an der Straßenecke erzählen können, wie sie mit ihren Händen Feuer machen konnte. Oder sie nutzte diese Macht zu ihrem Vorteil. Sie fühlte sich deswegen nicht schlecht, es bedeutete aber nicht, dass sie dem Mann vertraute, der ihr diese Fähigkeit gegeben hatte.

Nun fühlte sie sich hoffnungslos zu Torin hingezogen, erholte sich von bösen Verletzungen und fühlte sich zutiefst unwohl dabei, als Spielball der Fae benutzt zu werden. Es war eine Welt, die sie nicht verstand, und sie ging davon aus, dass die Lernkurve steil sein würde, also tat Sorcha, was sie immer tat, wenn ihr eine Situation unangenehm wurde – sie ging weg.

Nun, zumindest versuchte sie es.

„Du kannst doch nicht einfach so im T-Shirt zur Tür hinausgehen, oder?", fragte Torin, die Hände in die Hüften gestemmt, als wäre er ein Lehrer, der eine Schülerin zurechtwies. Sorcha hatte gewartet, bis alle schliefen, und war zur Haustür geschlichen, um eine kleine Tasche mit Dingen zu holen, die sie mitnehmen wollte. Leider hatte der Feenmann ein ausgezeichnetes Gehör, und er war aufgesprungen, bevor sie den Knauf an der Eingangstür des Hauses drehen konnte.

„Es ist länger als einige der Kleider, die ich manchmal trage", sagte Sorcha und zog den Riemen der Tasche höher auf ihre Schulter.

„Draußen regnet es in Strömen", schoss Torin mit finsterem Gesicht zurück. „Wo wolltest du um diese Zeit überhaupt hin?"

„Ich will meine Sachen", wiederholte Sorcha.

74

„Was ist hier los?" Das Licht in der Hütte ging an und Bianca und Seamus traten aus ihrem Zimmer. Ihre Augen waren schläfrig.

„Sorcha dachte, sie würde uns in den frühen Morgenstunden verlassen. In dieser Kleidung", Torin deutete mit dem Finger auf Sorcha, die barfuß in dem übergroßen Männer-T-Shirt dastand. Jetzt, da Torin sie ins Rampenlicht gerückt hatte, wurde Sorcha klar, wie albern sie aussah. Trotzdem meldete sich ihre sture Ader.

„Ich brauche meine Sachen. Mein ganzes Leben ist in einem Wohnmobil in Cork, und wenn er zu lange dort steht, wird er beschlagnahmt. Es mag euch Zauberern nicht viel bedeuten, aber es ist das einzige Zuhause, das ich habe, und alles, wofür ich je gearbeitet habe, ist darin. Ich muss Betty Blue abholen."

„Ist das der Name deines Wohnmobils? Er gefällt mir." Bianca trat vor und legte einen Arm um Sorchas Schultern, ihre Wärme wirkte sofort beruhigend.

„So ist es. Sie … sie ist alles, was ich habe." Zu ihrer eigenen Überraschung brach Sorchas Stimme. Sie hob ihr Kinn und starrte Torin finster an.

„Du hast dein Leben, nicht wahr? Etwas, das du ziemlich schnell los sein wirst, wenn du einfach so aus der Tür gehst." Torin fuhr sich mit der Hand durchs Haar, sodass sich die goldenen Strähnen aufrichteten. Seine gelbbraunen Augen waren wütend. „Törichte Frau…"

„Töricht, ja?" Empörung durchfuhr Sorcha. Sie trat einen Schritt vor und stieß mit ihrem Finger in Torins muskulöse Brust. Die Berührung erregte sie, und Sorcha stellte schockiert fest, dass die Nähe zu ihm sie sofort auf bestimmte Ideen brachte. Sie schaute hoch, und höher, bis sie in seine Augen sah, und fand dort ein Echo des gleichen feurigen Verlangens. Sorcha leckte sich über die Lippen, schluckte gegen ihre niederen Triebe an und trat einen Schritt zurück, um den Impuls zu unterbrechen. „Du hast nicht zu entscheiden, was für jemand anderen wichtig ist. Ich bin für mein Leben verantwortlich – nicht du."

„Du gehörst mir und ich werde nicht zulassen, dass du dumme Entscheidungen triffst."

„Oh nein", flüsterte Bianca zu Seamus und schüttelte entsetzt den Kopf. „Jetzt hat er es getan."

„Dumm also?" Sorcha ignorierte Torins Kommentar, dass sie ihm gehöre. Sie hatte nie eine Universität besucht, einerseits weil sie wenig Geld hatte, um diesen Weg zu finanzieren, andererseits weil sie mit ihrem lebhaften und kreativen Verstand nie in der Lage gewesen war, sich für ein bestimmtes Studium zu entscheiden. Dennoch war es ein wunder Punkt – die Vorstellung, dass es einer Person an Intelligenz mangelte, wenn sie keine Universität besucht hatte. Sie hob ihr Kinn in Torins Richtung. „Die einzige dumme Person, die ich hier sehe, bist du – derjenige, der eine Frau zurückgelassen hat, die offensichtlich wichtig für deinen kleinen Feen-Machtkampf ist – ganz zu schweigen davon ..." Sorcha hob einen Finger, als Torin etwas sagen wollte, „dass du sie mit irgendwelchen Kräften ausgestattet und sie dann sich selbst überlassen hast. Du hast keinerlei Gendanken an die Folgen verschwendet, und in Kauf genommen, dass ich ganz Irland hätte in Brand stecken können. Und doch hast *du* mich verlassen. Und ich bin die Dumme?" Der Atem stockte ihr in der Brust, während sie ihren Worten mit kleinen Luftstößen ihres Zeigefingers Nachdruck verlieh. Sie wollte ihn nicht mehr berühren. Sie wusste, dass sie sonst ihre Wut vergessen und sich daran erinnern würde, wie sehr sie ihn wollte. Was eigentlich keinen Sinn machte, denn sie hatte nur eine Nacht mit dem Mann verbracht.

„Ich hab's dir gesagt", zischte Bianca und schnalzte leise mit der Zunge. „Torin muss noch eine Menge über Frauen lernen, wie es scheint."

„Er hat gerade noch ein paar andere Probleme im Kopf, nicht wahr, Liebes?", fragte Seamus, der versuchte, für seinen Kameraden einzustehen.

„Er würde sie viel schneller lösen können, wenn er Sorcha auf seine Seite bringen würde, anstatt sie abzustoßen, nicht wahr?", sagte Bianca.

„Das wäre sicher das Klügste", stimmte Seamus zu.

„Siehst du?", forderte Sorcha. „Sogar Seamus denkt, dass du der Dumme bist, nicht ich."

„Oh, ich..." Seamus schluckte hörbar, als Torins goldene Augen zu ihm huschten. Torins Gesicht war hart, und wenn Sorcha nicht den Pulsschlag an seinem Hals gesehen hätte, hätte sie glauben können, dass es in Stein gemeißelt war.

„Ich zweifle nicht an deiner Intelligenz", sagte Torin nach einem langen Moment. „Aber ich halte deinen derzeitigen Kurs für unklug. Eine unkluge Entscheidung bedeutet nicht, dass es einer Person an Intelligenz mangelt. Wir treffen unsere Entscheidungen oft auf der Grundlage unserer Gefühle. Gefühle sind irrational, auch wenn sie unser Handeln bestimmen. Ich will nur darauf hinweisen, dass es wahrscheinlich nicht gut für dich ist, wenn du in der stürmischen Nacht ohne Schuhe und ohne die Möglichkeit, irgendwohin zu gelangen, losrennst."

Verdammt. Der Mann hatte nicht Unrecht. Sorcha biss sich auf die Lippe, gefangen zwischen ihrer Wut und ihrer eigenen leichtsinnigen Entscheidung.

„Sorcha. Wie kann ich dir helfen?", fragte Bianca und lenkte ihre Aufmerksamkeit von Torin ab.

„Ich muss zu meinem Wohnmobil gehen. Ich brauche meine Sachen. Ich habe Termine ... ein Leben ..." Sorcha zuckte mit den Schultern, als ihr klar wurde, dass sie nach dem, was auf der Hochzeit geschehen war, vielleicht keine Kunden mehr hatte. Sie wusste es nicht. Sie hatte kein Telefon, keinen Computer – keine Möglichkeit, sich über die aktuellen Nachrichten zu informieren. Sie musste online gehen und herausfinden, welcher Schaden auf der Hochzeit angerichtet worden war. Wenn sie nur Betty Blue zurückhätte, würde sie sich ausgeglichener und beherrschter fühlen.

„Dieses Leben ist vorbei. Du gehörst jetzt mir..." Torin blickte zu Bianca und Seamus, die vehement den Kopf schüttelten. Seamus machte eine schneidende Bewegung am Hals, aber der Schaden war bereits angerichtet.

„Ich habe dir Sex gegeben. Ich habe dir nicht die Eigentumsrechte für mein Leben übertragen." Sorcha warf die Schultern zurück. „Kein Mann wird über mein Schicksal bestimmen, Torin. Das musst du dir erst mal in deinen Dickschädel einprägen."

Torin zuckte zusammen. Er war sichtlich verletzt, und Verwirrung machte sich auf seinem Gesicht breit, als er Seamus ansah.

„Aber sie ist meine Schicksalsgefährtin...sie muss meinen Anspruch akzeptieren..."

„Ähm ..." Seamus presste die Lippen aufeinander und

wippte auf seinen Fersen, während er über das Problem nachdachte. „Ich denke, wir wissen beide, dass es nicht immer so läuft." Ein bedeutungsschwerer Blick ging zwischen den beiden Männern hin und her.

„Schicksalsgefährtin? Unwahrscheinlich, mein Junge. Denn ich erhebe selbst keinen Anspruch auf dich, hast du verstanden?" Ein Anflug von Panik machte sich langsam in Sorcha breit, und sie drehte sich verzweifelt zu Bianca um. „Ich bin niemandes Gefangene. Ich darf meine eigenen Entscheidungen treffen, richtig?"

„Richtig, richtig. Beruhige dich, es ist alles gut. Wir werden das alles erklären, das verspreche ich dir." Bianca zog Sorcha sofort in eine Umarmung. „Als erstes werden wir nach Cork fahren. Jetzt, wo du wieder gesund bist, fahren wir einfach rüber und holen dein Fahrzeug."

„Aber ... wir können nicht ... die Feuer-Fae ...", protestierte Torin.

„Na, die können bestimmt noch eine Minute warten, oder? Oder du kannst ohne uns aufbrechen, Torin. Wir bringen Sorcha nach Hause, verstanden? Wenn sie sich erst einmal in ihre neue Situation eingelebt hat, wird sie besser in der Lage sein, über eure gemeinsame Zukunft zu sprechen."

„Es gibt keine Zukunft für uns", sagte Sorcha sofort, obwohl ihr Herz ihr zuflüsterte, dass sie eine Lügnerin war.

„Nicht alles sollte um drei Uhr morgens und im Affekt entschieden werden. Habe ich recht, mein Lieber?" Bianca stieß Seamus mit dem Ellbogen in die Seite, und er grinste, ergriff ihre Hand und zog sie für einen Kuss zu seinem Mund.

„Sie hat recht. Es ist das Beste, die Dinge ein wenig

herunterkochen zu lassen. Bringen wir Sorcha erst einmal zu dieser Miss Betty Blue, und dann sehen wir weiter."

„Danke", flüsterte Sorcha und löste sich spürbar erleichtert aus Biancas Armen.

„Es ist aber auch eine Lektion für dich, meine Liebe. Bitte uns das nächste Mal einfach um Hilfe, dann können wir uns einige dieser dramatischen Situationen ersparen..." Bianca verdrehte die Augen und deutete mit dem Kopf auf Torin, der die Hände hochwarf und aus dem Zimmer stürmte. „Er ist wirklich ein launischer Kerl, nicht wahr?"

„Er ist das Oberhaupt der Feuer-Fae, meine Liebe, hast du gedacht, er wäre von der ruhigen Sorte?", fragte Seamus, was Sorcha ein Lachen entlockte.

„Jetzt, wo du es sagst, hast du wahrscheinlich recht ... Nun, dann steht uns eine interessante Reise mit ihm bevor. Du wirst alle Hände voll zu tun haben." Bianca grinste Sorcha an, die sofort ihre Hände in die Luft hob.

„Nicht meiner. Ich erhebe keinen Anspruch auf ihn."

„Noch nicht!", donnerte Torin aus dem anderen Zimmer.

Sorcha reckte ihren Mittelfinger in Richtung der Tür, woraufhin sowohl Seamus als auch Bianca in Gelächter ausbrachen.

„Nun, dann. Dann machen wir uns mal fertig. Lass uns das nächste Mal bitte nach einer ordentlichen Nachtruhe abreisen, ja, Liebes?"

„Ich werde es mir merken", seufzte Sorcha.

KAPITEL ACHT

Vielleicht war Magie doch nützlicher, als sie gedacht hatte, überlegte Sorcha, während sie beobachtete, wie Torin mühelos die Tür zu Betty Blue öffnete. Sorcha hatte das Problem erkannt, kurz nachdem sie in Cork angekommen waren. Sie hatten auf dem Parkplatz gestanden und ihr fröhliches Wohnmobil angestarrt. Ihre Handtasche war in der Empfangshalle gewesen, zusammen mit ihrem Telefon, ihrem Portemonnaie und den Schlüsseln zu Betty Blue. Zum Glück hatte sie einen Ersatzschlüssel im Wagen versteckt, und nachdem Torin die Tür geöffnet hatte, kroch sie ins Innere und in den hinteren Teil, wo sie ein Geheimfach aufschloss, in dem sich ihr iPad, ein wenig Bargeld, ein paar persönliche Dokumente und ihre Ersatzschlüssel befanden.

„Gut, das hätten wir also." Sorcha steckte ihren Kopf aus der Fahrertür und schwenkte den Schlüsselbund. Es war ein neuer Tag, die Sonne küsste gerade den Himmel, und die Vögel hatten mit ihrem Morgengesang begonnen. „Danke, dass ihr mir geholfen habt und so. Viel Glück mit euren, ähm, Schlachten und so weiter. Ich setze euch gerne irgendwo ab, wenn es nötig ist?"

„Diese Frau treibt mich noch in den Wahnsinn", sagte Torin, trat gegen einen Stein auf dem Bürgersteig und murmelte Flüche vor sich hin.

„Ich glaube nicht, dass du uns einfach so absetzen kannst", lächelte Bianca mit amüsiert funkelnden Augen. „Du bist jetzt irgendwie Teil des Ganzen."

„Wie das? Das ist nicht fair." Sorcha verschränkte die Arme vor der Brust.

„Nun, lass uns versuchen, mal alles in Zusammenhang zu bringen." Seamus trat vor Torin und unterbrach das, was wahrscheinlich der Anfang einer Wuttirade war. „Die Fae haben einen Angriff auf den Ort verübt, an dem du gearbeitet hast, richtig? Dann haben sie dich entführt, um Torin zu provozieren. Und... nun, es hat funktioniert, nicht wahr? Er ist *dir* gefolgt, anstatt seine königlichen Pflichten zu erfüllen. Die Fae wissen das jetzt. Was bedeutet, dass du eine Art Zielscheibe auf deinem Rücken hast. Es wäre töricht, dich ungeschützt zu lassen, Sorcha. Und, offen gesagt, ich denke, du bist klüger als das. Das ist vielleicht nicht der Weg, den du gewählt hast, aber es ist der, auf dem du dich jetzt befindest. Verstehst du?"

Es ärgerte sie wirklich, dass er recht hatte. Die Wahrheit seiner Worte resonierte in ihrem Bauch, und Sorcha ließ sich zurück auf den Sitz fallen. Sie schlug mit der Faust auf das Lenkrad und schürzte die Lippen, während sich ihre Gedanken drehten. Gab es einen Ort, an dem sie sicher wäre? Oder zumindest für eine Weile vom Radar verschwinden könnte?

„Und wenn ich für eine Weile nach Spanien fliege?

Einen kleinen Urlaub mache?" Sorcha drehte ihren Kopf und sah die Gruppe an.

„Leider würden sie dich wahrscheinlich stoppen, bevor du den Flug antrittst. Du bist im Moment nützlich für sie. Wenn es dir also nichts ausmacht, fahren wir einfach mit dir im Wagen mit. Auf diese Weise können wir dir etwas Schutz bieten, während wir uns überlegen, wie wir weiter vorgehen." Seamus zuckte reumütig mit den Schultern.

„Ich stecke also fest? Ist es das, was du damit sagen willst? Ich bin dabei, ob ich will oder nicht?", fragte Sorcha.

„Bei der Göttin, was bist du nur für eine starrköpfige Frau", sagte Torin vom Beifahrersitz aus. Sorcha keuchte auf und legte eine Hand an ihr Herz.

„Huch! Wie bist du hier reingekommen? Und dann auch noch angeschnallt?" Sorcha starrte Torin an, der vor wenigen Sekunden noch auf dem Bürgersteig gestanden hatte.

„Wir gehen mal kurz nach hinten, während ihr zwei euch ein wenig unterhalten könnt", beschloss Bianca, schob die hintere Wagentür auf und sah sich in Sorchas Wohnmobil um, bevor sie einstieg. Sorcha hatte den Van zu einer Art Zuhause umgebaut, mit einer Bank an der einen Wand, die als Sitzgelegenheit diente, wenn der Wagen fuhr, die aber auch zu einem Bett ausgeklappt werden konnte, falls sie es brauchte. Auf der anderen Seite befanden sich Schränke zur Aufbewahrung, ein hochklappbarer Tisch und eine kleine Küche im Stil einer Kombüse für die Essenszubereitung. Darüber befand sich eine verschlossene Aufbewahrungsbox für ihre Kostüme, ihre Bühnenausrüstung und andere Dinge, die sie nicht unmittelbar und täglich brauchte. Es war ein einfaches und unkompliziertes Leben, das Sorcha sehr gut gefiel.

„Du lebst wie ein mittelloser Band-Roadie." Die Worte ihrer Schwester Mary hallten in ihren Gedanken wider, als Sorcha Bianca und Seamus im Rückspiegel dabei beobachtete, wie sie den Wagen in Augenschein nahmen. Ihre Beziehung zu Mary war kompliziert und schwankte oft zwischen Konkurrenzkampf und Kameradschaft, mehr noch als bei ihren anderen Schwestern. Sie waren altersmäßig am nächsten beieinander und hatten sich in ihrer Kindheit wie Pech und Schwefel verstanden. Erst in den letzten Jahren hatten sie begonnen, sich auseinander zu leben, nachdem Mary an die Uni gegangen war und begonnen hatte, ein wenig angepasster zu werden. Was Mary einst als abenteuerlicher Lebensstil erschienen war, erschien ihr nun als durchgeknallt und riskant, und Sorcha hatte aufgehört, ihre Entscheidungen gegenüber ihrer Schwester zu verteidigen. Ihr Leben war ihr eigenes und damit basta. Dennoch hoffte sie, dass sie irgendwann wieder zueinander finden würden, denn Reisen war oft einsam. Sicher, ihre anderen Schwestern riefen regelmäßig an und erzählten von ihren Freunden oder Babys, je nachdem, welche Schwester gerade anrief, aber Sorcha hatte oft das Gefühl, dass sie für sie nur jemand war, bei der sie sich über das Leben auslassen konnten, und selten hatte eine von ihnen die Zeit oder die Lust zu fragen, wie es ihr wirklich ging.

Schließlich war sie die Freie, und Sorcha vermutete, dass dies eine Tatsache war, die ihr ihre Schwestern übel nahmen. Sie war nicht da, um sich um ihre Eltern zu kümmern, um beim Babysitten zu helfen oder sich den Befehlen ihres Vaters zu fügen. Nein, Sorcha hatte sich aus diesem stumpfsinnigen Dasein entfernt und war mit ihrer Entscheidung glücklich gewesen. Erst jetzt, als sie den magischen Feenmann neben sich anstarrte, begann sie sich zu fragen, wohin ihre Lebensentscheidungen sie gebracht hatten. Wäre sie zu Hause geblieben und hätte Patrick, den Barbier des Dorfes, geheiratet, wäre sie nun vielleicht nicht kurz davor, in eine Schlacht der Fae zu ziehen.

Aber, oh, sie hätte es auch verpasst, zu lernen, dass Magie und Feen real sind. Und wie traurig das doch gewesen wäre, erkannte Sorcha. Sicher, es lauerte Gefahr, aber sie hätte genauso gut eines Tages von einem Auto auf der Straße überfahren werden können. Wenn sie schon untergehen sollte, dann vielleicht inmitten einer unglaublichen Feenwelt. Entschlossen warf Sorcha einen Blick über ihre Schulter.

„Die Sicherheitsgurte befinden sich an der Seite – ja, genau da." Sorcha nickte, als Bianca auf die Ränder der Sitze zeigte.

„Mir gefällt, was du aus dem Raum gemacht hast. Sehr effizient, aber auch bequem", sagte Seamus, ließ sich mit seinem schlaksigen Körper auf dem Sitz nieder und streckte seine Beine vor sich aus. „Denkst du, du würdest das eines Tages auch gerne tun, mein Schatz? In einem Wohnmobil herumreisen? Wir könnten quer durch Europa fahren. Alle Arten von wunderbarem Essen genießen. In Italien einen köstlichen Wein trinken."

„Mit leckerem Essen und Wein hast du mich", Bianca hielt eine Hand an ihr Herz. „Eines Tages, ja. Ich glaube, das könnte Spaß machen. Vielleicht. Aber was ist, wenn man auf die Toilette muss?"

„Es gibt eine Toilette."

„Was? Wo?" rief Bianca aus.

„Es ist keine, die man in Gegenwart anderer Leute benutzen würde", lachte Sorcha. „Aber wenn du den Deckel des hinteren Kastens anhebst, kannst du sie sehen. Im Wagen gibt es auch einen kleinen Tank für Abwasser und so etwas. Man muss nur die richtigen Stellen zum Entleeren finden."

„Na, wer hätte das gedacht?", sagte Bianca und spähte unter den Deckel. „Tatsächlich, da ist eine kleine Toilette drin."

„Das reicht!", rief Torin. Seine Stimme war wie ein Ballon, der im Wohnmobil platzte. Sofort wurden alle still. „Wir müssen gehen. Sofort."

„Oh, ist da ..." Sorcha warf einen Blick in die Rückspiegel und durch die Windschutzscheibe. Die Straße war ruhig, denn sie hatte in der Nähe der Kneipen geparkt, und die waren alle noch geschlossen. „Ich sehe niemanden, der unterwegs ist. Es ist noch recht früh, Torin."

„Die Menschen sind mir egal – mir geht es um die Domnua. Ich habe jetzt lange genug gewartet. Wir müssen zurück nach Grace's Cove. Dort braut sich Ärger zusammen – ich kann es spüren." Torin strich sich mit der Hand durch das Haar, sein Gesicht war verhärtet, und einen Moment lang fühlte Sorcha mit ihm mit. Er schien ein Mann zu sein, der sich gerne an das Protokoll hielt, obwohl davon nicht viel zu spüren gewesen war, als sie sich kennengelernt hatten. Allerdings war es auch nicht so, dass er in der Nacht, als sie zusammen auf dem Festival gewesen waren, im Dienst gewesen wäre. Hitze stieg in ihr auf, während Sorcha an diese Nacht zurückdachte, an ihre Körper, die sich ineinander verschlungen hatten, an den

Geschmack seines Mundes, wie eine Sünde, die sie immer wieder begehen konnte. Torin drehte sich um, seine goldenen Augen fanden die ihren, und sein Mundwinkel hob sich, als wüsste er um ihre Gedanken. Die Luft zwischen ihnen verdichtete sich. Sie war schwer vor Verheißung, und Sorcha schluckte gegen die aufkommende Nervosität an.

„Meine Güte! Holt mir einen Ventilator, denn ich verbrenne hier hinten bei der Hitze zwischen euch beiden", rief Bianca. Sorcha zuckte zusammen, ihre Wangen färbten sich rot, und sie startete den Wagen.

„Wohin?" Sorcha biss auf die Zähne, überprüfte ihre Spiegel und fuhr auf die Straße.

„Ich glaube, er hat gerade erwähnt, dass wir auf dem Weg zurück nach Grace's Cove sind", sagte Bianca fröhlich. „Das müssen die ganzen Hormone sein, die dich so vergesslich machen."

Sorcha warf einen Blick in den Rückspiegel, in dem sie das fröhliche Grinsen der Blondine sah, und funkelte sie warnend an.

„Es hat keinen Sinn, sich mit ihr zu streiten", fügte Seamus kichernd hinzu und stieß seiner Frau in die Rippen. „Ich schwöre, sie ist eine ewige Kupplerin."

„Ich bin keine Kupplerin – oh nein. Ich habe nur gesehen, dass die Verbindung bereits hergestellt wurde. Ich bin auf der Seite der Liebe, das ist alles. Ich denke, die Liebe ist stärker als alles, nicht wahr, meine süße Köstlichkeit von einem Mann?" Bianca lehnte sich an Seamus' Seite und strahlte zu ihm hinauf, während Sorcha ihre Augen wieder auf die Straße richtete und den Blickkontakt zu Torin mied.

Liebe.

Das Wort erblühte in ihrem Herzen, wie eine zarte Rose, die sich im ersten Sonnenlicht öffnete und einen Tautropfen auf ihren zarten Blütenblättern auffing. Eine Rose war trügerisch, denn hinter ihrer Zartheit verbargen sich spitze Dornen, die bereit waren zu verletzen, wenn man sie falsch behandelte. Sorcha hatte noch nie die Geduld für Gartenarbeit gehabt, und Liebe musste sorgfältig gepflegt werden. Das war nicht der richtige Weg für sie, da war sie sich sicher. Sorcha verdrängte ihre Fantasien und räusperte sich.

„Wie kommt es, dass du den Wagen nicht einfach zurück nach Grace's Cove zaubern kannst?" Sie hatten sich durch einen seltsamen Feenzauber nach Cork transportieren lassen, und es hatte sich angefühlt, als würde ihr Körper durch einen Vakuumschlauch gesaugt werden, bis sie auf der anderen Seite schwindlig und verwirrt wieder herauskam. „Wäre das nicht ein bisschen bequemer?" So wie es aussah, hatten sie noch mindestens drei Stunden Fahrt vor sich.

„Je größer das Objekt ist, das man transportieren muss, desto mehr stört man den natürlichen Lauf der Dinge", sagte Torin knapp. Er bewegte sich in seinem Sitz und seine langen Finger klopften auf sein Knie, während Sorcha ihn studierte. Der Mann schien ständig in Bewegung zu sein, ähnlich wie eine Flamme, die im Wind flackerte. Er hüpfte, klopfte mit den Fingern oder wippte auf seinen Absätzen hin und her. Es war ihr aufgefallen, weil sie genauso war und man ihr in ihrer Schulzeit vorgeworfen hatte, zu unruhig zu sein. Sie war schon immer ein Energiebündel gewesen, und Sorcha spürte, dass sie diesen Charakterzug mit Torin teilte. Beide fühlten sich von Action und Abenteuer angezogen, was wahrscheinlich der Grund dafür war, dass sie an jenem Abend zusammen auf demselben Festival gelandet waren.

„Und das ist schlecht, ja?" fragte Sorcha, während sie den Schildern zur N22 folgte, die sie nach Grace's Cove führen würde.

„Es ist nicht unbedingt gut oder schlecht. Es ist einfach so ..." Torin führte einen Finger an seine Lippen, während er über seine Worte nachdachte. „Fae-Magie ist Teil der universellen und elementaren Energie. Weil alles miteinander verwoben ist, zieht diese Magie, wenn man sie anwendet, Energie aus anderen Bereichen. Aber es findet auch eine Art Ausgleich statt, der die Dinge im Allgemeinen glättet. Wahrscheinlich erkläre ich das nicht gut."

„Große magische Handlungen können also anderswo große Auswirkungen haben?", fragte Sorcha und schaltete einen Gang höher, als das Tempolimit stieg.

„Ja, in gewisser Weise. Es kommt auch auf den Bedarf an. Ernsthafte Bedürfnisse werden anders gewichtet als egoistische. Magie im Kampf, um Menschen und andere Feenwesen vor Schaden zu bewahren, ist erlaubt. Magischer Gebrauch wie der Bau einer goldenen Villa für einen Mann – wird von den Fae nicht so gerne gesehen. Das heißt nicht, dass es nicht möglich ist, aber es würde im Laufe der Jahre langsam Auswirkungen zeigen. Es ist eine Art und Weise, die uns erlaubt, Macht zu haben, ohne zu mächtig zu werden. Ergibt das Sinn?"

„Ich verstehe immer noch nicht alle Feinheiten", meldete sich Bianca von hinten zu Wort. „Ich habe das Gefühl, dass die Fae ihre Magie manchmal aus einer Laune heraus benutzen. Ich meine, ich habe mehr als einen Feenmann gesehen, der eine Mahlzeit aus dem Nichts hervorgezaubert oder magische Geschenke gemacht hat. Ich bin mir nicht sicher, warum das als Notwendigkeit angesehen wird..."

„Nun, die Fae lieben Geschenke und ein Festmahl. Normalerweise werden diese Dinge mit guten Absichten getan", sagte Seamus schulterzuckend.

„Mir fehlt da noch die Logik, aber solange du mich gut ernährst, bin ich zufrieden", sagte Bianca.

„Gut, wir fahren also zurück nach Grace's Cove ... und was dann?" Sorcha warf Torin einen Blick zu, in der Hoffnung, dass er etwas von der Anspannung lösen würde, die sich gerade in ihren Schultern staute. Gott, sie brauchte eine Trainingseinheit. Nach ihrer Verletzung und dem Liegen im Bett schrien ihre Muskeln nach einer guten Dehnung. Normalerweise hatte sie eine Routine, die sie jeden Tag durchzog. Das absolute Minimum, um ihren Körper in Form zu halten. Sie war in ihrem Leben nicht bei vielem konsequent, aber ihren Körper fit zu halten war ein Punkt, dem sie sich verpflichtet fühlte.

„Wir werden sehen, was uns erwartet", murmelte Torin.

„Großartig ... einfach wunderbar." Sorcha schaltete das Radio ein, und eine morgendliche Nachrichtensendung tönte durch den Wagen.

„Auf einer Hochzeitsfeier in Cork ist am Wochenende ein Feuer ausgebrochen..."

Sorcha kam bei der Stimme des Sprechers fast von der Straße ab und schlug Torins Hand zur Seite, als dieser nach dem Radio griff.

„Glücklicherweise wurde niemand verletzt, obwohl es Berichte gab, dass eine mysteriöse Gruppe den Empfang

gestürmt hat. Wahrscheinlicher ist, dass das Feuer auf einen besonderen Gast des Abends zurückzuführen ist – Smokin' Sorcha – eine bekannte Feuertänzerin und Performance-Künstlerin."

„Smokin' Sorcha? So nennst du dich also?", fragte Bianca. „Es gefällt mir – aber ich muss zugeben, dass ich es nicht erwartet habe."

„Nein..." Sorcha zuckte bei der Nennung des Namens zusammen. Das Grauen kroch ihr in den Magen, und sie wusste, dass sie, in dem Moment, in dem sie an ihren Computer kam, sehen würde, wie sich die Stornierungen häuften. „Das müssen sie sich selbst ausgedacht haben."

„Es hört sich gar nicht schlecht an. Ignoriere sie einfach – sie versuchen nur, eine Geschichte zu verkaufen." Bianca griff nach vorne und klopfte Sorcha auf die Schulter.

„Ich bin erledigt. Das ist die Wahrheit." Sorcha presste die Lippen zu einer schmalen Linie zusammen, konzentrierte sich auf die Straße und weigerte sich, ihre Sicht von den Tränen trüben zu lassen.

„Das bist du nicht." Torin streckte die Hand aus und strich mit einem Finger über ihren Oberschenkel. Bei seiner Berührung stieg sofort Hitze auf. „Es mag im Moment so aussehen, aber ich verspreche dir, dass du einen Ausweg aus dieser Situation finden wirst. *Wir* werden einen Ausweg finden."

Sorcha biss die Zähne zusammen, traute sich nicht zu sprechen und fuhr weiter in Richtung Grace's Cove und ihrer nun ungewissen Zukunft.

KAPITEL NEUN

„Ich mache einen Spaziergang", sagte Sorcha, als sie zu dem Haus zurückkehrten, das sie erst am Morgen verlassen hatten. Sie war zu aufgedreht, um still zu sitzen, und traute sich nicht, ihr iPad zu öffnen und die Nachrichten zu lesen, von denen sie sicher war, dass sie sich in ihrem Posteingang stapelten.

„Du gehst nicht allein", sagte Torin, ging um die Motorhaube von Betty Blue und stellte sich neben sie. Sorcha sah zu ihm auf, ihr Größenunterschied war so groß, dass er das Licht der hinter ihm aufgehenden Morgensonne blockierte. Sie rollte mit den Augen, kletterte auf den Rücksitz und öffnete einen Schrank, um in ihren Kleidern zu wühlen. Obwohl sie das einfache T-Shirt und die weiten Jeans zu schätzen wusste, die ihr jemand anstelle ihres blutverschmierten Kostüms gegeben hatte, wollte sie ihre eigenen Sachen tragen. Sie zog ein langärmeliges, weiches, blaues Shirt heraus, streifte das T-Shirt ab, das sie trug, und zog sich ein einfaches Tanktop mit eingebautem BH an.

Ihre Brüste waren nicht besonders groß, so dass sie an dieser Stelle nicht viel Unterstützung brauchte, und Tank-BHs waren sowohl beim Sport als auch den restlichen Tag über bequem zu tragen. Sie drehte sich um, stemmte die Hände in die Hüften und blickte zu Torin, der im Türrahmen stand und dessen Augen vor Verlangen noch goldener geworden waren.

„Ach, ein Voyeur bist du also auch?"

„Ich wusste ja nicht, dass du dich hier umziehen würdest, oder?", erwiderte Torin. Er leckte sich über die Lippen, und Sorcha tat es ihm gleich, denn die Anziehungskraft zwischen ihnen war so stark, dass es ihr fast zu viel wurde. Ihre Gefühle waren wie ein wilder Sturm in ihr, eine gegensätzliche Mischung von Bedürfnissen. Sie stand wie angewurzelt da.

„Das ist mein Schlafzimmer. Es ist der Ort, wo ich mich umziehe", sagte Sorcha. Die Worte kamen so langsam, als ob sie unter Drogen stünde.

„Wunderbar", sagte Torin, und stieg mit zwei schnellen Schritten in den Wagen zu ihr. Sorcha keuchte auf, als er sich auf die Sitzbank setzte, sie auf seinen Schoß zog und in den Arm nahm, als wäre sie das Kostbarste auf der Welt. „Als ich dich das erste Mal sah, dachte ich dasselbe. Und ich hätte nicht gedacht, dass du noch strahlender sein könntest, als du es in dieser Nacht warst. Unsere erste gemeinsame Nacht. Aber nicht unsere letzte, hoffe ich." Er bewegte sich nicht, und sie blieb still, wie gebannt von seinen gelbbraunen Augen, in denen sich kleine grüne Fasern mit Gold verwoben.

„Torin...ich..."

„Du bist ganz einfach die atemberaubendste Frau, die ich je gesehen habe. In diesem Land und im nächsten. Als du neulich die Bühne betreten hast? Du hast mich verzaubert, Sorcha, und ich stehe in deinem Bann. Du musst nur fragen, und ich werde mich deinen Forderungen beugen. Du gehörst genauso zu mir, wie ich dein demütiger Diener bin."

„Torin ... es ist zu viel ... ich kann nicht ...", keuchte Sorcha. Sie hatte das Gefühl, als würde ein Feuer des Verlangens sie von innen heraus verzehren.

„Nur ein Kuss, Sorcha ... mehr verlange ich nicht ..." Torin hielt inne, seine Lippen waren nur Zentimeter von ihren entfernt, und die Vorahnung ließ Sorcha den Atem stocken. *Oh*, aber wie sie ihn wollte. So sehr sie ihm oder seiner Welt auch misstraute – sie wollte ihn. Was konnte ein kleiner Vorgeschmack schon schaden? Sorcha gab dem Verlangen nach, das sie seit dem Tag, an dem sie ihm zum ersten Mal begegnet war, in ihren Träumen geplagt hatte, und nickte subtil.

Sofort lagen seine Lippen auf ihren, und Sorcha war verloren. Wie zwei Stöcke, die aneinander gerieben werden, um Feuer zu entfachen, explodierte das Verlangen zwischen ihnen, und Sorcha schrie gegen seinen Mund, als die Lust sie zu verzehren drohte. Torin verstand, zog sich zurück, machte seinen Kuss weicher, legte ihren Kopf schräg, damit die Intensität nachließ. Es war eine Erkundung, eine Begrüßung, und Sorcha wurde von ihm in einen Tanz hineingezogen, von dem sie nicht gewusst hatte, wie sehr sie ihn brauchte. Oh, aber sie brauchte ihn – so sehr. Sie könnte in seinem Kuss tausend Tode sterben und doch zurückkommen, um mehr zu bekommen. Sie griff nach oben, grub ihre Hände in sein Haar, die dicken Strähnen, die sich weich um ihre Finger schmiegten, und zog ihn näher an sich heran, weil sie mehr von ihm wollte. Er öffnete sich ihr und fuhr mit seiner Zunge über ihre Lippen, bevor er in sie eindrang, um sie zu schmecken. Die Berührung seiner Zunge mit ihrer war eine Einladung, nein – eine Aufforderung – und eine, die Sorcha unbedingt beantworten wollte.

Stattdessen zog sie sich zurück, lehnte ihre Stirn an seine und schnappte nach Luft, während sie versuchte, das Bedürfnis zu beruhigen, das sie zu verzehren drohte. In so kurzer Zeit war zu viel passiert, als dass sie mit einem magischen Feenmann auf dem Rücksitz ihres Wohnmobils hätte rummachen können. Was sie brauchte, war eine kalte Dusche und etwa sechzehn Stunden Schlaf, bevor sie weitere unüberlegte Entscheidungen in ihrem Leben traf. Das letzte Mal, als sie mit diesem Mann getanzt hatte, hatte sich ihre Welt unwiderruflich verändert. Wer konnte schon sagen, was es dieses Mal bringen würde?

„Sorcha."

„Ich kann nicht. Ich ... ich kann einfach nicht." Sorcha stand auf, dankbar, dass er sie gehen ließ, und griff nach dem Shirt, das sie über ihren Tank-BH hatte ziehen wollen. Mit zügigen Bewegungen zog sie sich frische Unterwäsche und eine schmale Jeans an, bevor sie ihre Socken und Wanderschuhe anzog. Sie drehte sich um und zitterte, als sie Torins Augen sah, die ihre Bewegungen verschlangen. „Ich muss den Wagen abschließen."

„Natürlich." Torin stand auf und stieg mit hängenden Schultern aus dem Wagen. Draußen angekommen, folgte Sorcha ihm, schob die Tür zu und verriegelte sie hinter sich. Noch immer pulsierte das Bedürfnis in ihr, und sie musste sich mit einer Hand am Wagen abstützen, bevor sie sich umdrehte. „Ich mache einen Spaziergang."

„Ich komme mit."

„Nein", hob Sorcha eine Hand. „Bitte, ich muss einen klaren Kopf bekommen. Das kann ich nicht, wenn du um mich herum bist."

„Lenke ich dich ab?" Ein zufriedener Blick ging über Torins Gesicht, der gerade ausreichte, um Sorcha zu ärgern und aus ihrem Verlangen zu reißen.

„Sei nicht so eingebildet. Wenn jemand spazieren gehen will, sollte er das auch dürfen." Sorcha stemmte die Hände in die Hüften.

„Ich kann dich nicht allein gehen lassen. Es ist im Moment nicht sicher, wie du weißt", erklärte Torin, und sein geduldiger Ton verärgerte Sorcha noch mehr.

„Gut, dann bitte ich Bianca, mit mir zu gehen."

„Warum sie behelligen, wenn ich hier bin und bereit bin, mich um deine Bedürfnisse zu kümmern?"

Sorcha warf daraufhin die Hände in die Höhe und stapfte über den Rasen zu den Hügeln, die sich hinter dem Haus erhoben. Das Dorf Grace's Cove lag inmitten einer hübschen Hügelkette, die sich hinter den Häusern, die die Landschaft säumten, hoch erstreckte und bis zum Wasser hinunterreichte. Ihre Unterkunft lag am Rande des Dorfes, etwa auf halber Höhe des Hügels, und Sorcha folgte einem Weg, der sie höher hinauf führte. Sie wollte richtig Klettern, das Gefühl, dass ihre Muskeln beim Anstieg brannten und sich dehnten, und sie beschleunigte ihr Tempo – ohne sich darum zu kümmern, ob Torin ihr folgte oder nicht. Mindestens eine halbe Stunde lang kletterte sie schweigend, erleichtert darüber, dass Torin nicht versuchte zu sprechen, und als ihre Lungen schließlich um eine Pause baten, hielt sie an, um Luft zu holen.

Sie drehte sich um und blickte auf das Wasser hinaus – auf die dunstige Linie, wo sich Himmel und Meer küssten – und nahm sich Zeit, ihren Atem zu beruhigen. Das Sonnenlicht wärmte ihre Wangen, ein paar Wolken zogen über den Himmel, und zum ersten Mal seit zwei Tagen atmete Sorcha ruhig durch.

„Es ist wunderschön hier, nicht wahr?"

Sorcha wirbelte bei der Stimme der Frau herum, und ihre Überraschung wurde schnell durch Angst ersetzt. Sofort hob sie die Hände – bereit, die Magie, die sie durchströmte, zu rufen, falls nötig.

Auf den ersten Blick sah die Frau aus wie eine Prinzessin aus den Märchenbüchern ihrer Kindheit. Mit ihrem rosa- und lavendelfarbenen Haar, das sich wild im Gesicht kräuselte, einem glitzernden Diadem und einem rosafarbenen Paillettenkleid war die Frau eindeutig eine Magierin. Und zwar eine von hoher Autorität, denn ihre Haltung verlangte Respekt. Torin sank sofort auf ein Knie und verneigte sich.

Hätte sie sich verbeugen sollen? Sorcha kannte das korrekte Protokoll nicht, also wippte sie stattdessen nur unbeholfen mit dem Kopf, zupfte am Ärmel ihres Hemdes und fühlte sich unpassend angezogen. Was seltsam war, denn sie war zum Wandern unterwegs und trug angemessene Kleidung, aber trotzdem fühlte sich Sorcha unwohl.

„Meine Königin." Torins Stimme hallte hinter Sorcha. Sein Tonfall ließ sie eine Augenbraue hochziehen. Er klang professionell und höflich, etwas, das er in seinem Umgang mit ihr weitgehend hatte vermissen lassen. „Ihr ehrt uns mit Eurer Anwesenheit."

„Stell mich deiner..." Die Königin schlenderte vorwärts und ließ ihren Blick über Sorcha schweifen. Ihr Blick war kritisch, aber nicht bösartig, und Sorcha war es aufgrund ihrer Tätigkeit mehr als gewohnt, von anderen Frauen beurteilt und eingeschätzt zu werden. Sich in ein glitzerndes Kleid zu werfen und auf einer Bühne aufzutreten, hatte etwas, das andere Frauen oft nervös machte. Sorcha war erfreut, in den Augen der Königin Interesse zu lesen, aber kein Urteil. Um die Wahrheit zu sagen, hatte sie an diesem Tag schon mit genug anderen Dingen fertig zu werden, und ihre Kontrolle über ihre Gefühle war bestenfalls schwach ausgeprägt. Es wäre wahrscheinlich ungut, wenn sich das an der vermutlich sehr mächtigen Königin eines magischen Reiches entlud.

„Das ist Sorcha. Meine Schicksalsgefährtin, die ich für mich beansprucht habe – obwohl sie sich weigert, den Anspruch als solchen anzuerkennen", sagte Torin. Sorcha blieb der Mund offen stehen, und sie schnellte herum, die Hände in die Hüften gestemmt. Verlegenheit peitschte durch sie hindurch. Wie konnte Torin es wagen, dieser unfassbar eleganten Frau ihre Vergangenheit zu offenbaren? Es ging niemanden etwas an, mit wem sie schlief – ganz zu schweigen davon, dass sie immer noch keine Ahnung hatte, was zum Teufel eine Schicksalsgefährtin war.

„Ist das so?" Die Königin überraschte Sorcha, indem sie den Kopf zurückwarf und lachte – ein Geräusch, das einem zarten, in der Luft tanzenden Windspiel gleichkam. „Faszinierend. Ich bin Königin Aurelia. Ich vermute, ich werde mehr als verzaubert sein, dich kennenzulernen, Sorcha."

„Das gleiche gilt für mich", sagte Sorcha, was der Wahrheit entsprach. Wenn es jemals ein Bild dafür gab, wie *bezaubernd* aussehen würde, dann war es diese Frau. Die Königin tauschte einen Blick mit Torin aus, und Sorcha konnte den Unterton zwischen den beiden Fae nicht ganz erfassen. Wie dem auch sei, jetzt war ihre Chance, mit diesem faszinierenden Wesen, das der Feenmann Königin genannt hatte, offen zu sprechen. Unter anderen Umständen hätte Sorcha sie sofort nach dem Stoff ihres Gewandes gefragt und danach, wie er im Morgenlicht die Farbe wechselte, von Blau zu Grün und Rosa. Der Stoff war so, als würde die Sonne die Flügel einer Libelle küssen, und Sorcha war versucht, die Hand auszustrecken und mit einem Finger über den Rock zu streichen. Das Bedürfnis vibrierte unter ihrer Haut, und so wippte sie auf ihren Absätzen zurück und verschränkte ihre Finger ineinander, wobei sie versuchte, vor der Königin nicht zu zappeln.

Die Königin hielt einen Finger in die Luft und machte eine kleine kreisende Bewegung. Die Luft kräuselte sich um sie herum, und Sorcha drehte sich um, um Torin zu sehen, der mit der Faust gegen eine unsichtbare Barriere schlug. Sein Gesicht war wütend, aber selbst im Zorn war er fesselnd – wenn nicht sogar noch fesselnder.

„Was habt Ihr getan?", fragte Sorcha und wippte leicht auf ihren Füßen. Sie hatte ihre Hände nun für den Fall einer Bedrohung etwas erhoben. Sie hatte sehr schnell gelernt, dass man sich in der Welt der Fae nicht überrumpeln lassen durfte, auch wenn ein Teil von ihr innerlich sterben würde, wenn sie einen Feuerblitz auf dieses schöne Kleid schießen müsste.

„Ich habe uns etwas Privatsphäre gegeben, das ist alles.

Du weißt, wie Männer sind... sie lassen es zu, dass ihre Frustration den Fortschritt behindert. Und jetzt sag mir: Du hast Torin abgewiesen. Ist er ein schlechter Liebhaber?"

Sorcha schluckte und ihre Wangen erhitzten sich, während sie an die glühende Nacht zurückdachte, die sie in ihrem Wohnwagen verbracht hatten. „Nein, ich will nicht unehrlich sein. Er ist in diesem Bereich gut."

„Nur gut?" Königin Aurelia hob eine perfekt gewölbte Augenbraue.

„Ähm, mehr als zufriedenstellend", räusperte sich Sorcha.

„Wie es sein sollte. Eine Schicksalsgefährtin zu beanspruchen, bedeutet eine tiefe Bindung, und diesen Anspruch abzulehnen, kann katastrophale Folgen haben. Das ist sehr interessant. Was bringt dich dazu, ihn abzulehnen?"

„Ich... es ist nicht so, dass ..." Sorcha lachte und schüttelte den Kopf, drehte sich um und sah zu Torin, dessen Hände nun an seinen Seiten hingen.

„Geht es dir gut?", flüsterte Torin ihr zu, und Sorcha wurde warm ums Herz. Sie nickte knapp und wandte sich wieder der Königin zu.

„Sag es mir." Ein Befehl, von dem Sorcha wusste, dass er mehr Bedeutung hatte, als sie verstand.

„Ich kenne ihn nicht. Und ich bin mir nicht sicher, ob ich ihm vertrauen kann. Wir hatten eine Nacht zusammen, und ich weiß nichts über diesen Mann. Er verließ mich, ohne ein Wort zu sagen, und mit einer magischen Fähigkeit, die ich nicht ganz verstehe... und das war's. Puff! Verschwunden. Dann – ganz plötzlich – kann ich Feuer heraufbeschwören und der Mann, der das mit mir gemacht hat, verschwindet spurlos. Und das nächste Mal, dass ich ihn sehe? Da ist mein Leben... mein Job... ruiniert. Seine Erfolgsbilanz, in meinem Leben aufzutauchen und es für immer zu verändern, steht jetzt bei zwei aus zwei Versuchen. Ich bin... verunsichert. Und ich mag dieses Gefühl nicht. Ich mag es nicht, nicht zu wissen, wo ich stehe." Sorchas Stimme stockte. Bei dem Gedanken an das, was sie verloren hatte, bildete sich ein Kloß in ihrem Hals.

„Das ist nachvollziehbar", sagte Königin Aurelia überraschend zu ihr. Sie drehte sich um und blickte auf die Gebäude auf den Hügeln unter ihnen. Am Horizont zogen düstere graue Wolken auf, die lange Schatten über das Wasser warfen. „Unsere Männer sind es gewohnt, dass ihre Gefährtinnen auf ihre Rufe reagieren. Daher weiß Torin sicher nicht, wie er mit dir verfahren soll. Trotzdem bin ich überrascht, dass er sich mit dir verbunden hat und dann gegangen ist. Es ist höchst ungewöhnlich, so etwas zu tun. Vor allem, wenn die Gefährtin ein Mensch ist. Ich bin sicher, dass du Fragen hast..."

„Eine ganze Menge davon." Sorcha zerrte an den Ärmeln ihres Shirts, zog sie über ihre Hände und verschränkte die Arme vor der Brust, als der Wind auffrischte.

„Ich kann sie für dich beantworten. Aber nicht zu diesem Zeitpunkt. Schau ... das empfindliche Gleichgewicht, das wir für unsere und eure Welt aufrechterhalten – es ist im Moment bedroht. Torin wird dringend gebraucht. Und doch verweilt er hier. Mit dir. Das bedeutet etwas. Für mich. Für die Domnua. Und für unser Volk." Die Stimme der Königin war scharf, und Sorcha zuckte mit den Schultern, als würde sie zurechtgewiesen werden. „Er hat gegen das Protokoll verstoßen, um dir zu folgen – in ein Reich, in das er nicht hätte gehen sollen, wohlgemerkt – und trotzdem bleibt er hier. Mit dir. Entgegen direkten Befehlen."

Das Gewicht der Worte der Königin lastete auf Sorcha, und sie versuchte sich von der Sorge um ihre eigene Zukunft zu lösen.

„Er hat sich für mich in Gefahr begeben, nicht wahr?", flüsterte Sorcha und als sie zu Torin blickte, der wie ein meuternder Löwe dastand, ließ ihre Sturheit ein wenig nach.

„Er hat sich selbst, sein Volk und unsere Zukunft in Gefahr gebracht, indem er hinter dir her war. Das bedeutet, dass er dich sehr schätzt, Sorcha. Ich kann nicht sagen, warum er dich in dieser Nacht verlassen hat, aber er riskiert alles, wenn er nun an deiner Seite bleibt und nicht auf eine königliche Vorladung antwortet. Wir haben eine Schlacht ohne ihn überstanden, aber die Feuer-Fae sind sein Verantwortungsbereich, und seine Abwesenheit sendet die falsche Botschaft. Die Menschen befürchten, dass er abgedankt hat und zu den dunklen Fae übergelaufen ist. Umso mehr, als die Signatur seiner Energie in dem Portal dort entdeckt wurde."

„Er kam, um mich zu retten", sagte Sorcha und wandte sich wieder der Königin zu. „Sein Freund hat ihn verraten. Donal. Er ist böse. Er hat Euch die ganze Zeit über belogen."

„Oh." Traurigkeit überzog Königin Aurelias schönes Gesicht, und sie blickte zu Boden, als sie die Nachricht vernahm. „Ich hatte gehofft, dass es nicht wahr ist. Ich hatte davon gehört – aber ich konnte es einfach nicht glauben. Donal war eine wertvolle Ergänzung für unseren Hof. Zumindest dachte ich das. Jetzt muss ich mich allerdings fragen, an welchen Stellen wir sonst noch infiltriert wurden."

„Ich würde vorschlagen, das zu prüfen", sagte Sorcha und erkannte, dass die meisten Leute wahrscheinlich nicht so mit der Königin sprachen, die etwas ungläubig dreinschaute. „Wenn man bedenkt, dass die bösen Kerle es wirklich auf Euch abgesehen haben."

„Das werde ich tun", sagte Königin Aurelia mit einem angedeuteten Lächeln. „Ich mag dich, Sorcha. Ich schätze starke Frauen – das tue ich immer. Manche Frauen lassen sich durch Selbstvertrauen einschüchtern. Aber ich nicht. Ich mag es, starke Frauen um mich herum zu haben. Das hält mich wach, und ich denke, dass wir uns gegenseitig stärken können. Aber die Frage bleibt – was wirst du tun? Wirst du Torins Anspruch akzeptieren und uns helfen? Ihr seid jetzt zu sehr miteinander verflochten, um einander zu verlassen. Die Domnua wissen das. Ich verstehe, dass es nicht einfach sein wird, wenn sich dein Leben so plötzlich ändert, und ich weiß, dass das Auftauchen von Fae für Menschen irritierend sein kann."

„Ich würde sagen, dass ..." Sorcha schnaubte über die Wortwahl. Irritierend war, wenn sie eine öffentliche Toilette betrat und feststellen musste, dass sie bereits besetzt war. Von den dunklen Fae entführt zu werden, war eher wie eine Bratpfanne ins Gesicht zu bekommen.

„Ich möchte dich bitten, uns zumindest nicht zu schaden, wenn du uns auf unserem Weg nicht helfen kannst. Vertraue mir, wenn ich dir sage, dass wir auf der Seite des Guten und des Lichts in dieser und in der nächsten Welt stehen. Für das Gleichgewicht der Elemente zu sorgen ist eine gefährliche und heikle Aufgabe, und wenn es bedroht ist, wird alles darunter leiden." Königin Aurelia nickte in Richtung des Hügels, und Sorcha folgte ihrem Blick. Eine Rauchwolke stieg in die Luft, eine dunkle Ranke des Unheils, und Sorcha drehte sich der Magen um. „Nun, Sorcha – wie entscheidest du dich?"

Sorcha riss ihren Blick vom Rauch los und blickte auf das ahnungslose Dorf Grace's Cove hinunter. Waren sie wirklich in Gefahr? Und wenn ja - würde ihr eigenes Handeln am Ende anderen schaden? Von den Ereignissen des Vorabends erschüttert, wandte sich Sorcha wieder an Königin Aurelia.

„Ich werde helfen."

„Das habe ich mir gedacht. Ich war schon immer gut darin, Menschen zu lesen." Königin Aurelia wedelte mit der Hand in der Luft und Torin war sofort neben Sorcha.

„Warum tut Ihr das? Ihr könnt mich nicht einfach aus diesen Besprechungen heraushalten", wetterte Torin.

„Ich werde tun, was ich will, Torin. Denke daran, mit wem du sprichst. Kümmere dich um Sorcha. Ich mag sie." Mit diesen Worten verschwand die Königin auf die verstörende Art und Weise, die den Fae zu eigen war, und Sorcha blinzelte auf den nun leeren Fleck neben ihr auf der Klippe.

„Ärger im Anmarsch. Da drüben." Sorcha zeigte auf die Hügel.

„Lass uns zurück zum Haus gehen. Sorcha ... wir müssen reden", sagte Torin und legte seinen Arm um ihre Schultern, während sie begannen, den Hügel hinabzusteigen. „Ich habe dir viel zu sagen, und du hast sicher eine Million Fragen. Es ist nur ...."

„Vielleicht ist es am besten, wenn wir eine Weile gar nicht miteinander sprechen..." Sorchas Geist war mit Informationen übersättigt.

„Lass mich dir wenigstens sagen, warum ich dich verlassen habe."

KAPITEL ZEHN

E in unergründlicher Blick ging über Sorchas Gesicht, und sie zuckte mit einer Schulter, als ob es für sie keine große Sache wäre.

„Du brauchst mir nichts zu sagen. Du bist nicht mein erster One-Night-Stand, Torin."

Aber ich werde dein Letzter sein. Torin biss sich auf die Zunge und ging im Gleichschritt mit Sorcha, als sie dem Pfad den Hügel hinunter folgten.

„Du verdienst eine Erklärung."

„Vielleicht. Ich würde lügen, wenn ich behaupten würde, dass ich nicht neugierig wäre. Aber ich hasse es auch, dass ich mich dadurch wie eine dieser anhänglichen Frauen fühle, die nicht damit umgehen können, dass ein Mann sie verlässt. Ich hatte kein Problem damit, dass du gingst, Torin – auch wenn die Art und Weise, wie du es getan hast, ziemlich grob war. Ich bin ein großes Mädchen – ich kann damit umgehen. Aber du kannst nicht erwarten, dass ich dir vertraue. Und was mich betrifft, dieser ganze Quatsch mit den Schicksalsgefährten? Das hört sich nach einer Beziehung an. Und zwar nach einer ernsten Beziehung. Und für mich? Das ist kein Tanz, den ich tanzen möchte. Besonders, wenn ich keine Vertrauensbasis habe, auf der ich aufbauen kann. Verstehst du, was ich sagen will? Aber zwischen uns ist alles in Ordnung. Ich bin nicht mehr böse auf dich." Sorcha drehte sich um und schenkte ihm ein süßliches Lächeln, bevor sie ihm leicht auf die Schulter klopfte.

Sie klopfte ihm auf die Schulter.

Er kam sich vor wie ein kleines Kind, das von seiner Mutter abgewiesen wurde, die zu beschäftigt war, um sich den glänzenden Stein anzusehen, den er gefunden hatte und ihr zeigen wollte. Torin konnte sich nicht entscheiden, ob er mehr verblüfft oder wütend war und brauchte einen weiteren Moment, um seine Gedanken zu sammeln, während er über ein loses Stück Schiefer auf dem Weg ging. Normalerweise wäre er sofort in die Luft gegangen, als sie ihn als Liebhaber abgetan hatte, den es zu vergessen galt, aber er wusste, dass er sein feuriges Temperament zügeln musste, wenn er eine Chance haben wollte, bei ihr voranzukommen.

Er hatte keine andere Wahl. Wenn er ihre Liebe nicht gewinnen würde, gäbe es keine andere für ihn. Er hatte bereits gelernt, dass keine andere Frau Sorcha das Wasser reichen konnte – er hatte andere Frauen kaum angesehen, nachdem er in jener verhängnisvollen Nacht das Festival verlassen hatte. In jenem Moment hatte er nicht ganz verstanden, dass er sie für sich beanspruchte. Es hatte ihn, gelinde gesagt, erschreckt, und er hatte seitdem mit dem, was geschehen war, zu kämpfen gehabt. Ihm war immer klar gewesen, dass der Anspruch auf eine Schicksalsgefährtin mit großer Ernsthaftigkeit und einem langen Entscheidungsprozess verbunden war. Dass eine solche Magie so augenblicklich geschehen konnte, hatte seine Welt für eine Weile ins Wanken gebracht. Er hätte sie nicht verlassen dürfen, und dafür fühlte er sich immer noch schuldig. Und sei es nur wegen der Tatsache, dass Torin sehr wohl wusste, dass der Anspruch auf eine Schicksalsgefährtin beide mit verstärkten Kräften zurücklassen konnte. Das war schließlich Teil des Reizes, eine Partnerin zu finden, denn wahre Liebe machte einen Fae deutlich mächtiger.

Für manche sogar zu mächtig, um damit umgehen zu können.

So wie es mit seiner Schwester passiert war. Seufzend presste Torin die Lippen aufeinander, während er versuchte zu entscheiden, wie viel er Sorcha erzählen sollte. Er war es nicht gewohnt, sich zu rechtfertigen. Um genau zu sein, tat er es niemandem gegenüber, außer der Königin. Deshalb war dies ungewohntes Terrain für ihn. Torin räusperte sich.

„Wie oft willst du dich noch räuspern, bevor du etwas sagst?" Sorcha lachte über ihn, stupste ihn an den Arm, als wären sie Kumpel, und wandte sich zum Weitergehen. Der letzte Teil war es, der ihn zum Handeln veranlasste. Er ergriff ihren Arm und drehte sie zu sich. Zeit war jetzt wichtig, aber das hier war es auch.

„Um ehrlich zu sein, bin ich auch nicht sehr begeistert von der Idee der Schicksalsgefährten", sagte Torin.

„Oh, nun, das ist wunderbar. Dann sind wir schon zwei, nicht wahr?" Sorcha zuckte wieder mit den Schultern und wollte sich abwenden, aber Torin hielt sie auf. Diese Frau war zum Verrücktwerden, oder? Sie schien bereit zu sein, ihn einfach abzuwimmeln und weiterzugehen, als ob all das nichts für sie wäre.

„Weißt du überhaupt, was Schicksalsgefährten sind?" Torin biss die Zähne zusammen. Er unterdrückte seinen aufsteigenden Ärger und erinnerte sich daran, dass Sorcha nicht in seiner Welt aufgewachsen war – sie hatte wahrscheinlich keine Ahnung von der Bedeutung dieses Konzepts.

„Klingt so ähnlich wie das, was wir Menschen Seelenverwandte nennen würden. Aber es ist schwer für mich, daran zu glauben, verstehst du? Meine Freundin Sheila findet ihren Seelenverwandten etwa alle sechs Monate oder so." Sorcha lachte und drehte sich um, um den Horizont zu betrachten. Die bedrohlichen Wolken waren näher gerückt, und Torin witterte Regen im Wind. Zumindest würde das bei den Bränden helfen, von denen er wusste, dass sie immer noch aus Protest gelegt wurden. Es dauerte nicht mehr lange, bis er in die Schlacht ziehen musste, und er brauchte Sorcha an seiner Seite.

Ohne sie war er schwächer.

Es war ein Gedanke, der an ihm nagte, aber er hatte sofort verstanden, dass es so war, als er sie wieder gesehen hatte. Die Verbindung, die sie hatten, füllte ihn aus und wenn sie zusammen waren, fühlte es sich an, als hätte er sich an eine Steckdose angeschlossen. Er vibrierte geradezu vor Energie, wenn er ihr so nahe war, aber wenn sie das weiterhin leugnete – nun, dann würde diese Energie ihn umbringen. Das war das Tückische an der Liebe. Sie hatte die Macht, sowohl zu erschaffen als auch zu zerstören.

„Ist Seelenverwandtschaft also eine lockere und zufällige Sache?", fragte Torin.

„Tja, jedenfalls wird so getan, als wäre es für manche ein leichtes, so etwas zu finden, nehme ich an." Sorcha knabberte an ihrer Unterlippe, während sie darüber nachdachte, und Torins Gedanken wanderten zu dem Geschmack ihrer Lippen auf seinen. Süß waren sie gewesen ... mit einem Hauch von Minze von dem Bonbon, das sie sich aus einer kleinen Dose auf dem Armaturenbrett ihres Wagens in den Mund gesteckt hatte. „Nun, für manche es eine ernste Sache. Für andere ist es keine Idee, die sie ernsthaft in Erwägung ziehen würden. Ich glaube, die meisten Menschen haben unterschiedliche Vorstellungen davon."

„Im Reich der Fae stehen schicksalhafte Partnerschaften nicht wirklich zur Diskussion. Nicht in dem Sinne, von dem du sprichst. Sie sind einfach. Sie existieren, und bestimmte Vorschriften regeln die Beziehungen."

„Wie Regierungsvorschriften?" Sorcha rümpfte verwirrt die Nase.

„Nein, wie ... universelle, elementare, gottgegebene Regeln." Torin lächelte. „Im Grunde ist es so: Wenn ein Fae Glück hat, hört er das Herzenslied seiner Partnerin. Wenn beide den Anspruch akzeptieren, werden sie in Liebe verbunden und ihre Kraft wächst. Das Band ist sowohl ein magisches als auch ein physisches Band. Du spürst es, nicht wahr?" Torin legte den Kopf schief, während er Sorcha musterte. Sie rieb abwesend mir ihrer Hand über eine Stelle knapp unterhalb ihres Brustkorbs. Der weiche Stoff ihres Shirts drückte gegen ihre Brüste.

„Ich, ähm ..." Sorchas Augen huschten zu Torin.

„Genau da? Wo du mich verrückt machst, indem du dich reibst? Ich spüre es auch." Torin klopfte sich auf die Brust. „Du wirst wissen, wenn ich in der Nähe bin, und du wirst wissen, wenn ich sehr weit weg bin. Durch diese Verbindung sollten wir in der Lage sein, uns gegenseitig zu finden, wenn es Probleme gibt."

„Aber... Du sagtest, beide Seiten müssen den Anspruch akzeptieren? Ich habe meinen nicht akzeptiert."

„Trotzdem habe dich beansprucht. Das heißt, ich habe meine Seite geöffnet. Das Band ist da... und es ist richtig. Es wartet nur... auf dich..." Torin streckte seine Hand aus und hob ihr Kinn mit seinem Finger, so dass sie ihn unter spitzen schwarzen Wimpern anschaute.

„Aber du hast selbst gesagt, dass du gar nicht so scharf darauf bist. Und *du* bist gegangen. Also, du weißt schon, vielleicht geben wir es einfach zurück."

Torin lachte, schüttelte den Kopf und beugte sich schnell vor, um ihr einen sanften Kuss auf die Stirn zu drücken. Er wollte mehr, aber er wollte sie nicht drängen. Sie verdiente eine Erklärung.

„Na ja, so funktioniert das nicht ganz. Darf ich?" Torin zog an ihrer Hand, verschränkte seine Finger mit ihren, und ein kleiner Energieimpuls zischte zwischen ihnen hin und her. Als sie sich nicht zurückzog, wertete er das als Zustimmung und fuhr weiter über ihren Arm. „Ich nehme an, wegen meiner Schwester habe ich eine weniger glamouröse Vorstellung von Schicksalsgefährten."

„Du hast eine Schwester? Eltern?" Sorcha blieb stehen und schaute ihn überrascht an.

„Dachtest du, ich wäre irgendwo aus einem Ei geschlüpft?" Torin lachte.

„Ich weiß nicht... Ich habe nicht viel über dein Leben nachgedacht, um ehrlich zu sein."

„Autsch, sie tut mir weh." Torin rieb sich mit der

anderen Hand über sein Herz. „Ja, ich habe eine Schwester – *hatte* eine Schwester – und meine Eltern. Eine kleine Familie für Feenverhältnisse, aber so sind wir nun mal."

„Du hast deine Schwester verloren. Das tut mir sehr leid", wandte sich Sorcha an ihn, und als sie diesmal mit der Hand über seinen Arm strich, freute er sich über ihre Berührung, denn sie zeigte, dass ihr vielleicht mehr an ihm lag, als sie vorgab.

„Ja, nun. An ihren Schicksalsgefährten, um genau zu sein. Manchmal sind nicht alle Verbindungen gut, verstehst du? Beide Partner müssen an der richtigen Stelle sein, um Liebe zu empfangen und zu geben. Der Schicksalsgefährte meiner Schwester, nun, er..." Torin suchte nach den Worten, um Joshuan zu beschreiben. „Er war ein sehr charmanter Feenmann von den Luft-Elementaren und liebte nichts mehr, als von Frau zu Frau zu hüpfen. Er hatte ein tiefes Bedürfnis nach ständiger Aufmerksamkeit, eine Unfähigkeit, auch nur eine Sekunde lang mit seinen eigenen Gedanken allein zu sein, und er gierte nach Macht. Als meine Schwester sein Herzenslied sang, ging er darauf ein – vor allem, weil sie aus einer mächtigeren Blutlinie stammte als er selbst. Es war ein Schritt nach oben für ihn."

„Aber... wenn er das Lied erhört hat, bedeutet das dann nicht, dass sie eine Verbindung eingegangen sind?"

„Er hat es erhört, aber ihren Anspruch nicht akzeptiert." Torin sprach vorsichtig, um die Wunde in seinem Herzen, die nie ganz verheilt war, nicht zu öffnen.

„Was ist passiert?" Sorchas Worte waren leise, aber sie ergriff seine Hand fester, während sie den Pfad hinunter und zu dem kleinen Häuschen am Hang gingen, in dem Bianca und Seamus wahrscheinlich schliefen.

„Er hat sie hingehalten. Er versprach ihr, dass der Anspruch kommen würde. Währenddessen knüpfte er Kontakte zum königlichen Hof und schlief mit so vielen anderen Frauen, wie er konnte."

„Oh nein, deine arme Schwester. Er hört sich furchtbar an."

„Das war er. Ist er. Seine Weigerung, ihren Anspruch zu akzeptieren, brannte in ihr, verzehrte sie, bis sie dem Wahnsinn verfiel."

„Oh je, hat sie ... hat sie sich das Leben genommen?" Sorcha kam ins Schlingern und hielt sich die Hand vor den Mund.

„Nein, ähm... es geschieht allmählich, weißt du. Dieselbe Magie, die dich stärkt, wenn eine Bindung zwischen Schicksalsgefährten entsteht. Nun, wenn diese Magie zurückgewiesen wird, wird sie dich schließlich töten." Torin wandte den Blick ab, um Sorchas Gesicht nicht zu sehen, denn er wusste, dass sein Schicksal von ihrer Zustimmung abhing.

„Warte ... was?" Sorcha schnappte nach Luft. „Willst du damit sagen, dass du, wenn ich deinen Anspruch nicht akzeptiere, den gleichen Weg wie deine Schwester gehen wirst? Dass diese Liebesmagie oder was auch immer dich umbringen wird?"

„Es sei denn, wir lehnen *beide* den Anspruch ab." Torin blickte schließlich zu ihr hinunter. Traurigkeit durchströmte ihn.

„Oh, aber dann kannst du doch ablehnen. Das ist doch in Ordnung, oder? Es wäre doch dumm, es nicht zu tun, oder?" Sorcha zuckte zusammen, als ihr klar wurde, was sie unabsichtlich über seine Schwester ausgesagt hatte. „Es tut mir leid. Das kam falsch rüber ... ich ..."

„Es ist in Ordnung. Wenn beide den Anspruch zurückweisen, hat das Konsequenzen, denn die Liebe sollte man nicht auf die leichte Schulter nehmen. Konsequenzen wie der Entzug aller magischen Fähigkeiten. Manche können damit gut leben, aber Joshuan wollte weder seine Kräfte noch seine neu gewonnenen Kontakte verlieren, und er wollte auch meine Schwester nicht aufgeben. Sie war zu verliebt, um auf jede Vernunft zu hören. Sie war so sicher, dass Joshuan aufhören würde, anderen Frauen nachzujagen und schließlich zu ihr kommen würde, dass sie wartete und seinen Namen bei ihrem letzten Atemzug auf den Lippen trug." Noch immer machte ihn der Gedanke wütend. Er hätte Joshuan in jener Nacht beinahe umgebracht, aber Donal und fünf andere Fae hatten ihn von dem Mann weggezogen. Er hatte Joshuan vom königlichen Hof verbannt, und noch immer hörte er von Zeit zu Zeit Gerüchte, dass er versuchte, sich den Weg zurück in die Gunst der Königin zu erschleichen. Nur der Gedanke, dass weitere Eltern ein Kind verlieren würden, wenn er aus Bosheit einen Fae tötete, hatte Torin davon abgehalten, Joshuan zu verfolgen. Die Königin hatte ihm versprochen, dass sich diese Dinge von selbst regeln würden und dass Joshuan eines Tages die Konsequenzen seines Handelns in zweifacher Hinsicht zu spüren bekommen würde.

„Wie unglaublich tragisch", flüsterte Sorcha.

„Das ist es." Torin zog seine Hand von der ihren weg. Es war ihm unangenehm, wie viel er von seinem eigenen Schmerz preisgegeben hatte, und er ging schweigend weiter. Ein leises Donnergrollen aus den Wolken passte zu seiner

Stimmung, und die ersten Regentropfen prasselten auf seine Stirn.

„Also ... warum gerade ich? Nach allem, was du durchgemacht hast – warum hast du mich beansprucht und bist dann gegangen? Ich... ich kann es nicht verstehen."

Torin blieb stehen, drehte sich um und sah zu Sorcha hinauf, die über ihm stand und deren markantes Gesicht von Unsicherheit getrübt war. Er wollte mit seinen Fingern über die Kanten ihrer Wangen fahren und die Unsicherheit wegküssen, die er hinter ihrem Blick lauern sah. Doch er wusste, wenn er ihr Vertrauen gewinnen wollte, musste er ihr alles offenbaren.

„Es war mir nicht klar, dass ich dich beanspruchte. Ich war so gefangen in diesem Moment – in uns. Ich wusste sofort, dass ich dich brauchte, als ich dich sah, aber ich habe nicht wirklich verstanden, was das bedeutet. Nicht, bis ich in dir war. Bis ich spürte, wie sich unsere Herzen verbanden, und ich so in meinen Gefühlen versunken war, dass ich dich einfach... beanspruchte. Ich ließ die Magie herein."

„Du hast nicht einmal gemerkt, dass du es getan hast?" Sorcha starrte ihn an.

„Ja, und das hat mir Angst gemacht. Nach allem, was ich mit meiner Schwester durchgemacht hatte, bin ich abgehauen, als mir klar wurde, was passierte."

„Du wolltest mich gar nicht beanspruchen?" Sorchas Stimme erhob sich. „Es war ein Zufall?"

„Natürlich war es kein Zufall. Man kann sich seinen Schicksalsgefährten nicht zufällig aussuchen. Es war ein Zufall, dass wir uns in dieser Nacht getroffen haben – aber nicht, dass wir füreinander bestimmt sind."

„Und dann bist du einfach gegangen?" Sorchas Stimme

wurde immer lauter. Jetzt stemmte sie die Hände in die Hüften, und ihr schöner Hals war mit rosa Flecken übersät. „Du wusstest, dass du mich beansprucht hast und dass es dich... umbringen könnte, wenn ich nicht akzeptiere, und du bist einfach gegangen? Zwei Jahre lang? Bist du völlig durchgeknallt?"

„Ähm, also... ich hatte nicht gedacht, dass du es so aufnimmst, wenn ich dir alles erzähle", sagte Torin und hob die Hände in die Luft.

„Gibt es etwas Dümmeres als Männer?", zischte Sorcha, drängte sich an ihm vorbei und stapfte den Weg hinunter. „Von allen sturen, dummen, idiotischen, starrköpfigen, bekloppten Dingen, die man tun kann ... weggehen, wenn man weiß, dass der Anspruch von mir nicht akzeptiert wurde? Wissend, dass es dich umbringen könnte? Ich... ich kann das nicht glauben. Ehrlich gesagt, wenn ich einen Schicksalsgefährten haben sollte, hätte ich nicht gedacht, dass er mit einer so geringen Intelligenz ausgestattet sein würde, dass ich mich für ihn schämen müsste. Ich bin überrascht, dass du es überhaupt schaffst, dich morgens anzuziehen. Geschweige denn eine ganze Fae-Fraktion zu führen."

„Nun, ähm... das ist jetzt aber nicht sehr nett, oder?" Torin rannte hinter ihr her, verärgert über ihre Antwort. Hatte er ihr nicht gerade sein Herz ausgeschüttet? Ihr erzählt, dass er seine Schwester verloren hatte?

„Nett? Du willst nett? Du hast mir gerade gesagt, dass du mich gar nicht aussuchen *wolltest*. Was denkst du, wie ich mich dabei fühle? Und dann erzählst du mir, dass du gegangen bist, obwohl du wusstest, dass die Magie sich gegen dich wenden und dich *töten* könnte, und entehrst damit zu allem Überfluss auch noch den Namen deiner Schwester. Ich kann es einfach nicht fassen."

„Das reicht." Torin ergriff ihren Arm und hinderte sie daran, weiterzugehen. Er beugte sich hinunter, bis nur noch Zentimeter zwischen ihren Gesichtern waren. Ihre Brust hob und senkte sich, ihr Atem kam in kleinen Stößen, und sie hob ihr Kinn. „Ich habe meine Schwester geliebt. Sehr sogar."

„Und doch war ihr Tod umsonst, weil du denselben Fehler begehst?", fragte Sorcha. Ihre Worte versetzten ihm einen Stich.

„Ich ehre sie, indem ich mich dafür entscheide, daran zu glauben, dass die Liebe es wert ist – und alle Hindernisse überwinden kann – wenn man den richtigen Partner gefunden hat."

„Und du warst bereit, zwei Jahre deines Lebens aufs Spiel zu setzen – auf die Gefahr hin, zu sterben –, bevor du dich endlich entschlossen hast, zu mir zurückzukommen? Mensch, das gibt einer Frau ein gutes Gefühl. Du hast die anderen Frauen durchprobiert und erkannt, dass ich der beste Versuch war." Sorcha schüttelte den Kopf und wandte den Blick ab, aber nicht bevor Torin den Schimmer von Tränen in ihren Augen sah.

„Sorcha ... Ich habe nach dir gesucht. Ich habe dich jede Nacht in deinen Träumen besucht – es war die einzige Möglichkeit, die ich kannte, um dich zu erreichen", sagte Torin.

„Oh, bitte, ich will das nicht hören. Du hast mir gerade gesagt, dass unser Verbindungsding dir hilft, mich zu finden. Du hast offensichtlich nicht besonders nach mir gesucht. Ich kann... Ich kann dich nicht verstehen. Nein, ich glaube nicht, dass ich das kann."

„Ich konnte dich nur in deinen Träumen finden. Ansonsten hast du mich blockiert. Und, ehrlich gesagt? Ich war verwirrt, Sorcha. Ich wusste nicht, dass man seine Partnerin an einem Abend finden und sich mit ihr verbinden kann. Ich wusste nicht, was ich denken sollte. Aber ich wollte den Anspruch auch nicht aufgeben, weil... nun ja, was wäre, wenn...?" Torin fasste sie an den Schultern. Er wollte, dass sie verstand.

„Wenn was?", forderte Sorcha und stampfte wütend mit dem Fuß auf.

„Was ist, wenn ... das ... wenn *wir* ... alles sind, wovon ich je geträumt habe?"

KAPITEL ELF

Sorcha ließ sich unter der Dusche Zeit, dankbar dafür, dass sie ein komplettes Badezimmer hatte und nicht die kleine Duschkabine in Betty Blue benutzen musste. Sie lehnte sich mit der Stirn an die Duschwand und ließ das heiße Wasser über ihre Schultern laufen, um etwas von der Anspannung zu lösen, die sich dort angestaut hatte. Ihre Gedanken wirbelten durcheinander, während sie versuchte, ihre Gefühle und die neuen Informationen, die sie in so kurzer Zeit erhalten hatte, zu verarbeiten. Wenn sie ehrlich war, fühlte sie sich schutzlos, wie ein Regenwurm auf dem Bürgersteig, der es nicht zurück in die Erde geschafft hatte, nachdem der Regen getrocknet war. Jeden Moment könnte Torin etwas Niederschmetterndes sagen – und für heute hatte sie schon genug Schläge einstecken müssen.

Unfähig, still zu halten, ging Sorcha unter der Dusche eine Reihe von Ballettschritten durch, während sie sich die Haare wusch und ihre Gedanken zwischen Torin und ihrer Zukunft hin und her sprangen. Es war, als befände sie sich in einer gläsernen Schneekugel, die schon seit Jahren im

Regal verstaubte und nun von jemandem in die Hand genommen und geschüttelt wurde. Ihre Gedanken schwebten umher wie der glitzernde Schnee in der Kugel, und Sorcha stand wie erstarrt in der Mitte und wusste nicht, was geschah. Jahrelang, zumindest bis sie Torin getroffen hatte, war Sorcha stolz darauf gewesen, ihren eigenen Kopf zu kennen und ihren eigenen Weg zu gehen. Ihre Arbeit war ihr Trostpflaster, etwas, zu dem sie immer wieder zurückkehren konnte, und sie war stolz auf den Namen, den sie sich gemacht hatte. Jetzt lag dieser Ruf wahrscheinlich in Trümmern und die Fae waren real und... Sorcha tippte mit ihrer Stirn gegen die Wand.

Und... Torin war ihr Schicksalsgefährte.

Da, sie hatte es gesagt. Nun, zumindest zu sich selbst. Es hatte keinen Sinn, das Band zwischen ihnen zu leugnen, denn sie hatte es in jeder Nacht gespürt, in der sie von ihm geträumt hatte, seit sie getrennt gewesen waren. Das Problem war – konnte Sorcha sich dazu durchringen, sich auf eine völlig neue Zukunft einzulassen oder an sie zu glauben? Eine, in der es Feenreiche, magische Wesen und Kräfte gab, deren Möglichkeit sie nicht ansatzweise in Betracht gezogen hatte? Als sie als Kind Bücher gelesen hatte, in denen es darum ging, Feenprinzessin zu werden, hatte sie nicht daran gedacht, dass dies ein möglicher Karriereweg für sie sein könnte. Und jetzt war sie hier.

Du hast die Grenze bereits überschritten. Der Gedanke traf sie mit einer solchen Wucht, dass sie erstarrte und nach Luft rang, während das Wasser auf ihr Gesicht prasselte. Es gab kein Zurück mehr, nicht wahr? Ob sie nun jemals wieder etwas mit Torin zu tun haben würde oder nicht – ihre Welt hatte sich unwiderruflich verändert. Denn jetzt wusste sie über die Fae Bescheid, und sie wussten über sie Bescheid. Die Guten und die Bösen. Sie wusste nicht, was das für ihre Zukunft bedeutete, aber die Königin war ihr gegenüber sehr deutlich gewesen. Im Moment war sie ein Werkzeug für die dunklen Fae, das sie in ihren Kämpfen einsetzen konnten. Egal, was mit Torin geschah, sie war jetzt auf dem Radar der dunklen Fae. Das bedeutete, dass in ihrem Leben nichts mehr so sein würde wie zuvor.

Zu wissen, ob sie das wollte oder nicht, erforderte ein Maß an Selbstreflexion, für die Sorcha im Moment keine Energie hatte, also stellte sie das Wasser ab und stieg aus der Dusche. Wenn ihre Angstzustände auftraten, versuchte sie immer, ihr Gehirn zu zwingen, sich auf kleine Aufgaben zu konzentrieren.

Abtrocknen. Das ganze Wasser, das an den Beinen heruntertropft.

Die Haare umwickeln. Das Handtuch fest um den Kopf.

Einatmen... ausatmen.

Sorcha hielt sich am Rand des Waschbeckens fest und beugte sich zum Spiegel. In den Falten auf ihrer Stirn und den geweiteten Augen konnte sie den Beginn einer Panikattacke erkennen. Bewege dich durch die Emotionen, wiederholte Sorcha bei sich. Nur ihren Tank-BH und ihre Unterwäsche anziehend, trat Sorcha in das kleine Schlafzimmer neben dem Bad. Dankbar, dass es leer war, ging sie sofort in einen Handstand über. Um sich dort zu halten, musste sie sich konzentrieren. Sie verlagerte ihr Gewicht auf ihre Hände, so dass es sich auf ihre Schultern und Arme übertrug. Langsam senkte sie ihre Beine in einen Spagat, hob sie dann wieder hoch und senkte sie erneut. Sie beugte sich nach hinten, ließ sich locker auf die Füße fallen und vollführte einen Salto, der damit endete, dass sie sich vom Boden wieder in einen Handstand hochdrückte. Die Übung beruhigte sie, zwang sie dazu, sich auf die richtige Haltung zu konzentrieren, und verdrängte die Panik, die in ihr aufgekeimt war.

„Wow", rief Bianca von der Tür aus.

Sorcha, die an Ablenkungen gewöhnt war, hielt den Handstandspagat und drehte ihren Kopf zur Tür, wo Bianca – und jetzt auch Seamus und Torin – hereinspähten. Seamus' Wangen erröteten sofort auf die liebenswerteste Weise und er drehte sich weg.

„Entschuldige, ich wusste nicht, dass du fast nackt bist."

Sorcha gluckste. Sie war verhältnismäßig bedeckt im Vergleich zu einigen der Outfits, in denen sie auftrat, aber sie erwärmte sich noch mehr für Seamus.

„Das sind ja tolle Fähigkeiten, die du da hast", sagte Bianca.

„Umwerfend." Torins Ein-Wort-Kommentar fühlte sich an wie ein Segen. Bianca summte leise vor sich hin und machte einen Schritt zurück.

„Bianca, ich möchte mit dir sprechen", sagte Sorcha, zog ihre Beine wieder an und schwang sich geschmeidig auf ihre Füße. „Ohne die Männer, wenn es dir recht ist, Torin?" Sie blickte den Mann an, der immer noch in der Tür stand und sie anglotzte.

„Na, geh schon, du hast die Frau gehört." Bianca stupste Torin an, trat ein, und schloss die Tür hinter sich. „Ob du es absichtlich getan hast oder nicht, es hat funktioniert."

„Was hat funktioniert?", fragte Sorcha, während sie ihre

Hose anzog und das Handtuch aus ihrem feuchten Haar löste.

„Torin frisst dir aus der Hand. Ich war mir sicher, er würde mich aus dem Zimmer werfen und die Tür verbarrikadieren. Dieser Mann ist völlig vernarrt in dich. Er will dir unbedingt wieder an die Wäsche."

„Nun, das war sicher *nicht* meine Absicht mit der kleinen Show, die du gerade gesehen hast. Ich habe mich aus einer Panikattacke herausgearbeitet. Bewegung ist für mich eine gute Möglichkeit, mich zu beruhigen." Sorcha sah keinen Grund, ihre Probleme zu verbergen. Ehrlich gesagt kannte sie nicht viele Menschen, die das durchmachen konnten, was sie gerade erlebt hatte, ohne von Panikattacken geplagt zu werden.

„Klingt nach einer gesunden Art, damit umzugehen, oder? Geht es dir jetzt besser?" Bianca hockte auf dem Bett. Sie hatte die Arme vor der Brust verschränkt und strahlte Besorgnis aus.

„Ein wenig. Wie bist du damit umgegangen?"

„Umgegangen womit?" Bianca neigte ihren Kopf fragend zu Sorcha. Sorcha knöpfte die blaukarierte Hemdbluse zu, die sie aus ihrem Wagen mitgebracht hatte. Der weiche Flanell wärmte sie, und sie hob das nasse Handtuch vom Boden auf.

„Du bist ein Mensch, richtig? Du hast nicht das sanfte magische Glühen der Fae um dich herum, wie die anderen beiden. Wie hast du..." Sorcha hielt inne und machte eine kleine Kreisbewegung in der Luft, „du weißt schon... dich an all das angepasst. Die Feenwelt. Die Magie. Wie hast du dich daran gewöhnt? Es ist eine Menge zu verkraften. Und Torin scheint zu denken, dass ich einfach sage: Klar, lass uns Gefährten sein oder was auch immer, und dann ziehen wir in die Schlacht gegen die dunklen Fae. Als ob es... als ob es das Normalste der Welt wäre."

„Nun, für ihn ist es das."

Sorcha seufzte, kniff sich in die Nase und holte tief Luft. Bianca hatte nicht Unrecht. Torins Welt änderte sich überhaupt nicht – ihre eigene allerdings schon.

„Ja, das stimmt wahrscheinlich. Aber ich stolpere irgendwie über all die neuen Dinge, die so schnell auf mich zukommen. Also, ich will ehrlich sein – theoretisch liebe ich dieses magische New-Age-Zeug. Ich liebe es, zu Vollmondpartys zu gehen, um das Feuer zu tanzen und Edelsteine zu sammeln... all das. Ab und zu mache ich sogar ein paar rituelle Dinge, zum Beispiel um schlechte Energie abzuwehren. Ich gebe Betty Blue von Zeit zu Zeit Salbei, um ihre Energie zu schützen. Aber das hier? Das hier ist eine andere Hausnummer, Bianca. Das ist lebensveränderndes Zeug. Es haut mich um. Wie bist du damit umgegangen?"

„Ehrlich gesagt? Ich habe es einfach mit Freude akzeptiert." Bianca lachte und lehnte sich zurück. Ihr Gesicht wurde weicher, während sie sich erinnerte. „Klar, ich gebe zu, dass mir zwei Dinge geholfen haben, es zu akzeptieren. Erstens habe ich früher an der Universität Mythologie-Führungen gemacht. Ich wusste also schon eine Menge über die Feenwelt, zumindest das, was die Menschen glauben, über die Fae zu wissen. Und zweitens? Ich hatte keine Zeit. Wir wurden buchstäblich in die Schlacht geworfen. Ich war bereits unterwegs auf der Mission, den Fluch der vier Schätze zu beenden, lange bevor ich überhaupt wusste, dass er real war. Als ich erfuhr, was vor sich ging, war ich schon im Überlebensmodus."

„Du hast also einfach... mitgemacht?" Sorcha hielt beim Abtrocknen ihrer Haare inne.

„Wenn du mit dem Bösen konfrontiert wirst, hast du zwei Möglichkeiten. Du kannst dich hinlegen und sterben oder vorwärts gehen und kämpfen. Ich werde immer das Handeln dem Nichtstun vorziehen."

„Ich auch", sagte Sorcha leise. Ihr Bewegungsdrang hatte sie aus ihrer Kleinstadt getrieben, um für sich ein neues Leben zu riskieren. Die Tür flog auf, prallte an der Wand ab und ließ sie aufschrecken. Seamus stand in der Tür, den Blick sorgfältig abgewandt, falls Sorcha noch halb bekleidet war.

„Was ist los?" Bianca sprang auf.

„Keine Sorge, Seamus. Ich bin angezogen." Sorcha band ihr Haar schnell zu einem wilden Dutt.

„Die Feuer-Fae haben die Bucht übernommen. Sie versuchen, das Portal in der geheimen Höhle in Brand zu setzen. Gracie ist dort. Sie ist allein."

„Wir müssen los. Transport?" Bianca sprang auf. „Ich brauche meine Tasche. Sorcha, Schuhe an! Schnapp dir eine Waffe. Irgendeine Waffe."

„Was ist los? Wer ist Gracie?" Sorcha schnellte herum, als Torin in den Raum gerannt kam. Er trug eine Tasche über der Schulter, und reichte ihr einen mörderisch aussehenden Dolch.

„Benutze das, wenn dir jemand zu nahe kommt. Benutze eigentlich alles, was du zur Verfügung hast." Torin schlang einen Arm um Sorchas Taille.

„Ich habe meine Schuhe nicht dabei ..." Sorcha starrte

auf ihre Füße hinunter, wo augenblicklich ein Paar Stiefel auftauchte. „Nun, das war praktisch."

„Gracie ist, nun ja, sie ist die berühmte Piratin Grace O'Malley. Jahre später in ihrer eigenen Blutlinie reinkarniert. Sie ist extrem mächtig, und ihr Blutzauber liegt auf der Bucht. Aber trotzdem – sie ist keine Fae. Sie mag Magie besitzen, aber sie ist keine Fae. Sie wird tun, was sie kann, aber ganz auf sich allein gestellt? Ein schrecklicher Gedanke. Wir müssen sofort los!"

Die Sorge um Biancas Freundin erfüllte Sorcha, als Torin einige Worte murmelte und sie vom seltsamen Gefühl des Saugens, das bedeutete, dass sie transportiert wurden, erfasst wurde. Das Klopfen ihres Herzens dröhnte in Sorchas Ohren, und sie hielt sich an Torin fest, völlig unvorbereitet auf das, was sie erwartete. Dann materialisierten sie sich an einem Strand.

Die Bucht stand in Flammen.

Der Anblick raubte Sorcha den Atem, denn die Flammen züngelten über die Wasseroberfläche und schienen gegen die natürliche Wirkung des Wassers immun zu sein. Hohe Felswände umgaben den Strand, an dem sie standen, und schlossen die Flammen ein, die über die Oberfläche des Ozeans tanzten. Ein Schrei vom Strand her riss ihren Blick von den Flammen weg. Eine Frau, deren Haar sich wallend um ihren Kopf schlängelte, hielt ihre Arme in die Luft, während eine Armee dunkler Fae auf sie zukam.

„Die, die silbern leuchten?" Torin sah zu ihr hinunter und vergewisserte sich, dass sie ihn verstand. „Töte sie."

„Ähm ..." Sorcha wusste nicht, wie man jemanden tötet.

„Benutze das Feuer. Benutze deinen Dolch. Ziele auf

verwundbare Stellen. Den Hals. Das Herz. Den Bauch. Durch das Auge ins Gehirn. Was immer funktioniert."

„Oh Mann ..." Unruhe machte sich in ihrem Magen breit und Sorcha fragte sich kurz, ob ihr schlecht wurde.

„Die Feuer-Fae? Die, die da draußen auf dem Wasser sind? Siehst du sie durch die Flammen tanzen?" Torin zeigte aufs Wasser, während sie auf die Armee zu rannten, die die Frau umzingelte, die vor einem kleinen Torbogen in der Felswand stand. Das musste der Ort des Portals sein, dachte Sorcha und drehte sich, um zu sehen, wohin Torin zeigte.

„Ach du Scheiße ...", schnaufte Sorcha. Was sie zunächst für Flammen auf der Wasseroberfläche gehalten hatte, war so viel mehr als das. Tausende von Menschen, beziehungsweise Fae, füllten das Feuer. Ihre Haut flackerte in Rot-, Gold- und tiefsten Blautönen. Ihre Augen waren leuchtend orangene Feueropale, und ihre Körper bewegten sich hin und her, wie der Wind, der auf eine Kerzenflamme trifft. Gemeinsam erzeugten sie ein Lauffeuer von unvorstellbarem Ausmaß, das sich über die Oberfläche des Ozeans wälzte.

„Tu ihnen nichts", sagte Torin. „Es sei denn, sie versuchen wirklich, dich zu töten. Das sollte nicht geschehen. Aber ansonsten... es ist meine Aufgabe, sie zu beschützen. Auch wenn sie rebellieren. Ich weiß nicht, ob sie wirklich verstehen, was sie da tun."

„Verstanden." Sorcha nickte, Respekt für Torins Führung regte sich in ihr. Sie blickte wieder auf das Wasser und beobachtete, wie die Augen der Feuer-Fae auf ihr landeten und ihre Bewegungen verfolgten, aber sie kamen nicht näher. Sie waren misstrauisch, stellte sie fest.

„Habt ihr das mitbekommen?", rief Torin Seamus und Bianca zu, die neben ihnen durch den Sand pflügten.

„Die Domnua töten. Nett zu den Elementaren sein, wenn möglich", keuchte Bianca. Vor ihnen ließ die Frau einen Schrei los und die erste Reihe der Domnua fiel zu ihren Füßen.

Gracie machte eine großartige Figur, dachte Sorcha und verliebte sich sofort ein wenig in sie. Die Frau, die barfuß in einem wallenden Hauskittel vor einer Wand aus bösen Fae stand, hatte etwas so krass Gegensätzliches an sich. Sie war ein Leuchtfeuer in der Dunkelheit, ein Leuchtturm auf einem felsigen Vorsprung, unerschütterlich und furchterregend, während sie ihre Arme noch einmal hob und zum Himmel schrie. Ja, dies war eine Anführerin, eine, die sich nicht scheute, für das Richtige einzutreten, und die Bewunderung für ihren Mut trieb Sorcha Tränen in die Augen.

„Sie ist großartig", sagte Sorcha, als sie hinter der Mauer von Domnua zum Stehen kamen, die immer noch so sehr auf Gracie konzentriert waren, dass sie nicht bemerkten, wie sich Torin annäherte.

„Die Beste, die es gibt. Lasst uns unserer Freundin helfen, ja?", sagte Bianca und erhob ihre Stimme zu einem Kriegsschrei. Gracie drehte sich um, und ihr Gesicht erhellte sich vor Freude, als sie die kleine Gruppe in der Menge entdeckte. Sie streckte eine Hand aus und mähte eine weitere Reihe von Domnua an der Front nieder, während Torin sie von hinten mit Feuer beschoss. Als sie merkten, dass sie flankiert wurden, drehten sich die Domnua um und rannten in alle Richtungen, während die Gruppe sich aufteilte und sie in die Flucht schlug.

Nun, die anderen schlugen sie in die Flucht. Sorcha tat

ihr Bestes, um ihnen nicht im Weg zu stehen. Erst als ein Domnua sich ihr näherte und sein Schwert hob, reagierte sie und schoss ihm einen Feuerstrahl ins Gesicht. Es war nicht schön anzusehen, wie er in einer Kugel aus silbrigem Glibber explodierte, aber Sorcha musste zugeben, dass es irgendwie befriedigend war. Vielleicht hatte sie eine blutrünstigere Seite, als ihr bewusst war. Innerhalb von Sekunden rannte ein weiterer Domnua auf sie zu, und bald hatte Sorcha kaum noch Zeit, an etwas anderes zu denken als an ihr eigenes Überleben.

Die Schlacht war nicht so, wie es in Filmen dargestellt wurde. Zumindest in den Filmen, die sie gesehen hatte. Dort gab es einen epischen Soundtrack im Hintergrund und bedeutende Herzschlagmomente. In Wirklichkeit stellte Sorcha fest, dass der Kampf um ihr Leben ziemlich beängstigend und äußerst kräftezehrend war. Es schien nie zu enden. Eine Welle nach der anderen von Domnua tauchte auf, scheinbar aus dem Nichts, und schon bald war ihre Hemdbluse schweißgetränkt, während sie den bösen Fae auswich, sich abrollte und wegduckte. Wenigstens waren ihre akrobatischen Fähigkeiten hilfreich, denn sie fand, dass die Domnua in ihren Bewegungen schwerfällig waren und nicht so gut vorausahnen konnten, wohin sie sich drehen würde.

„Nicht besonders helle, was?", keuchte Sorcha zu Bianca, die gekommen war, um mit ihr Rücken an Rücken zu kämpfen.

„Nein, das sind die Bösen selten, nicht wahr? Ich weiß nicht, ob sie das nicht noch gefährlicher macht."

„Eine bedauernswerte Wahrheit, oder?" Sorcha keuchte auf, als vier Domnua von den Klippen herab ihren Namen riefen. Sie hielten einen zappelnden Hund in ihren Armen und schwenkten ihn über ihren Köpfen. Sorchas Herz erstarrte. Das konnte sie nicht ertragen. Sie brach zum Pfad auf. Es war ihr egal, ob die Domnua versuchten, sie anzulocken. Sie brauchte nur einen Blick in Gracies entsetztes Gesicht zu werfen, um zu verstehen, dass dies ihr Hund war und die Domnua ihn benutzten, um Sorcha von der Gruppe wegzulocken.

Gut, wie ihr wollt, dachte Sorcha, während sie ihre Muskeln bis zum Äußersten anspannte und den Weg hinaufstapfte.

Sie hatten keine Ahnung, mit wem sie sich anlegten.

KAPITEL ZWÖLF

S orchas Lungen schrien, als sie sich dem oberen Rand der Klippen näherte, wo die Domnua den Hund zappeln ließen. Die Wut trieb sie an, schneller zu laufen, aber sie fürchtete, dass sie es nicht rechtzeitig schaffen würde. Ihr Herz würde es nicht verkraften, wenn sie den Hund über die Klippe warfen.

„Ich werde dir nur einen kleinen Schub geben." Eine Stimme an ihrem Ohr ließ sie fast rückwärts vom Rand des Weges stürzen. Ein sanfter Druck auf ihren Rücken hielt sie an Ort und Stelle, und Sorchas Augen weiteten sich beim Anblick der Frau, die an ihrer Seite schwebte. Ja, schwebte. Leicht durchscheinend, leuchtend und eindeutig nicht ganz von dieser Welt, beugte sich die Frau über Sorchas Schulter. „Lehn dich an mich. Ich habe dich. Geh und hol Rosie. Ich kann nur dies hier tun, um diesem süßen Hund zu helfen."

„Aber ..." Sorcha keuchte auf, als sich ihre Füße vom Boden hoben.

„Lehn dich an mich." Die Härte der Stimme riss Sorcha

aus ihrer momentanen Verwirrung, und sie lehnte sich zurück und vertraute darauf, dass diese Erscheinung sie sicher tragen würde. Vielleicht war es dumm, aber die Zeit drängte, und Sorcha vertraute auf ihr Bauchgefühl. Selbst dann noch, als sich dieses Gefühl zu einem Knoten zusammenzog, während ihr Körper von der Kante glitt und die Felswände hinaufflog, als wäre sie eine Möwe, die in den Gewässern weit, weit unterhalb der Stelle, wo sie jetzt schwebte, nach ihrem Abendessen tauchte. Sorcha schluckte. Auf der Liste der Möglichkeiten, wie sie sterben konnte, hatte dieses Szenario nie eine Rolle gespielt. Als ihre Füße das Gras auf dem oberen Ende der Klippe berührten, schickte Sorcha ein stummes Gebet nach oben, während sie bereits die Hände hob, um einen Feuerball auf die Domnua abzuschießen.

Sie hatten offensichtlich nicht damit gerechnet, dass sie so schnell handeln würde, und der erschrockene Domnua, der den Hund festhielt, ließ ihn zu Boden fallen, und nahm seine Arme hoch, um sich zu verteidigen. Erleichterung erfüllte Sorcha, als der Hund über das Gras kullerte und schnell wieder auf die Beine kam. Sie rief ihm zu.

„Komm schon, Rosie! Lauf!" In der Hoffnung, dass sie den Namen des Hundes richtig verstanden hatte, ließ sich Sorcha auf ein Knie fallen und feuerte eine weitere Salve Feuerbälle auf die anrückenden Domnua ab, von denen zwei auf eine sehr befriedigende Weise silbrig explodierten. Derjenige, der den Hund gehalten hatte, pirschte sich an sie heran, und Sorcha bemerkte einen silbernen Ring auf seiner Stirn. Dieser musste stärkere Magie besitzen, erkannte sie und wappnete sich für einen Angriff. Mit dem Dolch in einer Hand holte Sorcha tief Luft und rief den

Strom der Macht aus ihrem Inneren herbei. Sie hob ihren Blick zu den Augen des Domnua und lächelte.

„Du hast dich verrechnet. Verstehst du? Du wirst dem Hund *nie* etwas antun." Mit diesen Worten hob Sorcha ihre Hände, um so viel Kraft wie möglich auf diesen bösen Domnua zu schießen, aber bevor sie das tun konnte, stolperte er.

Rosie war zurück. Anstatt zu fliehen, war sie zurückgekehrt und rächte sich nun an dem Fae, der sie entführt hatte, indem sie ihre Zähne in dessen Wade versenkte. Der Domnua streckte sein Bein aus und versuchte, den Hund abzuschütteln, aber Rosie hielt sich fest, ihr kleiner pelziger Körper vibrierte vor Wut.

„Wir haben keine Hunde verdient." Wieder die Stimme an ihrem Ohr. Sorcha sah nicht einmal hin, so sehr war sie auf den Domnua vor ihr konzentriert. „Bringen wir ihn zu Fall."

Gemeinsam sandten Sorcha und die Erscheinung eine Welle von Magie aus, die so mächtig war, dass der Domnua kaum Zeit hatte, sie zu registrieren, bevor auch er in einem silbrigen Sprühnebel aus Glibber zerstört wurde. Sofort war Sorcha auf den Beinen, rannte zu dem Hund und kauerte sich an seine Seite.

„Oh, du süßes Ding. Du bist zurückgekommen, um zu helfen. Das hättest du nicht tun sollen. Ich hatte alles im Griff, versprochen. Wir wollten nicht, dass du verletzt wirst", sagte Sorcha, streichelte den zitternden Körper des Hundes und ließ es zu, dass er sie ableckte. Als Sorcha das Gesabber schließlich nicht mehr ertragen konnte, lachte sie und lehnte sich zurück. „Du wirst hier oben bleiben müssen, Rosie. Ich glaube, du gehörst zu Gracie, und sie braucht meine Hilfe."

„Ich kümmere mich um Rosie."

Sorcha blickte aus ihrer Hocke auf und betrachtete die Frau vor ihr. Mit ihrem weißen, gelockten Haar und den vielen Ketten an ihrem Hals entsprach ihr Äußeres ganz den Darstellungen von weisen Frauen, die sie gesehen hatte.

„Wer bist du?"

„Ich bin Fiona. Und Rosie ist ein Enkelkind von mir, sozusagen. Genauso wie meine Gracie, die so mutig ist, dass es fast schon dumm ist. Die Domnua werden immer schlauer. Sie hatten nicht unrecht, als sie dachten, dass das Ergreifen von Rosie Gracie ablenken würde. Aber es schien, dass sie auch dich wollten."

„Ja, ich habe gehört, wie sie meinen Namen riefen." Mit einem weiteren Streicheln von Rosies weichen Ohren stand Sorcha auf. „Ich weiß nicht, wie du hierher gekommen bist, aber ich weiß deine Hilfe zu schätzen."

„Oh, nun ... ich war in der Nähe." Ein kurzes Lächeln huschte über das Gesicht des Geistes. „Ich muss dich zurück an den Strand bringen. Ich vermute, du wurdest als Ablenkung benutzt, und es gefällt mir nicht, dass du hier oben ungeschützt bist."

„Ja, es ist das Beste zu gehen. Bist du sicher, dass Rosie in Sicherheit ist?" Sorcha warf einen zweifelnden Blick auf den Hund, der sie anlächelte.

„Jetzt, wo die Domnua sie nicht mehr haben, kann ich sie mit einem Schutzzauber umgeben. Bei mir ist sie gut aufgehoben."

„Auf Wiedersehen, Fiona. Danke für die Hilfe." Sorcha begann, zum Weg zu gehen, und keuchte auf, als sie wieder dieses Rauschen spürte, das bedeutete, dass sie hochgehoben wurde. „Oh, ich glaube nicht, dass ich mich daran gewöhnen werde."

„Es wird nicht oft passieren, das kann ich dir versprechen", sagte Fiona an ihrem Ohr. Dann drehte sich Sorchas Magen um, und sie unterdrückte einen Schrei, als Fiona sie über den Rand der Klippe schleuderte, die Felswand hinunter und direkt auf die Schlacht zu, die unten am Strand tobte. Nein, es wäre nicht gut, sich auf alles zu übergeben, obwohl Sorcha das kurz als mögliche Kampftaktik in Betracht zog. Im letzten Moment gelang es ihr, den Brechreiz zu unterdrücken, als Fiona ihren Fall verlangsamte und sie sanft auf den Sand fallen ließ. Gracie rannte zu ihr, während Rosie von der Klippe aus aufheulte.

„Du hast sie gerettet." Gracie streckte den Arm aus und half Sorcha aus dem Sand hoch.

„Natürlich", sagte Sorcha. „Na ja, mit etwas Hilfe von Fiona, meine ich."

„Ich stehe in deiner Schuld."

„Ach was, ist schon in Ordnung. Ich bin einfach froh, dass es ihr gut geht."

„Trotzdem." Gracie drehte sich und murmelte etwas vor sich hin, bevor eine perlmuttartige magische Welle über den Strand schimmerte und die nächste Welle anrückender Domnua brachte. „Dein Mann hat sich wegen dieser Sache ablenken lassen. Du musst zu ihm gehen. Das war es, was sie wollten. Je weiter sie ihn vom Eingang des Portals weglocken, desto wahrscheinlicher wird es, dass sie die Kontrolle darüber übernehmen. Ich werde standhaft bleiben."

„Warte, du allein? Aber was ist mit..."

„Geh einfach." Gracie schob sie in Richtung Wasser, wo

Sorcha nun einen Kreis von Domnua sehen konnte, die sich Torin näherten. Die Flammen über dem Meer hinter ihm wurden immer höher, die Feuer-Fae sprangen aufgeregt von Flamme zu Flamme und schienen nicht zu wissen, was sie als nächstes tun sollten. Verstanden sie überhaupt, wofür sie kämpften?

Oder gegen was?

Sorchas Füße gruben sich in den weichen Sand und verlangsamten ihr Vorankommen. Panik machte sich breit, als Torin stolperte und in die Knie ging. Dennoch hielt er die Stellung und schlug mit Magie und einem tödlich aussehenden Schwert zu, doch für jeden Domnua, den er niederstreckte, rückten zwei weitere vor. Panik schlug in Wut um, und ein Schuss Adrenalin trieb Sorcha an, so dass sie, als sie hinter der Gruppe zum Stehen kam, bereit war, zu zerstören.

Ohne ein Wort zu sagen, stach Sorcha einem Domnua rücksichtslos in den Nacken, während sie mit der anderen Hand einen Flammenstrahl ausstieß. Sie schnellte herum und tötete zwei weitere Domnua, die sich von hinten genähert hatten. Dann keuchte sie auf, als sie einen Treffer in der Seite einstecken musste.

„Torin!", kreischte Sorcha. Sie machte einen Vorwärtssalto, trat einem Domnua mit beiden Füßen in die Brust und rammte ihm ihre Klinge in den Bauch, während er fiel.

„Sorcha!" Hoffnung blühte auf Torins Gesicht auf, und mit einem Brüllen stand er auf, wobei die Magie um ihn herum knisterte, als hätte jemand einen stromführenden Draht durchgeschnitten. Mit neuer Energie für den Kampf, jetzt, da er sah, dass sie noch lebte, zerstörte Torin mehrere Domnua, während er zu der Stelle vordrang, wo Sorcha kämpfte.

„Siehst du, wie er für dich kämpft? Du bist seine größte Schwäche." Eine seidige Stimme an ihrem Ohr war die einzige Vorwarnung, bevor sich ein Arm um Sorchas Kehle legte. Nach Luft schnappend grub sie ihre Nägel in den Arm und versuchte, ihn von ihrem Hals zu lösen.

„Feuer-Fae!", rief Donal. Seine Stimme schallte von ihrer Schulter über das Wasser, wo die Feuer-Fae im Chaos umhertaumelten. „Sie ist diejenige, die ihr wollt. Sie ist es, die sich euch in den Weg stellt."

„Sorcha!", rief Torin, und in seinen gelbbraunen Augen blitzte Schrecken auf, als das Feuer höher in den Himmel schoss und die Hitze fast unerträglich wurde. Tränen schossen ihr in die Augen, während sie nach Luft schnappte und der Schwindel ihre Sehkraft bedrohte.

Und dann war da nichts mehr. Sorcha fiel auf Händen und Knien in den Sand und versuchte Luft in ihre schreienden Lungen zu bekommen. Als sie aufblickte, schob sie ihr verschwitztes Haar aus dem Gesicht und sah, dass Gracie sie anlächelte.

„Na, das ist doch eine nette, schnelle Art, eine Schuld zu begleichen, nicht wahr?"

„Ich bin wirklich dankbar dafür. Ist er ..." Sorchas Blick schweifte den Strand entlang.

„Er entkam, bevor ich ihn ausschalten konnte. Feigling." Gracie spuckte und half Sorcha wieder auf die Beine. „Aber wir haben keine Zeit zu verlieren. Das Feuer ist im Anmarsch."

„Torin?" Sie mussten weg von dem wütenden Inferno, das nun den Strand bedrohte. Rauch erfüllte die Luft, trübte ihre Sicht, und eine Hitzewand drückte auf ihre Haut.

„Ich kümmere mich um ihn. Geh schon", befahl Gracie, aber Sorcha ignorierte es. Stattdessen folgte sie Gracie in den Rauch, duckte sich tief, um besser Luft zu bekommen, und schrie fast auf, als sie Torin mit dem Gesicht nach unten im Sand sah.

„Ich sehe, du hörst gut", rief Gracie über das Getöse des Feuers hinweg.

„Das ist eine meiner besten Eigenschaften", scherzte Sorcha, obwohl es sich anfühlte, als würde ihr Inneres in zwei Teile gerissen werden. Gemeinsam hakten die Frauen ihre Arme unter Torins ein und zogen ihn hoch. Dann wechselten sie die Position und schleiften ihn auf gut Glück über den Sand, bis sie die Felswand der Klippe erreichten. Dort stützten sie Torin an der Wand ab und vergewisserten sich, dass er atmete.

„Ich gehe Bianca und Seamus suchen", sagte Gracie, strich sich die Haare aus dem Gesicht und band sie schnell zu einem Knoten. „Bleib hier, denn wenn er zu sich kommt und dich nirgends sieht, wird er gleich wieder ins Feuer laufen."

„Ich..." Die Worte klangen wahr, und Sorcha konnte sie nur mit einem kurzen Nicken quittieren. Gracie rannte über den Strand, und die Bewunderung für diese unglaubliche Frau erfüllte sie erneut. Sie wusste nicht einmal, wer sie waren, und doch hatte Gracie an diesem Tag ihr Leben aufs Spiel gesetzt. Das war Mut in seiner reinsten Form, und es war unglaublich, Zeuge davon zu sein.

Sorcha ließ sich auf die Knie fallen, führte ihre Hände zu Torins Gesicht und wischte ihm den Schmutz und Ruß von den Wangen. Blut sickerte aus mehreren Wunden an seinen Armen und an den Seiten. Sorcha begann, seine Verletzungen in Augenschein zu nehmen, um zu sehen, was am dringendsten behandelt werden musste. Es waren so viele Wunden, *zu* viele. Sorcha zog ihr Flanellhemd aus und riss es in Streifen. Sie arbeitete mit schnellen Bewegungen und zwang sich, bei der Sache zu bleiben, nicht in die Panik zu verfallen, die an den Rändern ihres Verstandes tanzte, und verband so viele Wunden, wie sie konnte. Trotzdem schien es nicht auszureichen.

Eine Träne lief über ihre Wange und landete auf Torins Lippen.

„Sorcha." Torin blinzelte zu ihr auf, ein sanftes Lächeln umspielte seinen Mund, seine Augen waren voller Freude, sie zu sehen. „Du bist in Sicherheit."

„Ich ... ja, das bin ich", sagte Sorcha und strich sich mit dem Handrücken über die Augen. „Torin, oh, ich mache mir Sorgen um dich. Du hast eine Menge einstecken müssen."

Torin schüttelte den Kopf, blickte zu ihr auf und dann hinaus, wo das wütende Inferno immer näher kam. „Ich bin so froh, dass du in Sicherheit bist."

„Torin, wir brauchen dich hier. Die Fae brauchen dich. Wir können diese Schlacht nicht ohne dich überstehen. Du musst noch ein bisschen länger durchhalten."

„Hübscheste Frau. Bezaubernde Frau meines Herzens. Ich werde für dich singen... stets das Lied meines Herzens."

Sorcha schluckte gegen den Kloß in ihrer Kehle an, als sich seine Wimpern wieder schlossen. Ein Schrei erklang. Schmerzhaft und rein hing er in der rauchigen Luft. Sorcha drehte sich um und starrte auf das Wasser.

Tausend Stimmen folgten dem Schrei und vereinten sich zu einer brausenden Harmonie. Der Gesang war kühl und flüssig wie das Wasser, aus dem er aufstieg. Hunderte von… Meerjungfrauen, so schien es, wimmelten im Wasser unterhalb der Flammen und umhüllten die Feuer-Fae und das Inferno, das sie verursachten.

„Die Wasser-Fae sind hier…" Bianca kam neben ihnen zum Stehen, Seamus und Gracie folgten ihr dicht auf den Fersen. „Wie geht es ihm?"

„Nicht gut", stieß Sorcha hervor, gebannt von den nebulösen Wesen, die im Wasser schimmerten und deren Macht und Gesang die Flammen verschlang. In wenigen Augenblicken waren die Feuer-Fae besiegt, und der Strand war befreit von Domnua. Am Wasser erhoben sich zwei Gestalten und eilten den Sand hinauf zu ihnen.

„Imogen! Nolan!" Bianca sprang von Torins Seite auf und rannte zu ihnen.

Wenigstens waren es nicht noch mehr Feinde, dachte Sorcha und drehte sich um, um Torin eine Hand auf die Stirn zu legen. Gracie kauerte bereits an seiner Seite.

„Bitte berühre ihn nicht", befahl Gracie und legte ihre Hände auf die größte Wunde an Torins Seite.

„Wie bitte?" Der Befehl stieß sie vor den Kopf, und Sorcha bemerkte, dass es ihr nicht gefiel, wenn eine andere Frau Torins Körper berührte. Ein Gedanke, den sie später reflektieren sollte, dachte sie, während Gracie sie mit whiskeybraunen Augen anschaute.

„Ich bin Heilerin. Aber ich kann nicht zulassen, dass du ihn anfasst, während ich ihn behandle."

„Oh, Heilerin bist du auch noch. Klar, warum nicht.

Kannst du eigentlich alles?", fragte Sorcha und ließ sich auf die Knie fallen, um Gracie bei der Arbeit zuzusehen.

„Naja, so ähnlich. Ein bisschen von diesem und ein bisschen von jenem. Ich kann nicht die gesamte Fae-Magie in ihm heilen, dafür braucht er seine eigene Art von Magie. Aber ich kann zumindest seine Wunden nähen und den Blutverlust stoppen. Es ist nicht viel, aber es wird ihn durchbringen, bis er bessere Hilfe bekommt."

„Ich..." Sorcha schüttelte den Kopf und presste dann die Lippen aufeinander. Ihre Gefühle waren im Moment völlig durcheinander und sie wusste nicht, ob ihr zum Lachen oder Weinen zumute war. Unsicher, was sie tun sollte, oder was sie fühlte, hielt sie den Mund geschlossen, um nicht etwas Dummes zu sagen.

Bianca wandte sich dem hübschen Paar zu, das nun zu ihnen hinunterblickte. „Imogen und Nolan – das sind Gracie und Sorcha. Sorcha ist Torins Schicksalsgefährtin."

„Ähm ..." Sorcha sah, wie Gracie zu ihr hochgrinste.

„Ist das so? Er ist ein feiner Kerl", sagte Gracie.

„Ich bin mir da noch nicht sicher", sagte Sorcha.

„Mich dünkt, dein Herz hat sich schon entschieden", flüsterte Gracie, bevor sie sich wieder ihrer Aufgabe zuwandte.

„Ist das Portal sicher?" Nolan, ein ausgesprochen großer und muskulöser Mann, der eine ähnliche Autorität ausstrahlte wie Torin, sprach zu Seamus.

„Das Portal wurde geschützt. Aber nicht ohne einen großen Kampf. Die Domnua werden immer stärker, und sie werden immer besser darin, die Elementaren aufzuwiegeln. Ich hatte schon Angst, dass wir, wenn wir schon nicht von den Domnua verletzt werden, an einer Rauchvergiftung sterben könnten", sagte Seamus. Sein Gesicht war schmutzig, und sein rotes Haar stand zu allen Seiten ab.

„Ich bin froh, dass wir gekommen sind", sagte Nolan, dessen Gesicht eine Maske der Sorge war. „Es brauchte ein wenig Überzeugungsarbeit, denn die Wasser-Fae waren sich nicht sicher, ob sie sich gegen die Feuer-Fae wenden sollten. Aber am Ende haben sie die Notwendigkeit verstanden."

„Bringen wir ihn hier weg. Es ist nicht sicher." Nolan beugte sich vor und hob Torin in seine Arme, was Gracie ärgerte.

„Du kümmerst dich also um ihn?"

„Wir haben unsere Elixiere für die Magie, die durch seine Adern fließt. Aber jetzt ist Zeit das Wichtigste. Gehörst du zu dieser Gruppe?"

„Nein, ich bleibe hier", sagte Gracie.

„Sie hat das Portal geschützt", sagte Sorcha und lenkte den Blick des Mannes auf sich. „Sie ist keine Fee. Aber sie hat sich für dich und die deinen eingesetzt. Sie verdient Schutz."

„Zur Kenntnis genommen." Nolan nickte knapp, bevor er sich umdrehte.

Das komische Gefühl, bei dem Sorcha dachte, durch einen Staubsauger gezogen zu werden, kam schnell, und schon waren sie nicht mehr in der Bucht.

KAPITEL DREIZEHN

Die Gruppe stand in einer höhlenartigen Halle mit weißem Marmor, langen, schmalen Fenstern und frei schwebenden Lichtkugeln, die durch den Raum huschten. Bei näherer Betrachtung entdeckte Sorcha, dass es sich bei den Kugeln um kleine Feen handelte, die sie schelmisch angrinsten, während sie an ihr vorbei tanzten. Sofort wünschte sie sich eine oder zwei für ihren Wagen – kleine glitzernde Gefährten, die sie auf lange Autofahrten mitnehmen konnte. Sie konnte sich schon vorstellen, wie sie ihre Shows mit ihnen noch interessanter gestalten könnte und wie die Leute versuchen würden zu erraten, wie sie die schwebenden Lichtkugeln erschaffen hatte.

Bei dem Gedanken an ihre Auftritte wurde ihr schwer ums Herz. Die Iren liebten ein gutes Wortspiel, und im Grunde ihres Herzens wusste sie, dass ihre Karriere vorbei war, nachdem man sie im Zusammenhang mit der Brandtragödie als „Smokin' Sorcha" bezeichnet hatte. Das tat weh, *wirklich* weh, und sie konnte sich immer noch nicht mit der Tatsache abfinden, dass ihr gebuchter Auftritt am kommenden Wochenende nicht stattfinden würde. Oder an dem Wochenende danach. Oder an irgendeinem Wochenende. Was sie brauchte, war eine Möglichkeit, online zu gehen, damit sie wenigstens freundlich und professionell auf die Absagen antworten konnte, aber es gab keine Möglichkeit, das zu tun. Nicht von hier aus. Wo auch immer sie war. Nein, jeder Tag, an dem sie der Welt mit Schweigen gegenübertrat und nicht auf Anfragen reagierte, würde ihren Ruf nur noch mehr schädigen. Nicht, dass das im Moment eine große Rolle spielen würde.

„Wo ist er?" Königin Aurelia betrat den Saal in einer prächtigen Robe aus silbrig schimmernden Perlen, die von aquamarinfarbenen Fäden durchzogen waren. Ihr Haar war zu einer Reihe komplizierter Zöpfe zurückgebunden, die eine zarte Krone aus Quarz- und Aquamarinsteinen zur Geltung brachten. Sofort verneigte sich die Gruppe, mit der sie unterwegs war, sogar Bianca, und Sorcha beeilte sich, es ihr gleich zu tun. Nicht, dass sie der Königin Treue geschworen hätte, aber es wäre wohl unangebracht, respektlos zu sein. „Wachen, bringt ihn in das Turmzimmer. Prinz Callum wird sich sofort um ihn kümmern."

„Moment ..." Sorcha überraschte sich selbst damit, dass sie sprach. Sofort drehte sich die Königin mit einer hochgezogenen Augenbraue zu ihr um.

„Ja?"

„Darf ich ..." Sorcha war sich nicht sicher, gegen wie viele protokollarische Regeln sie gerade verstieß. Aber sie hielt es für notwendig, bei Torin zu bleiben. Sie konnte nicht genau sagen, warum, aber sie hatte das Gefühl, dass sie an seiner Seite bleiben musste. Bianca drückte ihren Arm, um sie zu bestärken.

„Es ist in Ordnung, wenn du fragst, Sorcha. Die Königin ist netter als sie scheint", flüsterte Bianca an ihrer Seite. Bianca hatte sich während des Kampfes gut gehalten und war mit minimalen Schrammen und Beulen davongekommen, und es schien, dass es auch Seamus gut ging.

„Du möchtest Torin bei seiner Heilung begleiten?", erriet Königin Aurelia.

„Wenn es nicht zu große Umstände macht..." Sorcha senkte den Kopf und nickte unbeholfen, was hoffentlich als Zeichen des Respekts verstanden wurde.

Die Königin blickte sie an. In ihren Augen schimmerte ein wissendes Licht, und dann nickte sie einmal.

„Komm mit mir." Die Königin drehte sich ohne ein weiteres Wort um.

„Danke." Sorcha drückte Biancas Hand und eilte dann der Königin hinterher, die schon fast ganz aus dem Raum heraus war, wobei ihre Schritte in der riesigen Halle widerhallten. Sorcha reihte sich ein, als die Wachen Torin durch einen sanft beleuchteten Gang trugen, in dem wieder die schwebenden Glitzerfeen zu sehen waren, und der sich in einem Halbkreis hinzog, bis er an einer gewölbten Tür ohne Klinke oder Scharniere endete. Die Königin beugte sich vor und berührte die Tür mit ihrer Handfläche, woraufhin sie in rotgoldenem Licht aufleuchtete und sich öffnete, um eine Treppe aus weißem Marmor freizugeben.

Nun, *das* war beeindruckend.

Sorcha folgte schweigend, während sie die Treppe hinaufstiegen, und bemerkte, dass eine Wache schnell zwischen sie und die Königin getreten war, so dass sie nicht direkt hinter der mächtigen Frau war. Klug, dachte Sorcha. Auch wenn Sorcha im Vergleich zu der Magie, die diese Fae besaßen, nur eine Amateurin war, war es angebracht, die Matriarchin keiner potenziellen Bedrohung auszusetzen.

Sie gingen durch eine weitere Tür, die die Königin mit der Berührung ihrer Handfläche öffnete, und betraten einen großen, kreisförmigen Raum aus demselben weißen Marmor. An der Wand befanden sich ein schmaler Arbeitstisch und mehrere Regale. Der Mann vor ihnen drehte sich bei ihrer Ankunft um. Sorcha blinzelte überrascht. War jeder königliche Fae einfach umwerfend schön? Goldenes Haar, ozeanblaue Augen und ein kantiges Kinn ließen diesen Mann aussehen, als wäre er gerade einem Vogue-Cover entstiegen.

„Callum, das ist Sorcha. Sie ist Torins Schicksalsgefährtin. Sie wollte ihn bei der Heilung begleiten." Königin Aurelia wandte sich ihr zu. „Callum ist mein Sohn und Prinz der Danula-Fae. Seine Talente liegen in der Heilmagie, obwohl er in den meisten Bereichen sehr mächtig ist. Er wird sich sofort um Torin kümmern."

„Danke", sagte Sorcha und verneigte sich mit der unbeholfenen Bewegung, die sie sich zum Gruß der Royals angeeignet zu haben schien.

„Kannst du uns sagen, was passiert ist?", fragte Prinz Callum, während er sich wieder dem Tisch und den Flaschen zuwandte, die darauf verteilt waren. Sorcha war sich nicht sicher, wohin sie gehen oder was sie tun sollte, also ging sie zu dem Bett in der Mitte des Raumes, auf das die Wachen Torin gelegt hatten. Gracie hatte recht gehabt – sie *war* eine Heilerin – und Sorcha war erfreut zu sehen, dass viele der größeren Wunden aufgehört hatten, zu bluten. Aber seine Hautfarbe sah nicht gut aus, sein Gesicht war blass im weichen Licht des Turms, und seine

Augen blieben geschlossen. Zögernd streckte Sorcha die Hand aus, legte ihre Finger in seine Hand und übte sanften Druck aus, damit er wusste, dass er nicht allein war.

„Ich weiß zwar sicher nicht über alle magischen Akteure oder so Bescheid, aber ich kann Euch eine kurze Zusammenfassung geben", sagte Sorcha und suchte in Torins Gesicht nach Anzeichen von Bewusstsein. „Wir kamen an der Bucht an, und sie brannte. Das heißt, das Wasser stand in Flammen. So etwas habe ich noch nie gesehen. Es stellte sich heraus, dass es die Feuer-Fae auf dem Wasser waren. Und... die bösen Jungs? Die dunklen Fae?" Sorcha warf einen fragenden Blick über ihre Schulter.

„Die Domnua", ergänzte Königin Aurelia mit einem kleinen Lächeln.

„Ja, die. Es waren Hunderte von ihnen dort ... wenn nicht mehr. Gracie – sie ist keine Fee, aber offensichtlich mit irgendwelchen magischen Kräften begabt – stand allein am Strand. Sie hielt sie davon ab, die Höhle zum Portal zu betreten. Ich denke, ihr steht in ihrer Schuld. Sie war..." Sorcha schüttelte den Kopf, ihre Kehle schnürte sich erneut zu, als sie sich an diese Frau erinnerte, wie sie allein in ihrem wallenden Kleid vor den Truppen einer Armee des Bösen stand. Das Bild würde für immer in ihr Gehirn eingebrannt sein. „Überwältigend. Stärker als jede Kriegerin, die ich je gesehen habe. Ich weiß nicht, ob sie bis zum Ende durchgehalten hätte, aber sie hat sie davon abgehalten, das Portal einzunehmen, bis wir ankamen. Danach ging es drunter und drüber. Sie haben mich weggelockt, um einen Hund zu retten. Ich bin mir nicht sicher, was mit Bianca und Seamus geschah, das Feuer wurde so groß, dass ich dachte, wir würden an einer Rauchvergiftung sterben, und dann..."

147

„Kämpfe sind unglaublich schwierig ... emotional wie körperlich." Königin Aurelia überraschte Sorcha, indem sie ihr eine Hand auf den Arm legte, und eine sanfte Welle der Ruhe durchströmte Sorcha. Vielleicht wollte die Königin sie mit Magie beruhigen. „Es ist schwierig, das zu durchleben und noch schwieriger, darüber zu berichten."

Sorcha schluckte, ihr Magen war wegen Torin noch immer verkrampft, und nickte.

„Als ich zum Strand zurückkam, bedrängten sie Torin. Ich versuchte zu helfen, aber... Donal kam zurück. Er würgte mich, und ich konnte kaum atmen. Ich war kurz davor, ohnmächtig zu werden, als Gracie mich rettete. Sie sagte, sie schulde mir was, weil ich ihren Hund gerettet hätte. Als ob ich zulassen könnte, dass ein Hund verletzt wird." Sorcha schüttelte mit einem reumütigen Lachen den Kopf. „Donal verschwand und die Meerjungfrauen kamen. Und ... nun, Torin war verwundet. Schlimm. Gracie half, wieder einmal. Sie hat ihn verarztet so gut sie konnte. Gibt es eine Möglichkeit, dass ..." Sorcha sah die Königin an. „Könnt Ihr nach ihr sehen? Ich will nur wissen, dass sie in Sicherheit ist."

„Natürlich, wir werden sofort jemanden schicken." Die Königin nickte einer Wache zu, die an der Mauer stand. „Bitte schickt einen königlichen Krieger, der Gracie bei Bedarf helfen kann. Und drückt ihr unsere Dankbarkeit aus." Die Wache verschwand augenblicklich auf ihr Geheiß, etwas, an das sich Sorcha wohl nie gewöhnen würde. Die ganze Sache mit den Leuten, die vor ihr standen und im nächsten Moment nicht mehr da waren, war ein wenig verstörend.

„Donal hat uns verraten." Prinz Callum trat an Torins

Seite, eine kleine Flasche in der Hand. Er nahm eine Pipette aus der Flasche und schob sie zwischen Torins Lippen, um ihm den Mund zu öffnen. Dann gab er ihm eine silbrige Flüssigkeit. Sorcha wartete darauf, dass sich Torins Rachen bewegte, während er die Medizin schluckte. Sie drückte seine Handfläche fester, und Wärme erfüllte sie, als er zurückdrückte.

„Das hat er." Sorcha sah zu dem Prinzen auf. „Er entführte mich und benutzte mich als Ablenkung in der Nacht der..." es fiel ihr immer noch schwer, es auszusprechen, „Hochzeitsfeier, die die dunklen Fae in Brand setzten. Er ist kein Freund Eures Volkes."

„Er hat mit dir gesprochen?", fragte Königin Aurelia.

„Er ist ein...Dom...ein dunkler Fae."

„Domnua", sagte Prinz Callum und half ihr bei dem Wort. „Er ist ein dunkler Fae? Schon die ganze Zeit? Wie konnten wir das übersehen?"

„Das werden wir sehr ernsthaft untersuchen", murmelte Königin Aurelia.

„Er scheint der Meinung zu sein, dass sie die ganze Macht haben sollten", sagte Sorcha, ihren Blick immer noch auf Torin gerichtet. Die Farbe in seinem Gesicht schien zurückzukehren, aber vielleicht war das nur Wunschdenken.

„Eine nicht seltene Empfindung unter ihrem Volk. Die Domnua haben keinen Respekt vor der Ordnung, stattdessen kümmern sie sich nur um ihre niedersten und unmittelbarsten Bedürfnisse – beziehungsweise das, was sie selbst unter Bedürfnissen verstehen – und weigern sich, über die Auswirkungen ihres Handelns auf die Welt als Ganzes nachzudenken. Sie sind ein kurzsichtiger Haufen, die sich nur auf mehr, mehr, mehr konzentrieren, ohne sich um den Schaden zu kümmern, den sie anrichten. Ihr Aufstieg zur Macht wäre für alle katastrophal, aber sie sind zu blind, um die Auswirkungen der Taten ihrer Anführerin, der Göttin Domnu, zu erkennen. Sie folgen ihr, berauscht von dem Versprechen auf mehr, ohne zu merken, dass sie dabei ihr eigenes Haus in Brand stecken", sagte Königin Aurelia mit trauriger Stimme.

Sorcha wusste nicht, was sie sagen sollte, und so drückte sie weiterhin Torins Hand und hoffte, dass er bald die Augen öffnen würde. Was auch immer zwischen den beiden Fae-Reichen geschehen würde, war deren eigenes Problem – ihres war, ob sie nach Hause gehen könnte oder nicht. Und vielleicht, nur ein bisschen – ob Torin in Sicherheit sein würde oder nicht. Sie wollte ihn nicht als ihren Gefährten beanspruchen, oh nein, sie musste nach Hause gehen und ihren eigenen Weg weiterverfolgen. Aber die Chemie zwischen ihnen war unbestreitbar, und auch wenn sie sich nicht sicher war, was sie von ihm halten sollte – er war nicht unbedingt ein schlechter Mensch. Es wäre traurig, wenn er bei dieser Geschichte ums Leben kam.

„Wie hat er es verstecken können? So lange?" Prinz Callum verschränkte die Arme vor der Brust und trug einen zornigen Ausdruck auf seinem rauen Gesicht. Sorcha konnte förmlich spüren, wie die Wut in ihm brodelte, und sie straffte die Schultern. Sie wollte sicherlich nicht die Adressatin dieses Zorns sein. Donal musste ziemlich verwegen sein, wenn er es mit diesen königlichen Wesen, die tödliches Selbstvertrauen ausstrahlten, aufnahm.

„Und wie viele weitere verstecken sich noch in Euren

Reihen?" Sorcha sprach, ohne nachzudenken. Sie wandte ihren Blick von Torin ab, als Stille den Raum erfüllte.

„Sie hat recht." Königin Aurelia wandte sich vom Bett ab und begann, durch den kreisförmigen Raum zu schreiten, wobei das Geräusch ihrer Absätze auf dem Marmor in der Kammer widerhallte. „Wenn Donal es so weit geschafft hat – wie viele andere noch? Wir ..."

„Können Fae verwandelt werden?", fragte Sorcha, ohne sich darum zu kümmern, dass die beiden Royals sie verwirrt ansahen, weil sie sie unterbrochen hatte.

„Verwandelt? Was meinst du damit?" Die Königin legte den Kopf schief und schüttelte den Finger, um eine Wache davon abzuhalten, zu Sorcha zu gehen, vermutlich um sie zum Schweigen zu bringen.

„Nun... kann man ein guter Fae sein und dann ein böser werden? Gibt es eine Möglichkeit, dass die Bösen Donal erwischt und ihn verwandelt haben... wie einen Zombie oder so... war er vielleicht nicht die ganze Zeit über böse?"

„Ein Zombie?" Königin Aurelias Stirn legte sich vor Verwirrung in Falten.

„Es ist ein menschliches Märchen. Eine ihrer Geschichten. Tote Menschen werden wieder lebendig und töten andere, indem sie sie beißen. Dann werden diese toten Menschen so wie sie. Zombies. Es ist recht unterhaltsam, muss ich zugeben." Prinz Callum zuckte mit einer Schulter.

„Das klingt nicht gerade nach einer schönen Geschichte..." Königin Aurelia schaute immer noch verwirrt.

„Es ist einfach so, dass ich mich frage, ob man konvertieren kann. Beziehungsweise die Zugehörigkeit wechseln kann. Oder wird man in die dunkle oder helle Seite hinein-geboren... ist es einfach eine Blutsfrage?", fragte Sorcha.

„Das ist ein guter Punkt, den sie anspricht." Prinz Callum tippte sich mit dem Finger an die Lippen und wippte auf seinen Fersen, während er über ihre Worte nach-dachte. Die Tatsache, dass sie ihre Theorie überhaupt in Erwägung zogen, machte Sorcha ein bisschen stolz. Sie wusste vielleicht nicht viel über das Reich der Fae, aber sie wusste viel über Menschen – sie hatte sie in allen Lebensbe-reichen studiert. Menschen änderten sich ständig – ihre Zugehörigkeit, ihren Glauben und sogar ihre Religion. Es war nicht so weit hergeholt zu denken, dass der Beitritt zu einem anderen magischen Reich eine Kräfteverschiebung bewirken würde.

„Torin erwähnte, dass er sich in letzter Zeit etwas seltsam benommen hatte. Eher distanziert. Er schien zu glauben, es läge an einer Frau." Die Königin wandte sich an eine andere Wache in der Ecke. „Ich möchte, dass du die Berater des königlichen Hofes darüber informierst, dass wir in Kürze eine Sitzung abhalten werden. Ich muss sie warnen und wissen, ob es weitere ungewöhnliche Änderungen im Verhalten bei unseren Gefolgsleuten gegeben hat. Wenn ja, müssen wir sie ausfindig machen und ihre Bewegungen verfolgen."

„Ja, Eure Hoheit." Der Wachmann löste sich in Luft auf.

Torins Finger berührten ihre, und Sorcha blickte nach unten, um zu sehen, wie seine vollen Wimpern flatterten, bevor er langsam die Augen öffnete. Er blinzelte ein paar Mal und ließ seinen Blick durch den Raum schweifen, bevor er auf Sorcha landete und dort verharrte. Ein kleines

Lächeln umspielte seine Lippen, und Sorcha kämpfte gegen den Drang an, mit dem Finger darüber zu streichen.

„Hey...", sagte Sorcha, und beide Royals waren sofort an der Seite des Bettes.

„Torin ... du bist zu Hause im Schloss. Du hast einige schwere Verletzungen erlitten, aber du hast durchgehalten, bis wir dir helfen konnten", sagte Prinz Callum und hielt seine Hand an Torins Stirn.

„Das Portal?", sagte Torin mit trockener Stimme. Sorcha drehte sich um, um nach Wasser zu suchen, aber eine Wache brachte bereits ein Glas an das Bett.

„Es ist sicher. Du hast uns heute gut gedient. Du bringst uns Ehre, und wir schätzen den Mut, den du heute im Kampf gezeigt hast. Außerdem hast du es geschafft, keinen der Feuer-Fae zu verletzen", sagte Königin Aurelia.

„Nicht, dass sie es nicht verdient hätten", murmelte Sorcha.

„Warum sagst du das?" Die Stimme der Königin war scharf, und Sorcha hob ihr Kinn. Schließlich war das nicht ihre Königin, und sie konnte so aufmüpfig sein, wie sie wollte. Nicht, dass sie das wirklich wollte, denn die Königin war eine respekteinflößende Frau... aber trotzdem.

„Nun, wie kommt es, dass die Feuer-Fae uns mit ihrem Rauch und ihren Flammen fast umbringen, aber wir trotzdem davon absehen müssen, ihnen weh zu tun? Das scheint unfair zu sein, nicht wahr? Ganz zu schweigen, dass es eine Waffe ist, die sie gegen uns verwenden können. Wenn sie wissen, dass wir sie nicht verletzen werden, haben sie nichts zu verlieren", sagte Sorcha. Ihr wurde bewusst, dass sie von den Fae bereits als „wir" sprach, und dieser Gedanke gefiel ihr nicht besonders gut. Sie fühlte sich unwohl dabei und zuckte mit den Schultern. „Ich glaube einfach nicht, dass es ein fairer Kampf ist, das ist alles."

„Die Feuer-Fae wurden von den Domnua manipuliert. Sie verstehen nicht wirklich, was sie da tun", sagte Königin Aurelia.

„Sie wissen, dass sie töten können, nicht wahr?", drängte Sorcha.

„Ja, das tun sie." Königin Aurelia senkte den Kopf.

„Nun, vielleicht müssen sie lernen, dass auch sie nicht gegen Verluste gefeit sind. Sonst machen sie einfach weiter und werden irgendwann einen oder alle von uns töten. Und wo werdet Ihr dann sein?", verlangte Sorcha und hielt dann inne, als Torin ihre Hand fest drückte.

„Sorcha", flüsterte Torin, und Sorcha sah verärgert zu ihm hinunter.

„Was?"

„Es ist okay, Liebling. Wir sind jetzt in Sicherheit."

Frustriert zog Sorcha ihre Hand zurück und presste die Lippen aufeinander, da sie nichts sagen wollte, was sie noch in den königlichen Kerker oder etwas Schlimmeres bringen könnte.

„Das ist ein Punkt, über den ich sorgfältig nachdenken werde. Ich danke dir, Sorcha, dass du so offen mit mir gesprochen hast. Nicht jeder hat den Mut, dies zu tun", sagte Königin Aurelia. Sorcha schluckte und nickte. Sie hatte Angst, etwas Falsches sagen zu können und die kleine Basis des Respekts, die sie sich bei der Königin erarbeitet hatte, zu verlieren. „Ich überlasse dich jetzt ihm. Callum, kommst du mit?"

„Natürlich." Callum drehte sich um und beugte sich über Torin. „Deine Vitalwerte sind gut, mein Freund. Aber du musst dich ausruhen, zumindest diese Nacht. Wir können unser weiteres Vorgehen morgen besprechen."

„Aber ... was ist, wenn ich gebraucht werde?" Torin versuchte, sich aufzurichten, aber Callum drückte ihn sanft zurück auf das Bett.

„In diesem Zustand nützt du niemandem was. Es ist ein übler Zauber, den Donal angewendet hat. Lass unsere Gegenmagie auf dich wirken und du bist morgen früh wieder gesund." Callum wandte sich an Sorcha. „Du bleibst bei ihm."

Es war keine Frage, und da Sorcha keine Ahnung hatte, wie man die magischen Türen der Kammer öffnete, konnte sie nur zustimmend nicken.

„Wir werden euch Essen, ein Bad und Kleidung zum Wechseln schicken. Wir sprechen uns dann später." Damit verließen die beiden königlichen Fae das Zimmer durch die Tür, durch die sie vorher gekommen waren. Sie schloss sich schnell hinter ihnen und machte Sorcha praktisch zur Gefangenen von Torin, und sie beschloss, nicht allzu sehr über eine Flucht nachzudenken. Wenn überhaupt, vertraute sie darauf, dass Bianca sie bei Bedarf holen würde. Sorcha verstand vielleicht nicht viel von dem, was vor sich ging, aber sie wusste, dass die Blondine auf ihrer Seite stand.

Bianca ist meine Zuversicht, lachte Sorcha leise vor sich hin.

KAPITEL VIERZEHN

Sie war an seiner Seite geblieben.

Torin schlug die Augen auf, genoss Sorchas Anblick und fühlte sich zum ersten Mal, seit sie am Strand gelandet waren, ruhig. Als sie während der Schlacht verschwunden war, hatte er fast den Verstand verloren. Seine Wut war grenzenlos gewesen, und er hatte in der Zeit ihrer Abwesenheit mehr Domnua getötet als in all den Jahren zuvor. Er hatte dafür bezahlt, das war sicher, aber zu dem Zeitpunkt hatte er gedacht, Sorcha sei für ihn verloren. Nie hatte es für ihn einen schöneren Anblick gegeben als Sorcha, wie sie den Strand hinunterrannte, ihr leuchtend rotes Haar in der Luft wehend und mit versteinertem Gesicht. Sicher, sie war eine wilde Frau, seine Liebe, und es war ein Vergnügen, sie im Kampf zu beobachten. Er hatte nicht gewusst, nicht wirklich, was sie ihm bedeutete, bis er gesehen hatte, wie geschickt sie den Hieben der Domnua auswich. Es war so sicher, wie dass die Sonne im Osten aufging, dass sie eine Partnerin war, die seiner würdig war. Das war die Wahrheit. Jetzt musste er Sorcha nur noch davon überzeugen, dass auch er sie verdiente. Das würde ein viel schwierigerer Kampf werden als der, den er gerade gekämpft hatte, aber einer, den er bereit war, in Angriff zu nehmen.

Eine Rußspur zog sich über eine ihrer Alabasterwangen, und sie trug nicht mehr das Flanellhemd, mit dem sie in die Schlacht gezogen war. Stattdessen stand sie in schmutzigen Jeans, einem Tank-BH, und mit Schnittwunden und Dreck übersät vor ihm. Warum hatte sich niemand um ihre Wunden gekümmert? Torin richtete sich weiter auf dem Bett auf, so dass er sich gegen die Kissen abstützen konnte.

„Du bist verletzt", röchelte Torin. Seine Kehle brannte vom Einatmen des Rauchs, und er schluckte gierig das Getränk, das ihm die Wache gereicht hatte. Das Wasser mit einem Hauch von Fae-Magie kühlte das Brennen sofort.

„Nicht so schlimm", sagte Sorcha. Sie blickte an sich hinunter, und Torin sah, wie ihr in diesem Moment bewusst wurde, dass sie die ganze Zeit in ihrem BH vor der Königin gestanden hatte. Er unterdrückte ein Grinsen, während sich ihre Haut rosa färbte, und er fragte sich, ob sie morgens nach einer Liebesnacht auch so aussehen würde. Er würde es wissen, wenn er bei ihr geblieben wäre, schimpfte Torin mit sich selbst.

Die Tür öffnete sich hinter ihnen und Sorcha schreckte auf. Sie schnellte herum, hob die Hände und ließ sie dann wieder sinken, als ein Trupp Wachen hereinkam, die Teller mit Essen, zwei große Badewannen und Stoffe hereintrugen, von denen Torin annahm, dass es frische Kleidung war. Als sie mit dem Aufbau fertig waren, blickten sie zu Torin, der dankend lächelte.

„Wow, das ist wirklich praktisch, oder?" Sorcha schlenderte zum Tisch, hob den Deckel eines Tellers an und schnupperte an den Speisen, die darunter lagen. Sie bezweifelte, dass sie sich jemals daran gewöhnen konnte, dass sich andere Leute um ihre täglichen Grundbedürfnisse kümmerten.

„Es hat seinen Nutzen, ja. Hilfst du mir auf?" Torin wusste, dass er allein aufstehen konnte, aber er wollte einen Vorwand haben, Sorcha zu berühren, ohne dass sie ihn abwies. Sofort ging sie zu ihm hinüber und erlaubte ihm, einen Arm um ihre Schultern zu legen. Als er aufstand, war Torin überrascht, wie er von einem Schwindelgefühl erfasst und etwas wackelig wurde. Vielleicht war Donals Magie doch stärker, als er gedacht hatte.

„Mach langsam ...", sagte Sorcha.

„Ich würde gerne baden, wenn es dir nichts ausmacht? Du siehst aus, als könntest du auch eins gebrauchen. Danach kann ich mich um deine Wunden kümmern."

„Wirklich ... es sind nur ein paar blaue Flecken und Kratzer", sagte Sorcha und schlang einen Arm um seine Taille. Die Energie knisterte zwischen ihnen. Konnte sie die Wärme spüren, die aufkam, wenn sie sich berührten? Langsam gingen sie zur ersten Kupferwanne, und Sorcha sah zu ihm auf. Ihre Augen waren voller Sorge.

„Kannst du dich selbst hineinsetzen? Diese Wanne ist fast so hoch wie ich, ich weiß also nicht, ob ich eine große Hilfe sein werde."

„Ja, das sollte gehen. Wenn du mir nur mit meiner Kleidung helfen könntest."

Sorcha wurde bleich. Sie schaute von der Wanne zu ihm zurück und öffnete ihre hübschen rosa Lippen.

„Ähm… du willst, dass ich dich ausziehe?"

„Du hast mich bereits nackt gesehen, Sorcha. Ich hätte nicht gedacht, dass du bei Nacktheit so schüchtern bist?" Torin grinste sie an, und ihr Kinn hob sich.

„Ich bin nicht schüchtern. Ehrlich gesagt, ziehen wir Darsteller uns ständig vor den Augen anderer um. Es hat mich nur überrascht, das ist alles." Schnell knöpfte Sorcha seine Hose auf und schob sie ihm die Beine hinunter, wobei sie ihr Gesicht von seinen Geschlechtsteilen abwandte. Dann riss sie ihm das, was von seinem Hemd übrig war, in kleinen Streifen vom Körper. Der Gedanke, dass sie sich in Gegenwart anderer Männer auszog, war merkwürdig für Torin, und er stellte fest, dass ihm die Vorstellung überhaupt nicht gefiel – nein, es schmeckte ihm ganz und gar nicht. Er würde dafür sorgen müssen, dass das in Zukunft nicht mehr vorkam. Sorcha wartete, den Blick an die Decke gerichtet, während er sich am Wannenrand festhielt und sich dann langsam in das dampfende Wasser hinabließ. Die Wärme des nach Eukalyptus und Lavendel duftenden Wassers beruhigte sofort seine müden Muskeln. Stöhnend lehnte er sich zurück.

„Ist das ein gutes oder schlechtes Stöhnen?", fragte Sorcha, die ihre Augen immer noch abwandte, und Torin lachte.

„Wenn ich sage, dass es schlecht ist, würdest du mir dann die Schmerzen wegmassieren?", fragte Torin und freute sich, als sie die Augen verärgert zusammenkniff.

„Vielleicht würde ich deinen Kopf einfach untertauchen und dich ertränken", sagte Sorcha.

„Na, na… das ist aber nicht sehr nett, Sorcha. Ich bin

verwundet, weißt du..." Torin machte ein schnalzendes Geräusch.

„Ich glaube, du fühlst dich viel besser, als du zugeben willst."

„Warum nimmst du nicht auch ein Bad? Es sieht so aus, als hätten sie Handtücher und frische Kleidung mitgebracht", sagte Torin, ließ seinen Kopf zurück auf den Rand der Wanne sinken und schwelgte in der Köstlichkeit des Bades.

„Du willst, dass ich mit dir bade?", quietschte Sorcha.

Torin öffnete ein Auge und sah, wie sie ihn anstarrte.

„Ich würde mich sehr freuen, wenn du in meine Wanne kommst, meine Liebe, aber da ist auch noch eine zweite."

„Oh, richtig ..." Sorcha errötete, was Torin amüsierte. Ihre Gedanken waren also gar nicht so weit von seinen eigenen Gedanken entfernt. Das war gut. Er wollte, dass sie auf eine sinnliche Weise über ihn dachte. Sorcha hüpfte durch den Raum, schnappte sich einen großen Stapel Handtücher und brachte sie zurück, wobei sie zwei über den Rand seiner Wanne drapierte, während sie wegschaute. Sie drehte ihm den Rücken zu und zog sich schnell aus, was dazu führte, dass sich sein Blut und andere Teile seines Körpers erhitzten. Dankbar für das Wassers, das seine offensichtliche Reaktion auf den Anblick der muskulösen Linien ihres Rückens und ihres hohen, festen Hinterns, verdeckte, biss sich Torin auf die Unterlippe. Seine Hände umklammerten fest den Wannenrand, und er zwang sich, nicht aufzustehen und sie in seine Arme zu schließen. Nein, Geduld war das, was Sorcha brauchte, keine rohe Kraft, und er schloss bewusst die Augen, während sie sich in ihre eigene Wanne gleiten ließ.

„Du kannst die Augen aufmachen", sagte Sorcha inmitten des spritzenden Wassers. „Danke, dass du meine Privatsphäre respektierst."

„Natürlich", sagte Torin und konnte gerade noch ihren Kopf über dem Rand der Wanne sehen. „Obwohl es mir albern vorkommt, da ich ja schon in dir war."

Die Röte, die er so sehr liebte, kroch wieder über ihr Gesicht und Torin lächelte, weil er wusste, dass seine Worte etwas mit ihr machten.

„Das war damals. Das hier ist jetzt", sagte Sorcha und senkte den Kopf, während sie sich mit einem kleinen Waschlappen reinigte. Torin wünschte, er könnte es für sie tun, denn es war eine Qual, ihr so nahe zu sein und sie nicht berühren zu können. Er riss seinen Blick von ihr los und schaute zur Marmordecke hinauf, wo ein Kronleuchter funkelte, dessen Arme von grünen Ranken umschlungen waren, die sich über die Decke zogen und eine Art Walddach bildeten. Das Bad wirkte seine Magie, linderte seine Schmerzen, und schon bald fühlte er sich erfrischt.

„Ist das hier immer so? Dass man unter Kronleuchtern und Decken wie im Wald badet?", fragte Sorcha und brach das Schweigen zwischen ihnen.

„Nein, das ist es normalerweise nicht. Die königlichen Berater genießen zwar luxuriösere Unterkünfte, aber dies ist der Flügel des Prinzen."

„Wie sehen eure Räumlichkeiten aus?", fragte Sorcha und Torin wandte sich ihr zu.

„Es ist ein kleiner Flügel des Palastes. Ähnlich wie eine Wohnung in eurer Welt. Ein paar Zimmer. Einige zum Schlafen, eines zum Essen, eines zum Arbeiten und andere für andere Beschäftigungen."

„Und was für andere Beschäftigungen sind das?", fragte Sorcha. Torin hielt seinen Blick auf den ihren gerichtet. Er lächelte sie träge an, während die Spannung zwischen ihnen greifbar wurde. Es war klar, was er meinte.

„Angenehme", ergänzte Torin.

„Ich kann mir nicht vorstellen, wie es ist, so viel Platz zu haben." Sorcha wechselte schnell das Thema und ließ ihre Hände ins Wasser platschen. „Es fühlt sich sehr dekadent an. Ehrlich gesagt? Ich bin mir nicht sicher, ob es mir gefallen würde oder nicht. Aber im Moment? Das ist wirklich schön nach den letzten paar Tagen."

„Wie war das früher für dich? Als du aufgewachsen bist? Hast du in einem kleinen Zimmer gewohnt?", fragte Torin und Sorcha warf ihm einen verwirrten Blick zu. Sie griff in ihre tropfnassen Locken und wickelte die Strähnen zu einem wilden Knoten, während sie wieder zur Decke blickte.

„Nein, meine Familie hat ein kleines Haus. Wir sind auf dem Land aufgewachsen, daher hatten wir mehr Platz im Freien als in der Stadt. Trotzdem war der Platz mit sieben Mädchen und meinen Eltern knapp. Ich gewöhnte mich daran, alles, was ich besaß, zu teilen und nie einen Moment für mich allein zu haben. Es sei denn, ich ging auf die Felder oder spielte in der alten Scheune in der Nähe." Sorcha seufzte. „Wir hatten nicht viel. Nun, das habe ich immer noch nicht. Aber was ich habe, gehört mir und niemandem sonst."

„Ah, deshalb ist Betty Blue so wichtig für dich", sagte Torin und beobachtete die Gefühle, die über ihr ausdrucksstarkes Gesicht tanzten. „Es ist nicht nur, dass sie dein

Zuhause ist – es ist so, dass du endlich die Kontrolle über deinen eigenen Raum hast."

„Genau. Ich kann dir gar nicht sagen, wie schwer es ist, zu sich selbst zu kommen, wenn man ständig von jemandem unterbrochen wird, sobald man mal einen Moment für sich hat. Wo bleibt da die Zeit zum Lesen, Singen oder Träumen? Kaum war ich im Bad mal ungestört, platzte eine meiner Schwestern herein und plapperte über dieses oder jenes."

„Deine Familie steht dir also nahe?", fragte Torin.

„Nein, das tut sie nicht. Obwohl wir nahe beieinander wohnen, stehen wir uns nicht nahe. Ich... nun, ich sollte das wahrscheinlich nicht sagen. Meine Schwestern stehen sich nahe. Ich habe nicht viel mit ihnen zu tun. Ich passe nicht rein, verstehst du?" Sorcha warf ihm ein trauriges Lächeln zu, und Torin wollte zu ihr gehen und sie drücken, um den Schmerz zu lindern, den er auf ihrem Gesicht sah. „Ich habe nie reingepasst. Ich glaube, alle waren erleichtert, als ich endlich allein losgezogen bin. Ich weiß, dass mein Vater es war – ein Mädchen weniger, dass gefüttert werden musste."

„Sprichst du noch mit ihnen? Oder besuchst du sie?"

„Ja, das tue ich. Ich nehme an, ich habe da auch ein paar Schuldgefühle. Meine Eltern werden immer älter, und meine Schwestern tragen die Last. Ich habe jetzt auch ein paar Nichten und Neffen. Ich bin nicht so oft für sie da, wie ich es sein sollte. Aber mein Zuhause? Nun, es ist kein glücklicher Ort für mich. Das war es nie wirklich. Es ist schwer für mich, zurückzugehen. Ich fühle mich, als würde ich etwas aufführen, wenn ich dort bin."

„Ach ja? Wie beim Tanzen?"

„Nein", lachte Sorcha und schüttelte den Kopf. „Es ist, als ob ich eine Rolle spiele, die sie von mir erwarten, aber niemand sieht mich so, wie ich wirklich bin."

„Ich sehe dich, Sorcha." Die Worte waren heraus, bevor Torin sie aufhalten konnte, aber sie entsprachen der Wahrheit. Sie sah zu Boden und schloss die Augen, doch Torin fuhr fort. „Ich habe dich in unseren gemeinsamen Träumen gesehen. Ich bin an deiner Seite gegangen, habe mit dir getanzt, mit dir geschlafen. Und ich sehe dich. Du bist der Lichtblitz, der die dunkelste aller Nächte erhellt. Glühend, scharf und schmerzhaft schön. Es ist eine Ehre, dich kennengelernt zu haben, und ich bin traurig, dass deine Familie das nicht an dir erkennen kann."

„Torin", sagte Sorcha. Ihre Stimme war ein wenig atemlos. „Ich weiß einfach nicht, was ich mit dir machen soll."

„Tanz für mich", sagte Torin automatisch und sah, wie ihr der Mund offen blieb.

„Tanzen? Für dich? Jetzt gleich?"

„Klar... und ich wäre überglücklich, wenn du nackt für mich tanzen würdest. Falls du dich dazu entscheidest, würde ich deine Entscheidung von Herzen unterstützen. Aber nein. Das Wasser wird kühl, und ich werde zurück ins Bett gehen. Wirst du dann für mich tanzen, Sorcha? Und mir zeigen, wer du bist?"

„Vielleicht. Ich glaube, ich brauche erstmal was zu essen", sagte Sorcha und wirbelte mit einem Finger in der Luft. „Augen zu."

Nachdem sie sich abgetrocknet und angezogen hatten – er in einer lockeren Baumwollhose und einem weichen Oberhemd, sie in einer einfachen Tunika von der Farbe einer prallen Blaubeere –, verschlangen sie das Abendessen, das geliefert worden war. Torin hielt die Unterhaltung leicht, beantwortete ihre endlosen Fragen über das Reich der Fae und stellte im Gegenzug seine eigenen Fragen über die Welt der Menschen. Er wollte nicht die Traurigkeit in ihren Augen sehen, wenn sie von ihrer Familie sprach, und hörte stattdessen zu, wie sie ihm erzählte, wie ihre Unabhängigkeit ihr Leben bestimmt und befeuert hatte. Unabhängigkeit war ihr sehr wichtig, stellte Torin schnell fest und merkte sich das für später. Vielleicht war das einer der Gründe, warum sie so zögerlich war, seinen Anspruch auf sie zu akzeptieren.

Torin rutschte im Stuhl hin und her und rieb sich eine schmerzende Stelle unterhalb seines Herzens. Obwohl Callum die dunkle Magie geheilt hatte, die Donal auf ihn angewendet hatte, wuchs nun etwas anderes. Torin vermutete, dass ihm die Zeit ausging. Er hatte zu lange gezögert und war Sorcha törichterweise aus dem Weg gegangen, und nun begann die Magie eines unerwiderten Anspruchs ihr heimliches Werk. Als seine Schwester die Magie gespürt hatte – und zwar körperlich – war es nur noch eine Frage von Wochen gewesen, bis ihr Ende gekommen war. Wenn das bei Torin der Fall war, musste er bald eine Entscheidung treffen. Den Anspruch aufgeben, Sorcha und den Großteil seiner Kräfte verlieren – was ihn für die königlichen Fae nutzlos machen und seine Rolle im Danula-Reich für immer verändern würde – oder sein Leben für die Liebe aufgeben. Keine der beiden Optionen war besonders reizvoll, und er lenkte seine Gedanken von dem dumpfen Schmerz weg und dorthin, wo Sorcha stand.

„Willst du wirklich, dass ich für dich tanze, Torin?",

fragte Sorcha, und ein ungewöhnlicher Anflug von Schüchternheit schlich sich auf ihr Gesicht.

„Ich würde nichts auf dieser Welt lieber sehen. Aber darf ich es mir zunächst bequemer machen?" Torin nickte in Richtung des Bettes, und Sorcha kam an seine Seite und bot ihm ihren Arm an. Noch einmal nahm er ihn, nur um ihr nahe zu sein, und ließ sich von ihr zum Bett führen. Nachdem er es sich mit einem Kissen bequem gemacht hatte, lächelte er sie an.

„Darf ich mir das Lied aussuchen?", fragte Torin.

„Hier gibt es Musik?" Sorcha drehte sich und sah sich nach Lautsprechern um.

„Du brauchst nur zu fragen, und die Musik wird spielen."

„Na, ist das nicht praktisch? Wenn das so ist, würde ich gerne zu *La vie en rose* tanzen."

Die Musik schwoll an. Es war eine Melodie, die Torin nicht kannte, weich und romantisch mit einem beschwingten Rhythmus. Sorcha hob die Arme über den Kopf, ihr Körper krümmte sich leicht, und sie winkelte ihr Bein an. Er sah gebannt zu, wie sie in die Musik hineinfloss und zu einer Verkörperung des Liedes wurde, als gäbe es keine Grenze zwischen der Musik und ihren Bewegungen. Sie waren ein und dasselbe, und Sorcha wurde zu ihrer eigenen Magie, während sie durch den Raum wirbelte, mühelos fließend mit Rückbeugen und Dips, leichten Wölbungen, gespreizten Sprüngen und koketten kleinen Drehungen. Sie war wie ein Schmetterling in Bewegung, ihre Ausstrahlung war nicht zu leugnen, und sein Herz schwoll an, als er sie etwas tun sah, das sie liebte. Als sie am Ende in einem weitbeinigen Spagat auf dem Boden landete, die Arme oben, den Kopf zurückgeworfen, so dass ihr Haar über den Rücken fiel, jubelte Torin.

„Fantastisch! Du raubst mir schlichtweg den Atem, meine schöne Elfe." Ohne nachzudenken, ergriff Torin ihren Arm, als sie zum Bett kam, und zog sie schnell zu sich, so dass sie neben ihn purzelte. Ihre Augen leuchteten vor Erregung, und ihr Atem kam nach der Anstrengung in leisen, kurzen Stößen.

„Torin ...", flüsterte Sorcha.

„Ich will dich mit der gleichen Verzweiflung, mit der ein Kolibri tausendmal mit den Flügeln schlägt, nur um den süßen Nektar einer Blume zu kosten", sagte Torin und lehnte sich dicht an Sorcha. „Willst du diesem leidenden Mann nicht einmal eine Kostprobe gönnen?"

„Geht es dir immer noch nicht gut?", fragte Sorcha, die sich auf einem Kissen aufrichtete. Ihre Augen verdunkelten sich vor Sorge.

„Nein." Torin schüttelte traurig den Kopf. „Aber ein Kuss würde meine Energie ungemein erneuern."

„Das kommt mir verdächtig vor", sagte Sorcha. Sie kniff die Augen zusammen, und er warf ihr seinen Hundeblick zu, was ihr ein kleines Grinsen entlockte. „Oh, du bist unausstehlich. Ein Kuss, Torin. Nur um dich zu heilen."

„Ein Kuss ist ein Segen für meine arme Seele...", sagte Torin und freute sich, als sie sich vorlehnte und den ersten Schritt machte. Ihre Lippen trafen zögernd auf die seinen, und Torin hielt still und erlaubte ihr, ihn zu erkunden. Der dumpfe Schmerz unter seiner Brust ließ nach, was seinen Verdacht bestätigte. Er bewegte sich und nahm ihren Mund in Besitz. Berauscht von ihrem Geschmack, schwelgte Torin in diesem Kuss und verlangte mehr von ihr. Als sie in seinen

Mund stöhnte und sich ihm weiter öffnete, ergriff Torin die Gelegenheit und ließ seine Zunge in ihren Mund gleiten, ließ sie leicht in ihrem tanzen, und genoss den Moment wie ein köstliches Glas Feenwein. Hitze durchströmte seinen Körper, und er zog sie näher an sich heran, zog sie über sich, wobei sich ihr kompakter Körper eng an seinen schmiegte. Sorcha keuchte in seinen Mund, als sie seine Erregung spürte, und riss ihre Lippen, die feucht von Küssen waren, von seinen los. Ihre Augen trübten sich vor Verlangen. Es kostete ihn alles, sie nicht zu mehr zu drängen, aber Torin sah die Verwirrung, die sich hinter dem Verlangen verbarg. Sie war noch nicht bereit. Eines Tages würde er ihre Mauern überwinden – aber so weit war er noch nicht.

Er hoffte nur, dass er genug Zeit haben würde.

Torin zog sie in seine Armbeuge, legte eine federleichte Decke über ihren Körper und ließ die Stille über sie hereinbrechen. In diesem Moment musste nichts mehr gesagt werden, denn Worte würden den dünnen Faden der Gefühle, der zwischen ihnen hing, zertrennen. Das Licht im Turmzimmer wurde gedämpft, und zufrieden mit ihr in seinen Armen ließ Torin sich in den Schlaf gleiten.

KAPITEL FÜNFZEHN

Als Torin am nächsten Morgen die Augen öffnete, hatte Sorcha bereits eine Stunde Gymnastik hinter sich gebracht, und kurz darauf öffnete sich die Tür, und eine Reihe von Wachen trug Tabletts mit Essen herbei. Vielleicht erholte sich der Mann wirklich noch von seinen Wunden, dachte Sorcha und beobachtete ihn, wie er sich mit einer Hand über die Brust rieb.

„Geht es dir nicht gut?" Sorcha ging zum Bett hinüber.

„Mir geht es sehr gut. Wie sollte es anders sein – mit dir an meinem Bett?" Torin ergriff ihre Hand und ließ seine Lippen in einem flüchtigen Kuss über ihre Handfläche gleiten, und ein Anflug von Erregung durchfuhr sie. Sorcha wich zurück und warf einen Blick dorthin, wo die Wachen das Essen vorbereiteten.

„Ich störe doch nicht, oder?"

Sorcha wirbelte herum und sah Bianca, die in einer kastanienbraunen Tunika und Hose bezaubernd aussah und sie von der Tür aus anlächelte.

„Bianca!" Sorcha rannte quer durch den Raum und zog

sie in eine schaukelnde Umarmung. Als sie sich zurückzog, hielt Bianca sie einen Moment lang fest und betrachtete ihr Gesicht.

„Du siehst gut aus", sagte Bianca und ließ ihren Blick über Sorchas Schultern schweifen. „Wie geht's dem hier?"

„Er macht das Beste draus, da bin mir sicher." Sorcha erhob ihre Stimme, so dass Torin sie hören konnte, und er ließ sich in die Kissen zurückfallen und schlug sich an den Kopf, um Elend vorzutäuschen. „Siehst du? Typisch Mann. Dramatisch, wenn er krank ist."

„Nun, sammle am besten deine Kräfte, Liebes, denn wir müssen zurück nach Grace's Cove", sagte Bianca, und Sorcha wurde angst und bange. Sie genoss diesen kleinen Kokon des Friedens, obwohl es sie danach sehnte, nach draußen zu gehen und etwas zu erkunden. In einem Zimmer festzusitzen und nichts tun zu können, außer zu schlafen oder zu trainieren, machte sie unruhig.

„Ist es schlimm?", fragte Sorcha und ließ sich neben Torin auf das Bett fallen.

„Noch nicht. Es scheint eine Art Ruhepause zu geben. Aber wir können nicht viel für die Feuer-Fae in diesem Reich tun, da die Domnua sie in Irland für ihren Kampf vereinnahmen. Es ist das Beste, wenn wir dort sind, um unsere nächsten Schritte zu planen, und vielleicht können wir dieses Mal proaktiv handeln, anstatt zu reagieren."

„Ich bin bereit zum Aufbruch", sagte Torin und setzte sich auf.

„Erst das Frühstück – dann reisen wir ab. Seamus wird in Kürze zu uns stoßen. Dann werden wir mit der Wache zum Portal und zurück nach Grace's Cove reisen."

„Hast du etwas von Gracie gehört? Von ihrem Hund?",

fragte Sorcha. Niemand hatte sie über die Frau informiert, und sie hoffte, dass Gracie keine Vergeltung für ihre mutige Tat erfahren hatte.

„Es geht ihr wunderbar. Und Rosie ist putzmunter wie immer. Gracies Mann Dylan ist ein bisschen sauer, dass er nicht dabei war, und hat ihr eine Standpauke gehalten, aber sonst ist alles in Ordnung."

„Und das soll's also sein? Wir warten einfach darauf, dass die Feuer-Fae etwas tun? Oder dass die bösen Jungs angreifen? Das scheint nicht besonders..." Sorcha sah zwischen den beiden hin und her. „Bin ich die Einzige, die das nicht für die klügste Idee hält?"

„Im Idealfall gelingt es mir, ein Treffen mit dem Oberhaupt der Feuer-Fae zu arrangieren. Dann können wir vielleicht verhandeln. Die Domnua haben mich bisher daran gehindert, mich mit ihnen zu treffen, und je länger ich abwesend bin, desto mehr glauben sie die Lügen, mit denen die Domnua sie füttern", erklärte Torin. Sein verwuscheltes Haar stand in Strähnen von seinem Kopf ab, und Sorcha konnte sich kaum davon abhalten, zu ihm zu gehen und mit den Händen durch sein Haar zu fahren.

Er hatte sie letzte Nacht wieder in ihren Träumen besucht. Es war ähnlich gewesen wie in den Träumen der Monate zuvor, aber jetzt, da sie wusste, dass er in der Nähe war und sie ihn wieder auf ihren Lippen geschmeckt hatte, war die Erfahrung intensiver gewesen. Sorcha erinnerte sich vage daran, dass sie an einem Punkt stöhnend aufgewacht war. Die Lust hatte sie durchströmt, während Torin in ihrem Traum immer wieder in sie eingedrungen war. Aber als sie die Augen aufschlug und die Verlegenheit ihre Haut ebenso erhitzte wie ihr Verlangen, fand sie ihn friedlich neben sich schlafend, einen Arm locker um ihre Taille gelegt. Jetzt, im hellen Licht des Morgens, fragte sie sich, ob er denselben Traum erlebt hatte. Funktionierte es auf diese Weise? Dass die Magie der Fae es möglich machte, dass sie zusammen träumten? Sie würde Bianca fragen müssen, sobald sie einen privaten Moment hatten.

Heute fühlte es sich so an, als wäre ihre Bindung noch stärker geworden. Schon vorher hatte Sorcha die Chemie zwischen ihnen gespürt, aber jetzt war sie noch sensibler dafür, wo er sich im Raum aufhielt, selbst wenn sie ihm den Rücken zukehrte. Es war, als ob ein unsichtbarer Faden sie verband, und Sorcha fragte sich, ob ihr Kuss gestern Abend im Reich der Fae mehr bedeutet hatte, als sie verstand. Dieses Gefühl, die Spielregeln nicht zu verstehen, gefiel ihr nicht, und es machte ihren ohnehin schon unruhigen Geist noch rastloser. Sie hüpfte durch den Raum, während sie darauf wartete, dass ihr jemand sagte, dass es Zeit war zu gehen. Sie war zu aufgedreht, um zu essen, und flocht sich wie besessen die Haare zusammen und wieder auseinander. Sorcha mochte es nicht, sich gefangen zu fühlen, und dieses Wartespiel raubte ihr die Nerven.

„Fertig?", rief Bianca von der Tür aus, wo sie sich leise mit Seamus unterhalten hatte. Torin hatte ausgiebig gefrühstückt, obwohl er sich immer noch ein wenig langsamer zu bewegen schien. Vielleicht interpretierte sie zu viel hinein, und es war, weil er gerade erst aufgestanden war. Sie wusste nicht wirklich, ob er ein Morgenmensch war oder nicht. Es war ein weiterer Punkt auf der Liste, warum sie keine Gefühle für diesen Mann haben sollte, denn sie wusste kaum etwas über ihn. War es möglich, sich in einer Minute in jemanden zu verlieben? An einem Tag? In einer Woche?

Wie lange dauerte die Liebe? Für sie war das alles unglaublich surreal, als könnte sie jeden Moment aus einem Traum erwachen und mit ihrer treuen Betty Blue zu ihrem nächsten Auftritt fahren.

Der Gedanke an ihre Karriere machte sie wieder traurig, und sie hoffte, dass sie, sobald sie in ihre Welt zurückgekehrt waren, die Möglichkeit haben würde, ihre E-Mails zu checken. Sie vermutete, dass zumindest ihre Schwestern versucht hatten, sie zu kontaktieren, da sie wusste, dass Mary beim Kochen stets Radio hörte.

„Sorcha?", rief Bianca und ließ Sorcha aufhorchen.

„Richtig, tut mir leid. Lasst uns gehen."

Sorchas Hoffnungen, dass sie das Schloss schnell verlassen würden, wurden enttäuscht, als sie sich durch eine Reihe von verwinkelten Gängen schlängelten, bis sie jeden Orientierungssinn verloren hatte und nicht mehr in der Lage gewesen wäre, den Weg zurück zu finden, wenn sie es versucht hätte. Hatte man das Schloss so angelegt, um Eindringlinge daran zu hindern, sich darin zurechtzufinden, und wenn ja, woher wussten die Wachen, wo es lang ging? Als sie eine weitere Tür ohne Türknauf erreichten, war Sorcha völlig verwirrt, und sie stellte fest, dass es ihr Unbehagen bereitete, völlig darüber im Dunkeln zu sein, wo sie sich befand. Es war Zeit für sie, heimzukehren, so viel stand fest.

Nachdem Torin die Tür mit der gleichen Magie geöffnet hatte, die auch die Königin benutzt hatte, eilten sie durch einen natürlichen Tunnel aus zerklüftetem Gestein auf ein Feuer zu, das Sorcha nun als ein Portal erkannte. Hatte das Feuer immer gebrannt? Oder wurde es in dem Wissen entzündet, dass das Portal an diesem Tag benutzt werden würde? Sie hatte wirklich eine Menge Fragen, aber jetzt war nicht die Zeit dafür. Sie zwang sich, ruhig zu atmen und sich über die angeborene Angst hinwegzusetzen, die mit dem Betreten eines Feuers einherging. Dann folgte sie den anderen durch die Flammen.

Als sie auf der anderen Seite von der salzigen Seeluft begrüßt wurde, nahm Sorcha einen tiefen Zug, als würde sie ein Pint trinken. Es war der Geschmack Irlands auf ihren Lippen. Heimat. Es beruhigte sie auf eine Art und Weise, die sie nicht erklären konnte, aber die Luft hier fühlte sich einfach richtig an, und wieder etwas Kontrolle über ihr eigenes Handeln zu haben, half ihr, ihre Angst zu lindern. Torin trat neben sie, während sie auf den Strand der Bucht hinausgingen, und sie passte sich seinem Tempo an. Niemand hätte gedacht, dass hier erst gestern eine Schlacht stattgefunden hatte, dachte Sorcha und ließ ihren Blick über den unberührten Strand schweifen. Ein Möwenpaar stritt sich um einen kleinen Fisch im Sand, während drei weitere am Himmel über ihnen schnatterten. Das Wasser plätscherte sanft gegen den Sand, und die hohen Klippen umschlossen den Strand, als würden sie das Wasser umarmen. Weit oben ertönte ein Bellen, und Sorcha riss den Kopf hoch, um Rosie zu sehen, die am Rand der Klippe entlanglief.

„Können wir hochgehen?", fragte Sorcha Torin. „Ich würde gerne Rosie sehen, wenn das möglich ist."

„Natürlich. Aber wir müssen zu Fuß gehen. Ich möchte unseren Einsatz von Magie begrenzen, um nicht zu viele Wellen im Universum zu erzeugen."

„Was soll das überhaupt bedeuten?", fragte Sorcha, kam ins Schleudern und griff ohne nachzudenken nach Torins

Hand. Seine Handfläche traf auf ihre, warm und rau, und schickte eine kleine Welle der Lust durch sie. „Schau!"

Ein leuchtendes blaues Licht erstrahlte wieder im Wasser der Bucht, so wie zuvor, und Sorcha wurde einmal mehr bewusst, wie viele Dinge es auf der Welt gab, die sie wirklich nicht verstand. Bianca drehte sich um, ein zucker-süßes Lächeln auf dem Gesicht, und warf Sorcha einen wissenden Blick zu. Was hatte das zu bedeuten?

„Das ist wirklich schön, nicht wahr?" Torin lächelte und strich Sorcha eine Haarsträhne aus dem Gesicht. Bevor sie sich zurückziehen konnte, beugte er sich vor und gab ihr einen flüchtigen Kuss auf die Lippen, der Sorchas Herz ins Taumeln brachte. „Ich habe letzte Nacht von dir geträumt."

„Warte …", rief Sorcha, während Torin bereits auf den Pfad zuging. „Was hast du... war es..." Abgelenkt von dem Licht im Wasser sprang sie der Gruppe hinterher, um nicht den Anschluss zu verlieren. Ihre Haut kribbelte, als sie sich an den Inhalt ihrer Träume erinnerte, und sie war sich nicht sicher, ob sie bei Tageslicht mit Torin darüber sprechen konnte.

Torin drehte sich am Fuß der Klippe um, der Wind rauschte durch sein goldenes Haar, seine heißen Augen waren auf die ihren gerichtet. Ein träges Lächeln legte sich über sein hübsches Gesicht, sein Blick ließ ihr Inneres flüssig werden, und Sorcha wimmerte fast, während das Verlangen in ihr aufstieg. Torin beugte sich vor und ließ seine Lippen über die empfindliche Stelle an ihrem Ohr streifen.

„Dein Geschmack haftet heute Morgen noch auf meinen Lippen. Ich habe unsere gemeinsame Nacht genos-

sen. Danke, dass du mit mir geträumt hast – es ist die zweit-
beste Sache, die es gibt. Die beste ist, mit dir zusammen zu
sein."

„Oh ...", hauchte Sorcha, ihr Herz flatterte in ihrer
Brust. „Also ... haben wir den gleichen ..."

„Ja, meine verführerische und köstliche Sorcha. Ich bin
mit dir traumgewandelt." Torin knabberte an ihrem Hals,
seine Lippen ließen ihre Haut erbeben, und Sorcha
schluckte. Aha, ihre Träume waren also doch nicht so
privat. Was bedeutete, dass sie all die Monate zusammen
geträumt hatten? Sie schüttelte den Kopf, um wieder klar
zu werden, und ging den Weg hinauf, mit Torin hinter ihr.

„Willst du damit sagen, dass ich seit Monaten, wenn ich
von dir geträumt habe, dass das... nun ja, dass das tatsächlich du warst? Dass wir in unseren Träumen...ähm, *du
weißt schon*?" Sorcha stolperte über ihre Worte, aber es war
ihr egal, ob sie sich gut ausdrückte, denn es dämmerte ihr,
dass sie viel mehr über diesen Mann wusste, als ihr bewusst
war.

„Ja, wir haben, *du weißt schon*, in unseren gemeinsamen
Träumen gemacht." Torin lachte in sich hinein. Sein tiefes
Timbre durchströmte Sorcha.

„Aber wir haben nicht nur... *du weißt schon*... in
unseren Träumen."

„Sex", rief Bianca ein paar Meter vor ihnen. „Das nennt
man Sex, Leute. Ihr könnt das Wort ruhig aussprechen. Wir
sind hier alle erwachsen."

„Wunderbar. Einfach herrlich", stieß Sorcha hervor und
ihre Wangen leuchteten auf.

„Das ist ein reizender Zeitvertreib, nicht wahr, meine
Liebe?" Seamus schnappte sich Biancas Hand und über-

häufte sie mit Küssen, bis sie in Gelächter ausbrach. Seamus zog sie vor sich und grinste über seine Schulter. „Ich werde dieses neugierige Ding einfach ablenken."

„Ich bin nicht neugierig... aber ich bin nun mal hier. Was soll ich da machen? Soll ich etwa so tun, als ob ich nicht hören könnte, wie sie sich gegenseitig anschmachten?", schimpfte Bianca.

„Ein wenig Taktgefühl könnte hilfreich sein..." Seamus stieß Bianca sanft in den Rücken und drängte sie vorwärts.

„Leider ist die Kunst des taktvollen Umgangs eine Gabe, die mir nicht zuteilwurde, wie du sehr wohl weißt." Ihre Stimmen verklangen, während sie weitergingen, und Sorcha versuchte, sich an all die Träume zu erinnern, die sie mit Torin gehabt hatte. Sicher, da gab es eine Menge sexuelle Träume, aber es gab auch andere. Solche, bei denen sie oft mit Tränen in den Augen und einem sanften, sehnsüchtigen Schmerz im Herzen aufgewacht war. Sie waren zusammen über Feenfelder gewandert, mit Blumen, die sich im Wind gewiegt hatten und Kobolden, die von Blütenblatt zu Blütenblatt gehüpft waren. Sie waren mit Meerjungfrauen geschwommen, mit sprudelnden Blasen um sie herum, und kühlem Wasser auf ihrer Haut. Sie hatte gelernt, dass er ein stolzer, aber liebenswürdiger Mann war – und es genauso genoss, zur nächsten Aktivität zu springen wie sie. Er war jemand, der viel umherreiste und dessen Durst nach neuen Erfahrungen ebenso grenzenlos war wie der ihre. Gemeinsam hatten sie ihre Welten erkundet. Sie hatte, ach, so oft mit ihm getanzt, ihm ihre neuen Schritte gezeigt oder sich mit ihm in dunklen Nachtclubs in Spanien zu heißen Salsa-Rhythmen bewegt. Sie hatten über Straßenkünstler gelacht, und Torin hatte sie mit seiner eigenen Fähigkeit zu jonglieren überrascht.

Sie hatten gemeinsam bei Filmen geweint und einander Passagen aus Büchern vorgelesen, während sie sich auf einer Decke im taufrischen Gras ausruhten. Er hatte Sinn für Humor und liebte Geschichten oder Filme, die ihn zum Lachen brachten, scheute sich aber auch nicht, eine Träne zu vergießen, wenn ihn ein eindringliches Musikstück tief bewegte. Temperamentvoll, geistreich und voller Lebensfreude – Sorcha hatte Mühe, den Torin ihrer Träume mit dem Mann zusammenzubringen, der gerade vor ihr stand.

Er war nicht perfekt, oh nein, aber wer war das schon? Sorcha ging den Weg weiter und knabberte an ihrer Unterlippe, während sie über das nachdachte, was sie gerade erfahren hatte. Der Torin ihrer Träume war wie jemand, den sie zum ersten Mal traf, und der ganz neu war und keine Fehler hatte. War es nicht so, dass am Anfang jeder Beziehung der einzige Zeitpunkt war, an dem die Menschen perfekt waren? Denn Menschen waren zu Beginn einer Beziehung noch nicht real – sie hatten einander noch nicht ihr wahres Gesicht gezeigt, waren also kaum mehr als Ideen. Eine aufpolierte Version ihrer selbst, wie eine schöne antike Vase, die so aufgestellt war, dass die Bruchstelle am Rand zur Wand zeigte. Der Torin aus ihren Träumen hätte sie am Morgen nach ihrer Liebesnacht niemals verlassen, und er hätte sie auch nicht mit dieser verwirrenden neuen Fähigkeit allein gelassen.

Aber hatte er das?

Sorcha geriet ins Stolpern und blieb stehen, so dass Torin fast mit ihr zusammenstieß und seine Hände auf ihre Schultern legte.

„Alles in Ordnung?"

„Ähm ... ja, ich denke nur nach." Sorchas Geist wirbelte durcheinander, während sie versuchte, ihre Gedanken mit ihren Gefühlen in Einklang zu bringen.

„Kann ich dir bei irgendetwas helfen?"

„Vielleicht. Ich brauche einen Moment."

Sie gingen weiter den Pfad hinauf, während Sorcha das verarbeitete, was sie beschäftigte. Der Torin aus ihrem Traum hatte ihr gezeigt, wie man Feuer benutzt. Er hatte es ihr gezeigt. Immer und immer wieder hatten sie damit geübt, und sie hatte diese Lektionen in ihre wachen Momente mitgenommen. Er hatte sie gar nicht verlassen, oder etwa doch? All die Monate hatte Torin sie in ihren Träumen umworben und sie auf ihrem Weg mit der Magie begleitet, auch wenn sie nicht ganz verstand, worum es bei der Magie eigentlich ging. Sie war nie allein gelassen worden, was wahrscheinlich erklärte, warum sie so schnell so sicher im Umgang mit ihrer neu entdeckten Fähigkeit geworden war. Sicher, sie hatte an sich selbst und an ihrem eigenen Verstand gezweifelt, wenn sie tagsüber allein war, aber gleichzeitig hatte sie sich an ihrer neu entdeckten Macht erfreut. Es war ihr kleines Geheimnis gewesen, das sie nur nachts in ihren Träumen mit Torin teilen konnte, und sie war dadurch sehr selbstbewusst geworden.

Es war ein Geschenk, das er ihr gemacht hatte, und sie war nur unhöflich zu ihm gewesen, seit er wieder an ihrer Seite aufgetaucht war. Sicher, es waren ein paar chaotische Tage gewesen, wer konnte ihr also ihre gemischten Reaktionen auf sein plötzliches Auftauchen in ihrem Leben verübeln? Die Lernkurve war steil, was die Fae anging, aber das bedeutete nicht, dass Torin nicht die ganze Zeit versucht hatte, ihr zu helfen.

„Du hast mich nie verlassen, oder?" Sorcha blieb auf der Spitze der Klippe stehen und drehte sich zu Torin um. Durch ihre Position auf dem Hügel war sie ausnahmsweise die Größere, und er neigte den Kopf, um ihr in die Augen zu schauen. „Du warst die ganze Zeit über da. All diese Träume? Die Verabredungen? Das Tanzen? Die langen Spaziergänge? Das warst wirklich du, nicht wahr? Ich weiß, dass du es hasst, nass zu werden, aber du schwimmst trotzdem mit mir. Ich weiß, dass du Bücher in einem beängstigenden Tempo verschlingst, aber es nicht magst, in Vorträgen zu sitzen. Ich weiß, dass du gerne tanzt, aber lieber gehst, als zu laufen. Das bist du ... nicht wahr?"

„Sorcha ... mein Herz." Torin griff nach ihrer Hand und zog sie an seine Brust. „Ich habe dich nie verlassen. Ich bin nicht perfekt – ich habe es versucht. Ich wollte dich vergessen. Ich war nicht bereit, verstehst du? Aber ich konnte dich nicht einfach *verlassen*. Ich bin nachts zu dir gekommen, weil ich nicht wollte, dass du dich fürchtest oder einsam bist. Selbst als ich versucht habe, herauszufinden, warum ich dich beansprucht habe und welcher Art unsere Verbindung ist, wollte ich nicht, dass du dich allein fühlst."

„Ich brauche dich nicht, um mich weniger einsam zu fühlen." Sorcha schüttelte den Kopf. „Einsamkeit ist für jemanden wie mich nichts Beängstigendes. Aber das Gefühl, verlassen zu werden, schon. Ich hatte noch nie jemanden, der sich für mich entschieden hat, verstehst du? Nicht wirklich. Niemand hat mich bisher an die erste Stelle gesetzt. Nicht meine Familie, nicht meine Freunde, nicht meine Liebhaber... Ich bin immer das Anhängsel. Die Wilde. Das schwarze Schaf. Die Darstellerin. Diejenige, die Leben in eine Party bringt. Oder... eine Last. Aber das sind alles nur Rollen, verstehst du? Ich wünschte... ich wünschte, ich hätte verstanden, dass du mich nicht wirklich verlassen hast. Das hätte es einfacher gemacht."

„Und dafür werde ich mich ein Leben lang bei dir entschuldigen, Sorcha. Es waren meine eigenen persönlichen Fehler, die mich zu einer dummen Entscheidung veranlassten. Ich hätte schon früher zu dir kommen sollen, aber ich war irgendwie blockiert. Ich konnte dich so leicht in meinen Träumen finden, aber nie am Tag. Es war, als wäre das Signal abgeschaltet worden."

Sorcha blickte hoch zum Horizont, wo dicke Wolkenschwaden über dem kristallklaren Wasser schwebten.

„Weil ich deinen Anspruch nicht erwidert habe?", fragte Sorcha.

„Vielleicht, ich kann es nicht sagen. Feenmagie ist knifflig, um das Mindeste zu sagen."

„Aber du hast immer wieder versucht, mich zu finden?" Sie richtete ihren Blick wieder auf ihn.

„Das habe ich. Zuerst nicht. Ich wollte nicht akzeptieren, dass meine Partytage, in denen ich mit Frauen gefeiert habe, vorbei waren. Weißt du... eine Partnerschaft fühlte sich an wie, nun ja, als wäre ich gefangen in einem Käfig. Und das ist kein gutes Gefühl für jemanden wie mich. Mir war nicht klar, dass die Suche nach meiner Traumpartnerin mir die Freiheit geben würde, nach der ich mich die ganze Zeit gesehnt hatte."

Bei Torins Worten stiegen ihr Tränen in die Augen. Mit seinem Empfinden konnte sie sich sehr gut identifizieren, und er hatte ihre gemischten Gefühle in Bezug auf Beziehungen perfekt zum Ausdruck gebracht. War das, was er sagte, wahr? Konnte es Freiheit geben, die darin lag, die Liebe zu finden und einen Partner an ihrer Seite zu haben? Sie hatte ihr ganzes Leben lang Kompromisse gemacht – bis sie damit aufgehört hatte – und nun fragte sie sich, wie ihre gemeinsame Zukunft aussehen könnte. Die Leute taten immer so, als würden sie glücklich in den Sonnenuntergang hüpfen, sobald sie die Liebe gefunden hatten, aber Sorcha hatte nie geglaubt, dass das stimmte. In einer Partnerschaft ging es um Gleichgewicht, Vertrauen und eine Menge Kompromisse. Wie würde das mit Torin aussehen?

Lautes Bellen riss sie aus ihren Gedanken, und sie drehte sich um, um Rosie zu sehen, die mit gespitzten Ohren über das Gras rannte. Sorcha schob die Gedanken an ihre Zukunft beiseite und ließ sich im Gras auf die Knie fallen, während Torin den Aufstieg zur Spitze der Klippe beendete. Rosie strich mit ihrer Zunge über Sorchas Gesicht und hinterließ eine glitschige Spur aus Sabber, was Sorcha zum Kichern brachte.

„Rosie! Igitt!"

Der Hund legte sich zu ihren Füßen hin, drehte sich auf den Rücken und wackelte vor Entzücken, als Sorcha ihren Bauch kraulte. Trotz allem breitete sich ein Lächeln auf Sorchas Gesicht aus.

„Sie liebt dich."

Sorcha blickte auf und sah Gracie über ihr stehen, mit einem unglaublich gut aussehenden Mann an ihrer Seite. Er hatte den Glanz von jemandem, der an Reichtum gewöhnt war, obwohl seine lässigen Jeans und schmutzigen Stiefel wie die Kleidung eines beliebigen Arbeiters aussahen.

„Und ich sie. Als ich aufwuchs, hatte ich nie einen Hund. Zu viele Mäuler zu füttern, hat mein Vater immer gesagt. Aber ich liebe Hunde wirklich."

„Danke, dass du sie gerettet hast. Ich wäre untröstlich, wenn ihr etwas zugestoßen wäre."

„Ich hatte ein wenig Hilfe ..." Sorcha war sich nicht sicher, was sie in Gegenwart des Mannes an Gracies Seite sagen sollte.

„Das ist Dylan, die Liebe vieler meiner Leben. Du kannst frei mit ihm sprechen." Gracie lehnte sich in seine Arme.

„Ich bin Sorcha und das ist Torin", stellte Sorcha die beiden vor. Noch immer war sie in der Hocke und strich mit ihren Händen durch Rosies weiches Fell, um die aufge-wühlten Emotionen in ihrem Inneren zu beruhigen. „Ich hatte Hilfe von... einem Familienmitglied von dir, glaube ich? Fiona?"

„Ah, ja. Sie mag es nicht, wenn man sie außen vor lässt, oder?" Gracie lachte. „Aber wir sind wirklich dankbar für ihre Hilfe."

„Sie hat mich in die Luft gehoben, als ob es nichts wäre ..." Sorcha stieß ein Lachen aus, und Rosie sprang auf, um sie mit einem weiteren Kuss vollzusabbern.

„Diese Magie ist nicht einfach für sie, dieses über-schreiten der Reiche. Aber sie wird es tun, wenn es nötig ist."

„Die Fae stehen in deiner Schuld", sagte Torin. Er beugte seinen Kopf zu Gracie, die die Geste erwiderte. „Wenn du jemals..."

„Ich werde mich auf jeden Fall melden. Ich danke dir. Davon abgesehen... das hier wurde hinterlassen. Vermutlich für dich?" Gracie hielt ihm eine Papierrolle hin. Torin nahm sie und entrollte sie.

„*Banphrionsa. Wenn die Sonne den Horizont küsst, werden wir am Steinkreis sein*", las Torin. Das Papier zitterte in seinen Händen, und er hob seinen Blick zu Sorcha. „Ich glaube, das ist für dich."

KAPITEL SECHZEHN

Torin mochte vereinbarte Treffpunkte nicht – zumindest nicht in Kriegszeiten. Und sie *befanden* sich im Krieg, ob die Königin es nun offen zugeben wollte oder nicht. Die Domnua, von denen man glaubte, dass sie vor einigen Jahrzehnten in ihr Reich verbannt worden waren, planten im Stillen ihre Rache. Donals Verrat war ein Hinweis darauf.

„Warum gehe ich nicht stattdessen?", fragte Bianca und stemmte ihre Hände in die Hüften. Sie waren zur Hütte zurückgekehrt, und Sorcha war erleichtert, dass Betty Blue unversehrt war. Man hatte den Nachmittag mit Magie verbracht und damit, Sorcha über das Reich der Fae aufzuklären. Vor allem über das Reich der Feuer-Fae, denn wenn Torin die Notiz richtig verstanden hatte, würde Sorcha ein Teil der Prophezeiung sein.

Das war ärgerlich.

Torin schüttelte den Kopf und schimpfte mit sich selbst, während er sanft über den kalten Schmerz in seiner Brust rieb. Er konnte spüren, wie die Magie wirkte, wie ihre verschlungenen Fäden durch ihn glitten, und er fragte sich, wie viel Energie er noch haben würde, bevor er gezwungen war, eine Entscheidung zu treffen. Das Problem war, dass er seine Kräfte jetzt brauchte, um Sorcha zu schützen. Auch wenn seine Kraft schwand, war seine Magie noch stark. Wenn er seinen Anspruch auf sie aufgeben würde, wäre er schutzlos ausgeliefert. Und sie auch.

Es war keine Situation, die ihm behagte – und jetzt, wo die Feuer-Fae Sorcha offenbar als ihre Prinzessin beanspruchten, würde sie noch mehr Schutz brauchen. Torin saß in der Klemme, und lenkte seine Aufmerksamkeit wieder auf das Gespräch.

„Du gehst nicht, meine Liebe. Warum willst du sie verärgern?" Seamus streichelte sanft Biancas Nacken.

„Aber dann wissen wir wenigstens, ob es eine Falle ist, oder? Wenn sie sich auf mich stürzen, sobald ich dort ankomme, dann wissen wir, dass es eine Falle war, und haben Sorcha in der Zwischenzeit beschützt."

„Und dich in Gefahr gebracht? Das kommt nicht in Frage." Sorcha verschränkte die Arme vor der Brust. Sie hatte sich eine eng anliegende Jeans, ein einfaches, figurbetontes blaues Langarmshirt und feste Stiefel angezogen. „Wenn der Zettel für mich ist, dann muss ich wohl gehen." Ein Anflug von etwas, das Aufflackern einer Erkenntnis ging über Sorchas Gesicht, und sie öffnete den Mund. Dann schloss sie ihn wieder. Was hatte sie sagen wollen?

„Wir werden alle gehen." Torin hinderte Bianca daran, Einspruch zu erheben. Er hielt die Weste hoch, an der er gearbeitet hatte. „Sorcha – das sollst du tragen."

„Was ist das?" Sorcha durchquerte den Raum und hielt die Weste hoch. Die aus verschlungenen Ringen gefertigte goldfarbene Weste diente als Kettenhemd und war mit starker Magie verzaubert. Wenn jemand auf Sorcha schoss, sollte sie gut geschützt sein. Er hätte sie ihr früher zur Verfügung stellen sollen, aber seit er sie auf dem Hochzeitsempfang getroffen hatte, waren sie ununterbrochen unterwegs gewesen. Torin stand auf und half Sorcha, die Kettenweste anzuziehen. Sie passte ihr perfekt und sah auch noch gut aus.

„Hey, das ist schick. Ich liebe die goldene Farbe." Bianca durchquerte den Raum und fuhr mit einem Finger über die Weste.

„Ich habe auch eine für dich", sagte Torin und hielt eine weitere Weste hoch. Seamus und er brauchten den Schutz nicht so sehr wie die Menschen, und er wollte auf keinen Fall zulassen, dass Bianca ohne einen ähnlichen Schutz in eine weitere mögliche Schlacht zog. Torin bemerkte die Erleichterung, die über Seamus' Gesicht ging, und nahm dessen dankbares Nicken zur Kenntnis.

„Ich bekomme auch eine? Fantastisch! Ich habe Feenzauber schon immer geliebt." Bianca plapperte fröhlich weiter, als wären sie nicht kurz davor, sich in Gefahr zu begeben, während Seamus ihr in die Weste half. „Wie sehe ich aus?"

„Scharf", entschied Sorcha und neigte ihren Kopf zu Bianca. „Ich liebe auch den Kettenstil. Sieht es nicht lässig aus, einfach so über ein T-Shirt geworfen? Vielleicht sollte ich das irgendwann mal für ein Kostüm verwenden." Sofort machte sich Traurigkeit in Sorchas Gesicht breit und sie presste die Lippen zu einem dünnen Strich zusammen.

„Ich fühle mich sehr cool. Ich kann doch immer noch cool sein, oder? Auch wenn ich schon in meinen Fünfzigern bin?" Bianca stolzierte durch den Raum, das Licht glitzerte auf dem Gold ihrer Weste.

„Es hat noch nie eine coolere Fünfzigjährige gegeben", versicherte ihr Sorcha, und ein Lächeln kehrte auf ihr Gesicht zurück. „Ich meine ... du bist gerade in eine Schlacht gerannt und hast einen Haufen dunkle Fae umgebracht. Ich glaube nicht, dass viele Leute, egal in welchem Alter, so etwas von sich behaupten können."

„Da hast du Recht", stimmte Bianca zu und lachte.

„Es ist Zeit", sagte Torin, der das Licht vor dem Fenster der Hütte bemerkt hatte. Sofort wurde die Gruppe nüchtern. Gracie hatte ihnen den Weg zum nächstgelegenen Steinkreis gewiesen, obwohl Irland mit Steinen übersät war. Sie waren zu dem Schluss gekommen, dass es wahrscheinlich einer der bekannteren in der Nähe der Bucht war, denn die Fae schienen eine Vorliebe für die Hügel in dieser Gegend zu haben. Es war nur eine kurze Fahrt dorthin, und sie würden Betty Blue mitnehmen. Torin hatte zusammen mit Seamus einen Teil des Nachmittags damit verbracht, den Wagen mit Zaubern zu schützen, und sie waren beide recht zuversichtlich, dass er jedem Angriff standhalten würde. Nachdem sie den Wagen für sicher befunden hatten, hatten sie die Dolche, die die Frauen bei sich trugen, sowie alle Waffen der Männer mit einer Schicht Magie versehen. Danach hatten sie Gemüsesuppe und Schwarzbrot gegessen. Das war das Beste, was Torin tun konnte, um sich und die kleine Truppe zu schützen, bevor sie sich nach ... nun ja, wohin auch immer begaben. Er hoffte inständig, dass es nur ein Treffen mit dem Oberhaupt der Feuer-Fae war, bei dem er ihn überzeugen konnte, sich von den Domnua zurückzuziehen.

Torin kannte Bran, den Anführer der Feuer-Fae, nun schon seit Jahren. Sie hatten immer eine recht unkomplizierte Beziehung gehabt, und Torin hatte sich vierteljährlich mit ihm getroffen, um alle Probleme und Sorgen der Fae zu besprechen. Gelegentlich musste er Sanktionen verhängen oder neue Regeln aufstellen, wenn die Fae zu unfügsam geworden waren, aber im Großen und Ganzen hatte er seine Treffen mit den Feuer-Fae immer genossen. Sie waren ein lebhafter Haufen, wie es sich für ihr Element gehörte, und die Treffen endeten oft mit einer wilden Party, die die ganze Nacht hindurch andauerte. Dabei hatte er die hitzigen Aufmerksamkeiten von mehr als einer ihrer Frauen genossen. Doch diese Tage waren nun vorbei, denn Torin hatte nur noch Augen für Sorcha. Sein Herz war offen und weinte wie eine klaffende Wunde, während er darauf wartete, dass sie sah, was direkt vor ihren Augen lag.

Dass sie füreinander bestimmt waren.

In gewisser Weise fühlte er sich wie der Welpe, den sie heute gesehen hatten, der sich auf den Rücken gedreht und Sorcha seinen Bauch gezeigt hatte, um jede Aufmerksamkeit lechzend, die sie ihm schenken mochte. Es war ein unangenehmes Gefühl für ihn. Es gefiel ihm nicht, wie verletzlich er sich ihr gegenüber fühlte. Gleichzeitig weigerte sich Torin, nur herumzusitzen und darauf zu warten, dass Sorcha endlich aufwachte und erkannte, was sie zusammen haben konnten – nein, bereits *hatten*. Sie hatten heute Morgen in der Bucht einen Moment gehabt, in dem es schien, als hätte er ernsthafte Fortschritte gemacht und als würde sie endlich erkennen, wie sehr sie miteinander verbunden waren. Nachdem sie unterbrochen worden waren, war keine Zeit mehr gewesen, diesen Faden wieder aufzugreifen, obwohl Sorcha ihm im Laufe des Nachmittags einige nachdenkliche Blicke zugeworfen hatte.

„Bist du sicher, dass diese Nachricht von den Feuer-Fae kommt?", fragte Sorcha ihn noch einmal, als sie unterwegs waren.

„Ja", sagte Torin. Er konnte die Feuermagie auf dem Schreiben spüren, zusammen mit dem Hauch von Rauch, der alles begleitete, was sie berührten. Torin behielt die Straße vor sich im Auge und suchte die Umgebung ständig nach Ungewöhnlichem ab, während sie den schmalen Weg hinunterfuhren, der sich entlang der Klippen schlängelte. Zu seiner Linken ging es steil bergab, ein Absturz, den er nicht erleben wollte, und Torin hoffte inständig, dass die Domnua in diesem Moment nicht angreifen würden. Als sie schließlich von der Straße abbogen und über einen Schotterweg auf ein leeres Feld einbogen, stieß Torin einen kleinen Seufzer der Erleichterung aus. Er hätte einen Sturz zwar abfedern, aber nicht verhindern können, und es wäre wahrscheinlich zu schweren Schäden gekommen.

„Dort..." Bianca lehnte sich zwischen die Vordersitze und zeigte nach vorn.

„Ja, das sieht nach einem großen Kreis aus, nicht wahr?", sagte Sorcha und brachte den Wagen einige Meter weiter zum Stehen. „Soll ich näher ranfahren? Oder weiter zurückfahren? Ich sehe hier niemanden."

„Hier ist es gut. Lass mich zuerst aussteigen." Torin war bereits dabei, sich abzuschnallen und die Tür zu öffnen. „Ich werde mich mal umsehen." Er hatte der Gruppe bereits erklärt, mit welchem Schutz sie den Wagen ausgestattet hatten, also war der sicherste Platz drinnen. Torin schlug die Tür hinter sich zu und blieb stehen, um seine

Sinne zu öffnen und nach Fae-Magie in der Umgebung zu suchen. Eine sanfte Brise brachte ihm den Geruch des Meeres, vermischt mit feuchter Erde, zusammen mit etwas Rauch. Die Feuer-Fae waren in der Nähe, obwohl sie sich noch nicht zu erkennen gegeben hatten. Vielleicht waren auch sie vorsichtig, und Torin konnte es ihnen nicht verdenken. Sie hatten den Seinen eine Menge Ärger bereitet und ihn fast getötet. Es war nicht ungewöhnlich, dass sie sich Sorgen über seine Reaktion machten.

Torin bewegte sich vorwärts und näherte sich dem Kreis, als die letzten Sonnenstrahlen zwischen den Steinen hindurchglitten. Jeder Stein reichte ihm ungefähr bis zur Schulter, und zwischen den Rissen an der Oberfläche wuchs Moos.

„Netter Versuch", rief Sorcha. Das Geräusch der sich öffnenden Türen ließ ihn über die Schulter blicken. „Du wirst den Kreis nicht ohne uns betreten. Wir sind ein Team, schon vergessen?"

„Das ist das Volk, das ich regiere", sagte Torin und ließ seinen Blick über die Hügel schweifen. „Es ist meine Pflicht und Ehre, sie zu vertreten, und ihr seid nicht an solche Verpflichtungen gebunden."

„Ja, ja, ja. Sehr nobel von dir", sagte Bianca und stellte sich an seine Seite, während Sorcha und Seamus hinzukamen. „Aber wir machen das zusammen oder gar nicht."

„Ich glaube wirklich ...", begann Torin und hielt dann inne, als sich auf der anderen Seite des Kreises etwas bewegte. Bran, der Anführer der Feuer-Fae, trat zwischen den Steinen hindurch und stellte sich in den Kreis. Er war ein grimmig aussehender Fae und hatte für das Treffen seine volle Kampfmontur angelegt. Goldene Platten in

Form von Flammen schmiegten sich an seine Beine und zogen sich über das Gewand, das er trug. Ein goldener Reif mit einem feuerroten Rubin in der Mitte verzierte sein leuchtend rotes Haar. Kühle blaue Augen trafen auf die von Torin auf der anderen Seite des Kreises, und er neigte leicht den Kopf, in Anerkennung seines Ranges. Torin entging nicht, dass Brans Blick auch zu Sorcha wanderte, der er ebenfalls ein dezentes Nicken zuwarf.

„Bran", sagte Torin und schritt zwischen die Steine. Die anderen folgten ihm und flankierten ihn sofort, und ein paar von Brans Männern traten vor, um es ihnen gleich zu tun.

„Mein Lord", sagte Bran und nickte noch einmal. Torin bemerkte Sorchas verwunderten Seitenblick. Es war, als würde sie gerade seine Stellung unter den Fae erkennen. Er verbiss sich ein Grinsen und konzentrierte sich auf den Mann vor ihm.

„Du hast um ein Treffen gebeten?", fragte Torin knapp.

„Ja." Bran hielt inne. Er schien über seine Worte nachzudenken, und sein Blick wanderte erneut zu Sorcha.

„Was ist das hier? Wollt ihr euch den ganzen Abend lang einfach anstarren?", verlangte Sorcha und brach damit das königliche Protokoll, ohne es zu merken. Wieder musste Torin sich ein Lächeln verkneifen, während Bran nur erstaunt dreinschaute.

„Was ist nur mit den Männern los?", fragte Bianca. „All diese bedeutungsschweren Blicke und das lange Schweigen. Hör mal ... Bran, nicht wahr?"

Bran nickte. Er hatte seine Augenbrauen bis fast bis zum Haaransatz hochgezogen.

„Wir sind nicht wirklich glücklich mit dir, okay? Die

Feuer-Fae haben uns fast getötet. Wofür eigentlich? Wisst ihr überhaupt, wofür ihr kämpft? Meiner Einschätzung nach war Torin ein ziemlich gerechter Anführer für euch. Was haben die Domnua jemals für euch getan? Hm?" Bianca stemmte die Hände in die Hüften, während Seamus ihr eine Hand auf die Schulter legte und ihr etwas ins Ohr flüsterte.

„Ähm …", sagte Bran, offensichtlich verunsichert darüber, wie er fortfahren sollte.

„Ähm, verdammt richtig. Sie haben nichts für euch getan, oder? Außer, dass sie deine gesamte Fraktion in Gefahr gebracht haben, weil ihr den Zorn der Königin riskiert, ganz zu schweigen davon, dass sie die natürliche Welt aus dem Gleichgewicht gebracht haben. Und noch einmal – wofür? Glaubst du, es ist besser, mit den Bösen gemeinsame Sache zu machen als mit den Guten? Ihr solltet euch schämen. Und ihr schuldet uns eine Entschuldigung. Das meine ich ernst … ich bin *wirklich* wütend darüber." Bianca richtete den letzten Teil an Seamus, der offensichtlich versuchte, sie zu beruhigen.

„Sie hat einige gute Argumente vorgebracht, Bran. Wenn du mit der Behandlung deines Volkes durch die Danula unzufrieden bist, hättest du mit mir darüber sprechen können. Sich mit den Domnua einzulassen, ist eine äußerst riskante Entscheidung. Und jetzt bist du hier … warum? Kommst du, um dich zu entschuldigen?"

„Das tun wir", sagte Bran, senkte noch einmal den Kopf, bevor er ihn wieder hob und sich an die ganze Gruppe wandte. „Wie ihr wisst, ist mein Volk ein Haufen voller Hitzköpfe."

Bianca stöhnte über das Wortspiel, obwohl Torin nicht

glaubte, dass Bran überhaupt merkte, dass er eines gemacht hatte.

„Ja, das weiß ich", sagte Torin trocken.

„Unser Talisman ist gestohlen worden. Wir wurden in dem Glauben gelassen, dass ihr ihn gestohlen habt und dass die Danula vorhaben, den Elementar-Fae weitere Beschränkungen aufzuerlegen. Wir hörten die Berichte über den Aufstand der Wasser-Fae und uns wurde gesagt, dass wir gemeinsam stärker wären, wenn wir uns gegen euch verbünden. Wir wollen unser Mitspracherecht nicht verlieren, verstehst du?"

„Wie kommst du auf die Idee, dass ihr euer Mitspracherecht verlieren könntet? Habe ich dir nicht immer zugehört, Bran? Und deine Sorgen ernst genommen? Selbst jetzt, wo deine Leute versuchen, uns zu töten, habe ich dafür gesorgt, dass ihnen nichts geschieht."

„Ich weiß." Ein verlegener Blick ging über Brans Gesicht, und er fuhr sich mit der Hand über die Stirn. „Glaub mir, ich weiß das. Ich habe es gesehen. Ihr hattet jedes Recht, uns Schaden zuzufügen – euch gegen uns zu verteidigen – aber keiner von euch hat die Hand gegen uns erhoben. Und warum? Warum ist das so? Man hat uns glauben lassen, dass..."

„Wer, Bran? Wer hat euch diese Dinge erzählt?", verlangte Torin.

„Die Domnua. Donal, um genau zu sein. Er... er sprach von Kenntnissen über Vorgänge am Königshof. Er sagte, er kenne eure geheimen Pläne."

„Und was hat er gesagt, was das für Pläne sein sollen?", fragte Torin verärgert.

„Dass du, sobald du die Gunst unserer Prinzessin

194

erlangt hättest, unseren Talisman an dich nehmen und die Macht an dich reißen würdet. Wir würden hilflos zurückbleiben, keine eigenen Entscheidungen mehr treffen können, und du würdest uns unsere Freiheiten nehmen."

„Und das hast du geglaubt?", forderte Torin und warf die Hände in die Luft. „Warum in aller Welt sollte ich euch eure Freiheiten nehmen wollen, Bran? Ich möchte, dass dein Volk glücklich ist. Die gesamte Welt – ja, das ganze Universum – hängt davon ab, dass die Elemente im Gleichgewicht zusammenarbeiten. Was denkst du, was passiert, wenn dieses Gleichgewicht zerstört wird? Wenn ein Element zu mächtig wird? Überschwemmungen. Waldbrände. Hungersnöte. Wirbelstürme. Die Welt... sie funktioniert nicht mehr, siehst du das nicht? Sie fällt auseinander, reißt aus den Nähten und wird in sich selbst implodieren. Ich versuche nicht, dir deine Macht zu nehmen, Bran. Ich versuche, dich zu ermächtigen. Ich bin schockiert, dass du das nicht erkennst."

„Donal ist ziemlich überzeugend. Und du hast genau das getan, was er gesagt hat."

„Und was soll das sein?"

„Du hast unsere Prinzessin entführt. Und jetzt ist unser Talisman verschwunden."

„Warte ... was?" Sorcha hob eine Hand, und Torins Herz blieb stehen. Er hatte zwar vermutet, dass Sorcha das Kind der Prophezeiung sein könnte, aber die Worte aus Brans Mund zu hören, war etwas ganz anderes. „Redest du von mir?"

„Ja, Eure Hoheit." Bran senkte respektvoll den Kopf, während Sorcha ihn anstarrte.

„Sorcha! Du bist eine Prinzessin!", rief Bianca aus. „Wie cool ist das denn?"

„Ihr habt sicher die falsche Person", sagte Sorcha und tippte mit einem Finger auf ihre Brust. „Ich bin keine ... das ist ..."

„Ich kann Euch versichern, dass Ihr tatsächlich unsere Prinzessin seid. Das Kind der Prophezeiung, diejenige, die uns unsere Kraft zurückgeben wird."

„Es tut mir leid, aber du musst wirklich verrückt sein. Außerdem, was meinst du damit... eure Kraft zurückgeben? Ich war selbst an diesem Strand. Ich habe euch Feuermenschen gesehen, wie ihr in den Flammen auf dem Wasser herumgesprungen seid. Das sah für mich nicht so schwächlich aus. Tatsächlich hättet ihr uns alle fast umgebracht. Das spricht nicht gerade für einen Mangel an Kraft, oder? Ich finde, das klingt alles wie erfundener Mist, mit dem du dir selbst versichern willst, dass du es nicht allzu sehr vermasselt hast." Torin beobachtete, wie Brans Augen zuckten und er den Kopf senkte, um den Tadel seiner Prinzessin entgegenzunehmen. Sorcha sah es vielleicht nicht, aber sowohl Bianca als auch Seamus erstarrten bei Brans Reaktion auf ihre Tirade. Wenn jemand unter anderen Umständen so mit dem Oberhaupt einer Fae-Fraktion gesprochen hätte, hätte ihn das wahrscheinlich das Leben gekostet.

„Es tut mir leid, *Banphrionsa*", sagte Bran. Wieder ging ein Flackern von ... etwas ... über Sorchas Gesicht und sie drehte sich zu Torin um.

„Was soll ich davon halten?"

„Ich glaube, dass er die Wahrheit sagt, Sorcha." Torin blieb in seinem Ton sanft, da er nicht wusste, wie sie auf diese Nachricht reagieren würde. Sie hatte in den letzten

Tagen eine Menge einstecken müssen, und zu erfahren, dass sie insgeheim die Prinzessin der Feuer-Fae war, wäre möglicherweise zu viel für sie.

„Richtig, aha. Natürlich." Sorcha zog das letzte Wort in die Länge. „Ich bin eine lange verschollene Prinzessin. Die in einem kleinen Dorf schmachtet und sich ein Schlafzimmer mit ihren sechs Schwestern teilt, bevor sie loszieht und in einem gebrauchten Wohnmobil durch Irland reist? Genau, richtig. Denn so ergeht es Prinzessinnen nun mal."

Bran, der es nicht gewohnt war, dass man auf diese Weise mit ihm sprach, räusperte sich und sah Torin hilfesuchend an.

„Die Prophezeiung spricht von Kindern, die sowohl in der menschlichen als auch in der Feenwelt geboren werden", sagte Torin. „Der Grund, warum du noch nicht gefunden wurdest, ist, dass die Prophezeiung zwar Hinweise gibt, aber keine genauen Zeitangaben macht. Es ist nicht so, dass der Text ein bestimmtes Datum und ein bestimmtes Jahr nennt, in dem eine Prinzessin geboren wird. Das sind Vorhersagen, die sich über Jahrhunderte erstrecken, Sorcha. Das macht es schwierig, den Zeitpunkt der Ankunft einer Prinzessin zu bestimmen. Aber wenn bestimmte Ereignisse erst einmal im Gange sind, ist es für die Fae einfacher, die Bedeutung zu entschlüsseln."

„Und du merkst erst jetzt, dass ich die entsprechende Person bin?", Sorcha richtete diese Frage an Torin.

„Ich hatte einen Verdacht", sagte Torin. Er sah keinen Grund zu lügen, aber nun zweifelte er an sich selbst, als er sah, wie Sorchas Augen von Schmerz erfüllt waren.

„Du dachtest, ich sei eine Prinzessin, hast aber nichts zu mir gesagt? Die ganze Zeit?", fragte Sorcha.

„Ich hatte einen Verdacht, aber ich konnte mir nicht sicher sein. Genau genommen wusste ich es nicht, bis wir heute den Aufruf zum Treffen erhielten."

Bianca pfiff und schüttelte den Kopf. „Schlechter Zug, Junge."

„Selbst wenn du es nur vermutet hast, wäre es doch wichtig gewesen, diese Information mit mir zu teilen, oder?", fragte Sorcha, und der Schmerz in seiner Brust wurde schlimmer, als ihm klar wurde, wie sehr er sich verrechnet hatte.

„Es waren ein paar anstrengende Tage. Ich hielt es nicht für angebracht, darüber zu sprechen, bevor wir nicht mit Sicherheit wussten, womit wir es zu tun haben."

„Selbst heute? Hättest du mich nicht auf einen kleinen Plausch zur Seite nehmen können? In der Art: ‚Hey, Sorcha, du triffst dich heute Abend vielleicht mit deinem Volk. Ach, und übrigens – du bist eine Prinzessin aus einem magischen Reich'?" Sorcha warf ihr leuchtend rotes Haar über die Schulter. Das goldene Kettenhemd und das stolz zurückgeworfene Haar ließen sie ganz wie die Prinzessin erscheinen, die sie war.

„Ich sehe ein, dass ich einen Fehler gemacht habe", sagte Torin.

„Ich auch", warf Bran ein, der deutlich sah, dass dieses Treffen kurz davor war, in die Hose zu gehen.

„Wir haben also zwei Männer, die sich entschuldigen ... es ist sicher das erste Mal, dass so etwas passiert", sagte Sorcha.

„Autsch", flüsterte Seamus, und Bianca stieß ihn mit dem Ellbogen in den Bauch.

„Und was jetzt? Was ist das Ziel deines heutigen Besuchs?" Sorcha drehte sich zu Bran herum.

„Wir kommen, um euch um Vergebung und Hilfe zu bitten", sagte Bran und breitete seine Hände vor sich aus. „Wir haben die Domnua zu nahe an uns herangelassen und erkennen nun, dass wir einen Fehler begangen haben. Im Gegensatz zu euch haben sie keine Skrupel, unser Volk zu verletzen. Sie haben bereits viele abgeschlachtet. Sobald wir ihnen die Tür geöffnet haben, sind sie überall eingedrungen. Wir befinden uns im Belagerungszustand. Und ohne unseren Talisman schwindet unsere Macht täglich."

Torin konnte dieses Gefühl verstehen, während der Schmerz in seiner Brust leise pochte.

„Wie können wir euch helfen?", fragte Torin.

„Oh, jetzt wollen sie also Hilfe?", verlangte Sorcha, immer noch wütend darüber, im Dunkeln gelassen worden zu sein. Torin sah eine lange Nacht kommen, in der er sie beschwichtigen musste, worauf er sich auch ein wenig freute. Er hatte nichts gegen wütende Frauen – oft konnte man ihre Wut in andere Leidenschaften verwandeln –, aber es tat ihm leid, dass er ihre Gefühle verletzt hatte.

„Wir werden euch helfen – wo immer wir können. Ich verspreche, täglich in Kontakt zu bleiben, und wenn die Domnua irgendetwas durchsickern lassen, verspreche ich, dass ihr es als Erste erfahrt", sagte Bran.

„Ich werde es der Königin mitteilen", sagte Torin, und Bran stieß einen leisen Seufzer der Erleichterung aus. „Sie wird Truppen schicken. Aber ihr werdet unseren Leuten nichts mehr antun. Ihr hättet beinahe eure Prinzessin getötet. Damit hätten die Domnua die totale Kontrolle über euer Volk erlangt. Ich will gar nicht daran denken, wohin uns das alle geführt hätte."

„Ich verstehe", sagte Bran und ließ den Kopf hängen.

„Wir werden euren Talisman finden. Hast du den Verdacht, dass Donal ihn hat?", fragte Torin.

„Das tue ich. Er ist viel gerissener, als ich dachte."

„Was ist so toll an diesem Talisman?" Sorcha warf ihre Hände hoch.

„Wer auch immer ihn hat, wird letztendlich die Feuer-Fae kontrollieren. Das gilt auch für dich, Sorcha."

„Oh, großartig, einfach großartig. Und du dachtest, du könntest diesen Gegenstand einfach aus den Augen lassen?" Sorcha starrte Bran an.

„Er wurde während der Schlacht gestohlen", erklärte Bran.

„Ich hasse die Domnua", seufzte Bianca. „Sie sind wie verdammte Kakerlaken. Egal wie oft man sie tötet, sie kommen immer wieder zurück."

Torin schaute Bran kurz in die Augen und nickte einmal. Zwischen den beiden fand ein stummer Austausch statt. Die Entdeckung, dass Sorcha ihre Prinzessin war, war nur ein Schritt in der Prophezeiung. Wenn sie getötet wurde und der Talisman an die Domnua verloren ging, würden sie die Macht übernehmen.

Und wahrscheinlich ganz Irland niederbrennen.

KAPITEL SIEBZEHN

„Blöde Männer. Blöde Fae", murmelte Sorcha. Sie hatte sich eine Whiskeyflasche aus der Hütte geschnappt, als sie zurückkamen, und war mit einem warnenden Blick auf Torin zu Betty Blue hinausgestapft. Sie klappte ihre Matratze aus, entledigte sich ihrer Stiefel und schenkte sich ein Glas Whiskey ein. Torin hatte ihr gesagt, dass ihr Wohnmobil mit einer Art Zauber geschützt war, und so fühlte sie sich einigermaßen sicher, sich dort zu verstecken.

Murrend nahm Sorcha ein paar Schlucke Whiskey. Sie genoss die Hitze, die in ihrer Kehle brannte und die die Hysterie, die aufzusteigen drohte, etwas linderte. Sorcha starrte auf das Kunstwerk, das sie an die Decke ihres Vans geheftet hatte, ohne es wirklich anzusehen, während ihr Verstand sich drehte, um sich einen Reim auf diese neuen Informationen zu machen.

Ein Kind, halb Mensch, halb Fae.

Dieser Teil hatte einfach keinen Sinn ergeben. Oder doch? Würde das bedeuten, dass einer ihrer Elternteile nicht menschlich war? Sorcha rief sich Bilder der beiden in Erinnerung. Ihr Vater – groß und mürrisch. Ihre Mutter – klein, rundlich und müde. Sie war immer müde. Eine Erinnerung stieg aus den Tiefen ihres Bewusstseins auf.

„Du bist ein Wechselbalg", schrie Mary und stieß sie mit einem Stock. Sorcha schrie auf, griff nach dem Stock und verfehlte ihn. Sie rannte hinter ihren Schwestern her, aber als Jüngste der Gruppe konnte sie nicht mithalten. Der Rest ihrer Schwestern strömte lachend und singend über das Feld hinter ihrem Haus, und nur Mary kam zurück, um Sorcha zu verspotten. „Dumme Sorcha, ein Wechselbalg wirst du immer bleiben. Niemals schnell, oder klug, oder so geliebt wie meine Schwestern und ich." Sie sang das letzte Stück, mit einem Glitzern in den Augen, wie es nur Geschwister haben können, die sich gegenseitig verspotten.

„Ich bin kein Wechselbalg!", weinte die vierjährige Sorcha. Sie wusste nicht, was das Wort bedeutete, aber sie wusste, dass es nicht gut sein konnte.

„Doch, das bist du. Vater hat dich im Wald gefunden. Ich habe ihn gesehen", rief Mary und stieß sie erneut mit dem Stock, so dass Sorcha zu weinen begann. „Mutter will dich nicht. Sie sagt, wir können dich nicht ernähren. Du musst zurück in den Wald."

„Aber, aber ..." Sorchas Lippen zitterten. Sie hatte keine Lust, in den Wald zu gehen. Dort war es dunkel und unheimlich.

„Mädchen! Rein jetzt! Es fängt an zu regnen." Die scharfe, warnende Stimme ihrer Mutter tönte über das Feld, und Sorcha drehte sich um und rannte, so schnell ihre kleinen Beine sie trugen. Weg vom Wald. Weg von den Worten ihrer Schwester.

„Mama", keuchte Sorcha und kam vor den Füßen ihrer Mutter zum Stehen. „Mary sagt, ich bin ein … ich bin ein …"

„Wechselbalg", sang Mary hinter Sorcha. Ihre Mutter holte über Sorcha hinweg aus und gab Mary eine Ohrfeige, so dass ihre Haut weiß wurde, abgesehen von einem roten Handabdruck auf ihrer Wange.

„Du wirst nie wieder darüber sprechen", zischte ihre Mutter, und Marys Augen füllten sich mit Tränen.

„Aber…" Noch eine Ohrfeige, und Mary floh ins Haus. Sorcha wagte nicht zu sprechen. Sie hatte noch nie gesehen, dass ihre Mutter die Hand gegen eine von ihnen erhoben hatte. Ihr Vater schon, aber nie ihre Mutter.

„Wasch dir die Hände. Der Tee wird gleich serviert."

Als die Erinnerung verblasste, trank Sorcha ihren Whiskey aus. Sie beugte sich vor und schenkte sich ein weiteres Glas der honigfarbenen Flüssigkeit ein, bevor sie in einer Schublade kramte und ein Foto ihrer Familie herausholte. Es war vor einigen Jahren bei der Hochzeit ihrer ältesten Schwester aufgenommen worden und war eines der wenigen Fotos, die Sorcha von allen gemeinsam besaß. Zum ersten Mal sah sie sich ihre Familie wirklich an. Ihre Schwestern waren alle groß und schlank, ganz im Gegensatz zu Sorchas kompakter Statur. Ihre Gesichter waren rundlich, während ihres kantig war, und ihr Haar verlief glatt, während ihres sich kräuselte. Ihr Magen krampfte sich zusammen, und das Grauen machte sich breit. Konnte diese Geschichte tatsächlich wahr sein?

Banphrionsa. Sie hatte es schon einmal gehört, oder? In ihrem Lieblings-Vintage-Laden in Cork. Ihr Herz setzte einen Schlag aus, als sie sich an den Mann erinnerte, der sie Prinzessin genannt und ihr einen Stab geschenkt hatte.

Einen Stab, der nicht zum Verkauf gestanden hatte. Ein Geschenk, hatte er ihr gesagt. Könnte es sein, dass der Stab... der besagte Talisman war? In ihrem Kopf hatte sie die Vorstellung von einem kleinen Stein oder einer Art Amulett gehabt. Jetzt fragte sie sich...

Sorcha zuckte zusammen, als es an ihrer Tür klopfte.

„Geh weg!" Allerdings musste Sorcha aus ihrem Wagen aussteigen und zur Dachbox hinaufklettern, wenn sie den Stab untersuchen wollte. Sie hatte ihn sicherheitshalber dort deponiert und war nun umso mehr froh, dass sie darauf bestanden hatte, zu Betty Blue zurückzukehren.

„Nein." Torins Stimme erreichte sie, gedämpft durch die Tür. „Ich sollte dich wissen lassen, dass ich Schlösser öffnen kann. Also ..."

„Na schön." Sorcha rollte sich auf die Seite, ging zur Tür und schloss auf. Sie rutschte nach hinten und setzte sich auf die Matratze, als Torins große Gestalt die Öffnung ausfüllte. Ihre Augen weiteten sich, als er die Tür hinter sich zuschob und abschloss. Trotz ihrer Aufregung konnte sie nicht umhin, sich an das letzte Mal zu erinnern, als sie diesen Raum miteinander geteilt hatten. Zweimal schon hatten sie hier leidenschaftliche Momente geteilt.

Die Matratze knautschte sich zusammen, als Torin sich neben sie setzte. Er war so groß, dass seine Präsenz den ganzen Raum auszufüllen schien. Sofort knisterte die Energie zwischen ihnen.

„Whiskey?" Sorcha hielt ihr Glas hoch. Torin nahm es, trank es in einem Zug aus und stellte es beiseite.

„Ich bin es nicht gewohnt, den Leuten irgendetwas zu erklären", sagte Torin und sah auf seine Hände hinunter.

Sorcha merkte, dass er sich ihr gegenüber öffnete, und sie unterdrückte die Erwiderung, die ihr auf der Zunge lag.

„Okay", sagte Sorcha stattdessen.

„Ich habe nichts davon gesagt, dass du eine Prinzessin bist, weil ich nicht wusste, wie du reagieren würdest, und ich wollte, dass auch Bran deine Reaktion sieht. Denn ich hatte vermutet, dass die Domnua dich gegen mich benutzen, und ich habe richtig gelegen. Hättest du es bereits gewusst, hätte Bran das gesehen und gedacht, wir würden gegen ihn konspirieren. Deine Überraschung – und deine Wut – haben ihm gezeigt, dass wir nicht konspirieren, um die Macht der Feuer-Fae an uns zu reißen."

„Du hast mich also benutzt."

„Nur zum Wohle der Allgemeinheit, Sorcha. Und bis heute war ich mir selbst nicht einmal sicher. Außerdem hatte ich zu viele Vorbereitungen zu treffen, um dich im Falle eines Überfalls zu schützen. Aber ich meine es ernst, wenn ich sage, dass es mir leid tut." Torin drehte sich um, seine gelbbraunen Augen waren schwer von Traurigkeit und noch etwas mehr. „Du bist der allerletzte Mensch, den ich jemals verletzen wollte."

Sorcha las die Wahrheit in seinen Augen. Sie brauchte eine Sekunde, um darüber nachzudenken, bevor sie antwortete. Was war wichtiger? An ihrer Wut auf Torin festzuhalten oder einen Weg nach vorn zu finden? Im Moment stand mehr auf dem Spiel als ihre Gefühle, und die Verantwortung lastete schwer auf Torins Schultern. Er hatte Recht gehabt, als er anordnete, dass niemand den Feuer-Fae etwas antun durfte. Jetzt, da sie um die bösen Taten, zu denen die Domnua fähig waren, wusste, erkannte Sorcha, welch heikler Balanceakt es war, ein Anführer seiner Art zu sein. Hinter dem Kummer in seinen Augen spürte sie auch, wie müde er war. Und in diesem Moment, als sie aufhörte, sich nur auf ihre eigene Gefühlslage zu konzentrieren, fiel alles von ihr ab. Stattdessen war da nur noch eins – das Verlangen.

Sorcha führte ihre Hände zu Torins Gesicht und zog seinen Mund auf den ihren. Schon seit Monaten sehnte sie sich nach seiner Berührung, und jetzt war er hier, in diesem Moment. Sie wusste nicht, was der morgige Tag bringen würde oder wie ihre Zukunft danach aussehen würde – aber sie wusste, dass sie nur diesen Moment kontrollieren konnte. Ein angenehmer, flüssiger Sog der Lust durchströmte sie, und Sorcha lächelte an Torins Lippen. Er nahm die Einladung an, neigte den Kopf, um mehr zu erkunden, und seine Zunge tanzte mit ihrer.

Wie ein Streichholz, das angezündet wurde, explodierte Sorchas Lust. Sie rollte sich auf den Rücken und zog Torin über sich. Sie musste das Gewicht seines Körpers auf ihrem spüren. Torin brach den Kontakt nie ab, sein Mund plünderte ihren und seine Küsse nahmen sie in Besitz, während ihr Körper nach seiner Berührung schrie. Als er spürte, wie nahe sie war, fuhr Torin mit einer Hand an ihrer Seite entlang und berührte sie durch ihre Jeans hindurch. Sie wand sich in seiner Hand, brauchte die Bewegung, seine Reibung, um zum Höhepunkt zu kommen. Ein dünnes Maunzen entkam ihr, als sie sich gegen seine Hand presste. Sie wollte ihn überall gleichzeitig haben. Als Torin auflachte, den Kuss unterbrach und sich darauf konzentrierte, sie genau an der richtigen Stelle zu streicheln, kam sie in einem langen Schub, während ihre Beine vor Lust zitterten.

„Ich habe dich vermisst", lächelte Torin wieder. Er hatte ein verwegenes Glitzern in den Augen, als er sich noch einmal vorbeugte, um seine Lippen auf die ihren zu bringen. Langsam zeichnete er ihren Mund mit seinen Küssen nach, während Sorcha schlaff dalag, ihr Herz in der Brust hämmerte und kleine Impulse der Lust sie noch immer durchströmten.

Torin fuhr mit seiner Zunge zärtlich an ihrem Hals entlang und knabberte an der weichen Stelle an ihrer Schulter. Er blies über die Haut, die er gerade geleckt hatte, was ihr einen Schauer über den Rücken jagte, und Sorcha krümmte sich, als seine Hand die weiche Haut ihres Bauches fand.

„Habe ich dir schon gesagt, wie berauschend schön ich dich finde?", fragte Torin. Sein Atem war warm an ihrem Hals, seine Finger wanderten langsam den Bauch unter ihrem Shirt hinauf. Eine Spur der Hitze folgte seinen Händen, und ihre Brustwarzen spannten sich. Ihre Brüste wurden schwer von dem Bedürfnis, dass er sie berührte. Langsam, so langsam, dass Sorcha zu protestieren begann, zog Torin ihr Shirt hoch, so weit, dass die Ärmel fast von ihren Armen fielen, hielt aber inne, bevor er es ganz auszog.

„Was tust du da?", keuchte Sorcha, als Torin sich über sie beugte und sie einen Ruck an ihren Handgelenken spürte.

„Du scheinst ein wenig ungeduldig zu sein, und ich möchte das auskosten", sagte Torin, dessen Augen vor Verlangen glühten.

„Hast du gerade meine Hände gefesselt?" Sorcha reckte den Hals, um zu sehen, woran sie gefesselt war. Dann keuchte sie auf, als Torin sie leicht in die Brustwarze zwickte.

„Das habe ich, du verführerisches Stück. Heute Abend... darf ich schlemmen."

Sorcha blieb der Mund offen stehen, als Torin ihren Tank-BH in der Mitte aufriss und ihre kleinen Brüste seinem Blick aussetzte. Ihre Brustwarzen ragten hart auf. Sofort umfasste er sie mit beiden Händen, ließ sie sanft über ihre empfindliche Haut streichen, und flüssiges Verlangen durchströmte Sorcha.

„Zieh dich aus", sagte Sorcha und ihr Verstand setzte aus, als er seinen Mund zu einer Brust brachte und sanft daran saugte, wobei die feuchte Hitze, mit der er sie schmeckte, ihr einen Schock purer Lust durch ihren innersten Kern schickte. Augenblicklich war Torin nackt, und Sorcha blinzelte zu ihm auf.

„Das ist hilfreich", sagte Sorcha, und er lachte. Sein warmes Timbre kitzelte ihre Haut. Er war muskulös, groß und sehnig, und seine Arme spannten sich, als er sich auf der Matratze bewegte, um über ihr zu schweben.

„Zuerst werde ich jedes Stückchen von dir probieren. Dann, nachdem ich eine Kostprobe habe, werde ich zum Hauptgang zurückkehren", sagte Torin. Sorcha zuckte zusammen. Das Gefühl, gefesselt zu sein, machte sie nervös, erregte sie aber auch. Sie merkte, dass es sie noch mehr erregte, als Torin die vollständige Kontrolle über ihren Körper – und ihre Lust – übernahm. Er leckte über ihre Oberschenkel, knabberte an ihrem Bauch und küsste die zarte Haut an ihrem Ellenbogen. Als er fertig war, hatte er sie überall geküsst, nur nicht dort, wo sie es am meisten wollte, und ihr Körper brannte vor Verlangen.

„Du siehst rebellisch aus, Süße. Habe ich dir schon gesagt, wie sehr ich es liebe, wie deine Porzellanhaut bei meiner Berührung errötet?" Torin ließ einen Finger über ihre Brust und ihren Bauch gleiten.

„Es sieht sicher reizend aus."

„Ach komm, kein Grund zum Schmollen. Öffne dich mir, ja, Liebes?" Torin lachte, als Sorchas Beine sich öffneten, und dann verloren ihre Gedanken jeglichen Zusammenhang, als sein verruchter Mund die Stelle fand, wo sie ihn am meisten brauchte. Fast augenblicklich schickte der feuchte Druck seines Mundes auf ihre empfindliche Haut sie wieder über den Rand und stürzte sie in eine Explosion der Lust, die sich direkt in ihre Seele brannte. Und doch machte er weiter, obwohl sie von seinen Berührungen überempfindlich war, und versetzte ihr einen weiteren heftigen Schock der Lust. Erst als er satt war und Sorchas Kopf schlaff zur Seite fiel, löste er ihre Fesseln. Bevor sie überhaupt begreifen konnte, dass sie frei war, drang er in einem einzigen langen Stoß in sie ein. Seine intensive Härte kontrastierte mit ihrer weichen Hitze.

„Torin." Sorcha bäumte sich auf, schlang ihre Arme um seine Schultern und verschlang seinen Mund mit ihrem eigenen. Er drang in sie ein, mit unleugbarem Verlangen, immer und immer wieder, bis ihr ganzer Körper vor Lust nass war. „Du fühlst dich so gut an."

Es war, als wäre er für sie gemacht. Er traf den Punkt, der sie am meisten erregte. Gekonnt ließ Torin seine Hüften kreisen und hielt sie fest, während er sie noch einmal auf den Gipfel trieb, härter, härter, bis sie in seinen Kuss hineinschrie und ihr Körper sich zuckend um seine harte Länge wand. Torin stöhnte und stieß heftig in sie, als er sich endlich erlaubte, sich seinem eigenen Vergnügen hinzugeben.

Einen Moment lang waren sie regungslos, ihre Körper pulsierten aneinander, während Sorcha versuchte, ihren Atem zu kontrollieren. Torin knabberte weiter an ihren Lippen, immer noch in ihr, und langsam begann er, seinen Kuss zu vertiefen. Während er zur Seite rollte, blieb Torin fest in ihr, und Sorchas Augen weiteten sich, als sie merkte, dass er wieder hart geworden war.

„Oh..."

„Schnelle Erholungszeit, meine Liebe. Eine natürliche Veranlagung der Fae." Er wölbte seine Hüften, drang wieder in sie ein, und Sorcha quietschte auf, als er wieder einmal die perfekte Stelle traf.

Stunden später, als die halbe Whiskeyflasche leer war und Sorchas Beine vor Erschöpfung zitterten, hob sie die Hand, um Torins nächsten Vorstoß zu verhindern.

„Ich brauche eine Toilettenpause. Und etwas Wasser. Und ungefähr ... sechs Pizzen."

„Ah, dein Wunsch ist mir Befehl. Für das erste nehmen wir die Hütte. Um den Rest kümmere ich mich." Torin reichte ihr ein Shirt, das Vergnügen hatte sein Gesicht weich und entspannt werden lassen. Wenigstens waren die Sorgenfalten nicht mehr so tief auf seiner Stirn, dachte Sorcha, während sie sich das Shirt über den Kopf zog.

Ein Ping-Geräusch ertönte, und Sorcha blickte auf. Sie hatte ihr iPad ganz vergessen, das sie in ihrem Schließfach hatte aufladen lassen. Das Signal bedeutete, dass sie eine neue Nachricht hatte. Als ein weiteres Geräusch ertönte, zwang sich Sorcha von der Matratze, hockte sich neben das Schließfach und gab den Code ein, bevor sie ihr iPad herauszog. Sie schluckte, als sie die Anzahl der Nachrichten sah, die auf sie warteten, und sah sich die letzten Benachrichtigungen an, die auf ihrem Bildschirm auftauchten.

„Was ist los?", fragte Torin mit schläfriger Stimme.

„Ah, nur meine Schwester Mary. Sie sagt, sie hat sich Sorgen um mich gemacht. Am besten schicke ich ihr eine kurze Nachricht, damit sie weiß, dass ich in Sicherheit bin." Sorcha öffnete die Messenger-App und tippte eine kurze Nachricht an Mary.

Nun, das ist gut, auch wenn es schön gewesen wäre, früher von dir zu hören. Ganz Irland redet über Smokin' Sorcha und ihre eigene Familie weiß nicht, ob sie überhaupt noch lebt. Du hättest mal eine Nachricht hinterlassen können.

Mein Telefon ist bei dem Feuer verloren gegangen. Sorcha tippte zurück.

Na ja, ich nehme an, das macht Sinn. Irgendwann musst du Mutter anrufen. Sie ist es leid, Fragen über dich zu beantworten. Der Rest von uns ist einfach nur genervt, wirklich. Schon wieder erregst du mit einem deiner Mätzchen großes Aufsehen. Kannst du nicht einfach mal normal sein?

Und warum? Einzigartig zu sein, macht viel mehr Spaß. Sorcha schürzte ihre Lippen.

Oh, jetzt tust du schon wieder so, als wärst du nicht die Seltsame. Du hast nicht einmal nach mir gefragt. Es geht immer nur um dich, Sorcha.

Sorcha rollte mit den Augen und verdrängte die automatisch aufkommende Verärgerung.

Gut, Mary. Wie geht es dir denn?

Nun, eigentlich geht's mir großartig. Abgesehen von all der negativen Aufmerksamkeit, die du uns beschert hast. Ich habe einen neuen Mann. Ich denke, ich werde ihn behalten.

Ist das wahr? Ich bin froh, das zu hören.

Donal ist einfach der süßeste Mann. Er hat mich schon mehrmals zum Essen ausgeführt, und nächstes Wochenende haben wir sogar ein besonderes Date in Dublin. Ich denke, ich werde ihn das ganze Programm durchziehen lassen – er ist einfach zu köstlich, um ihm zu widerstehen.

Sorchas Kopf schoss in die Höhe und Torin fing das iPad auf, bevor es zu Boden fiel.

„Was ist?"

„Donal. Er ist mit meiner Schwester zusammen."

KAPITEL ACHTZEHN

Torin rieb sich die Brust, der Schmerz hatte sich tiefer in seinem Körper ausgebreitet und machte seine Bewegungen heute Morgen langsam. Er hatte Sorcha nach der Nacht, die sie miteinander verbracht hatten, auf den Anspruch ansprechen wollen, aber der Moment war verpasst worden, als sie von Donals neuester Taktik erfahren hatten. Seitdem hatten sie nur wenige Stunden Schlaf bekommen, und das auch nur, weil Torin schließlich einen kurzen Zauber über Sorcha gesprochen hatte, damit sie für ein paar Stunden die Augen schloss. Sie würde niemandem nützen, wenn sie erschöpft war, und sie würde gute Entscheidungen treffen müssen, insofern ihre Familie involviert war.

Er wusste immer noch nicht so recht, wie er das Thema ansprechen sollte, dass sie vielleicht gar nicht blutsverwandt mit ihrer Familie war. Er beobachtete sie, wie ihr Finger in einem nervösen Rhythmus auf das Lenkrad trommelte, und versuchte den richtigen Moment zu erwischen, um es anzusprechen. Nachdem er sich das dritte Mal geräuspert hatte, warf sie ihm einen verärgerten Blick zu.

„Sag es einfach."

„Du siehst heute Morgen wunderschön aus", sagte Torin und lächelte sie an.

„Oh", seufzte Bianca von hinten.

„Ich weiß das zu schätzen, aber das ist nicht der Grund, warum du dich da drüben immer wieder räusperst. Sag es einfach."

„Du bist heute Morgen ein bisschen kratzbürstig, Sorcha. Ich hätte gedacht, du wärst etwas entspannter, nachdem..." Bianca brach ab, als Sorcha ihr einen Mittelfinger entgegenstreckte. „Hmm, Torin – von dir hätte ich mehr erwartet."

Sorcha stieß einen Luftstoß aus, der ein wenig wie ein Teekessel kurz vor dem Pfeifen klang, und Torin verkniff sich wohlweislich ein Kichern.

„Ich vermute, sie ist einfach ein bisschen nervös wegen der ganzen Familiensituation. Und wegen der Prinzessinnensache. Und, na ja, auch wegen der ... Familiensache überhaupt", Torin räusperte sich erneut.

„Ist es das, was dich verunsichert? Meine Familie kennenzulernen?" Sorcha warf ihm einen kurzen Blick zu, dann richtete sie ihren Blick wieder auf die Straße. Sie fuhren eine kurvenreiche Landstraße entlang, auf der sich zu beiden Seiten grüne Hügel ausbreiteten und Schafe mit farbigen Markierungen auf ihrem Fell die Felder zierten.

„Ich? Nein. Eltern lieben mich", sagte Torin automatisch und biss die Zähne zusammen, als Sorcha ihn wieder anfunkelte. Vielleicht war es besser, die Familien anderer Frauen, mit denen er Erfahrungen gemacht hatte, nicht zu erwähnen. „Ich wollte sagen, dass … nun, da du eine Prinzessin bist, nun, ähm, hast du mal in Betracht gezogen, dass du vielleicht nicht … mit deiner Familie verwandt bist?" Torin stolperte durch die Worte und wartete dann auf eine Antwort, während das Herz in seiner Brust hämmerte.

„Ohhhh", sagte Bianca. Sie kam nach vorne, hockte sich zwischen ihre beiden Sitze und legte Sorcha eine Hand auf die Schulter. „Schatz, daran habe ich gar nicht gedacht. Das muss sicher ein ziemlicher Schock für dich sein, nicht wahr? Kein Wunder, dass du so angespannt bist. Mir würde es genauso gehen. Stehst du deiner Familie nahe?"

„Nicht wirklich", sagte Sorcha. Ihre Schulter zuckte, und ihre Hände verkrampften sich am Lenkrad. „Aber ich liebe sie trotzdem."

„Willst du uns von ihnen erzählen?", fragte Bianca, und Torin war dankbar für ihre Hilfe bei der Navigation durch dieses Gespräch. Er versuchte, sich in Sorchas Lage zu versetzen, plötzlich zu entdecken, dass er nicht der war, für den er sich hielt, oder dass die Menschen, die er liebte, nicht die Seinen waren, und ihm wurde klar, wie verletzlich er sich dadurch fühlen würde. Unsicher. Wahrscheinlich würde er seinem Bauchgefühl eine Zeit lang nicht trauen. Er würde sich das merken müssen, denn wenn sie verunsichert war, konnte es sein, dass sie unüberlegte Entscheidungen treffen würde. Und das war genau das, was die Domnua wollten. Wenn sie sie töteten, würde sie das ihrem Aufstieg zur Macht einen Schritt näher bringen. Sorge ergriff ihn, und sein Blick fiel auf das goldene Kettenhemd, das auf ihrer Brust matt glänzte. Wenigstens hatte sie heute Morgen keine Einwände gehabt, es anzuziehen.

„Strenger Vater. Nie glücklich. Immer schreiend. Müde

Mutter. Sechs Schwestern. Nie Raum zum Atmen oder Wachsen oder Lernen ... oder für irgendetwas." Sorchas Schultern hingen herab, während sie ihre Geschichte erzählte. „Die Wahrheit ist – es war eine Erleichterung, als ich ging. Und wenn ich ganz ehrlich zu euch allen sein soll? Es ist vielleicht auch eine kleine Erleichterung, dass ich nun verstehe, warum ich nie dazugehörte. Wenigstens gibt es eine Erklärung. Es ist eine bessere als die, dass sie mich nicht lieben, schätze ich."

„Nun, wenn es ein Trost ist..." Bianca drückte Sorcha einen schnellen Kuss auf die Wange. „Ich finde, du bist absolut liebenswert."

„Ja, Sorcha. Du bist allererste Sahne! Einfach die Wucht!", meldete sich Seamus aus dem Hintergrund und Sorcha brach in schallendes Gelächter aus.

„Tut mir leid. Er versucht nur ..." Bianca schnalzte mit der Zunge und drehte sich zu ihm um.

„Was ist? Ist das kein Sprichwort? Ich dachte, es *wäre* ein Sprichwort", fragte Seamus.

„Es ist ein Sprichwort, Seamus. Ich danke dir für das Kompliment." Ein Lächeln huschte über Sorchas Gesicht, und Torin war erleichtert, dass sich ihre Anspannung etwas legte. Vielleicht brauchte sie nur eine kleine Erinnerung daran, dass sie überall eine Familie finden konnte. Eine weitere Notiz, die er sich für später aufheben sollte, dachte Torin und rutschte in seinem Sitz hin und her, während der Schmerz in ihm stärker wurde. Bald würde er ein ernstes Gespräch mit ihr führen müssen, und er musste sie auf eine Weise verstehen, wie er es bisher noch nicht konnte.

Sein Leben stand auf dem Spiel.

Und vielleicht auch ihres.

„Heißt es nicht: ‚Die Wucht in Tüten‘?", fragte Torin, was Sorcha erneut zum Lachen brachte. Gut, wenn er sie weiter zum Lachen bringen konnte, dann würden die Dinge mit ihrer Familie vielleicht leichter laufen. Das war allerdings unwahrscheinlich, denn er kannte Donal und wusste, wie er tickte. Er befürchtete, dass sie auf eine Katastrophe zusteuerten. Aber bis dahin würde er sein Bestes tun, um Sorcha ein Lächeln ins Gesicht zu zaubern und sie daran zu erinnern, dass ihre Familienangehörigen, auch wenn sie nicht blutsverwandt waren, dennoch Freundlichkeit verdienten. Nun, wahrscheinlich, denn er würde sich das Urteil über den letzten Teil vorbehalten, bis er sie tatsächlich getroffen hatte.

„Es ist nicht mehr weit." Sorcha nickte zu einem Schild, das sie nach Abbeyfeale führte. „Unser Haus liegt etwa zwanzig Minuten außerhalb der Ortschaft."

Torin sah, wie sie durch den Ort fuhren, wo eine Reihe bunter Häuser die Hauptstraße säumte, bevor es zurück aufs Land ging.

„Beschaulich", kommentierte Torin.

„Das ist es. Aber es war immer aufregend, in den Ort zu fahren", lachte Sorcha und schüttelte den Kopf, so dass ihr das Haar um die Schultern flatterte. „Zumindest fühlte es sich damals aufregend an. Eine große Abwechslung zu unseren ruhigen Nächten auf dem Land."

„Hast du das oft getan?", fragte Torin.

„Nein. Nur zu ganz besonderen Anlässen. Mein Vater wollte nicht bezahlen, dass wir alle zusammen auswärts essen gehen – das war zu viel." Wieder dieses unbeholfene Zucken ihrer Schulter.

„Ich nehme an, es war schwer, eine große Familie zu

217

ernähren", sagte Torin. Er verstand es nicht wirklich, denn die Fae benutzten nicht die gleiche Währung wie die Menschen. Stattdessen wurden Güter mit allen geteilt, und Bedürfnisse wurden befriedigt, bevor man nach anderen materiellen Gewinnen suchte.

„Wir sorgten für unseren eigenen Spaß, wenn wir konnten. Wir haben Shows veranstaltet... in unserem Hinterhof. Ich war natürlich der Star, weil ich das meiste Talent für Gesang und Tanz hatte. Alle anderen waren meine Assistentinnen. Es war im Grunde albernes Zeug. Tänze zu den neuesten Songs ... oder so tun, als würde man sich verlieben und eines Tages von einem Prinzen gerettet werden." Bei diesen Worten brach Sorcha ab und schaute flüchtig zu Torin.

„Ich glaube, das haben wir alle gemacht, oder?", mischte sich Bianca ein. „Wir sind mit Märchen aufgewachsen, nicht wahr? Es macht Spaß, uns solche Dinge vorzustellen."

„Bis es keine Vorstellung mehr ist. Das vergessen wir, nicht wahr?" Sorchas Stimme überschlug sich. „Und viele Märchen ... nun, nicht alle haben ein Happy End, oder?"

Torin blickte Bianca hilfesuchend an. Die Geschichten der Menschenwelt waren nicht seine eigenen, und er wusste nicht, wovon sie sprach.

„Kinder sind wirklich ein blutrünstiger Haufen, nicht wahr?", kicherte Bianca. Sie schien das Bedürfnis zu spüren, Sorchas Stimmung wieder zu heben. „Ich schwöre, ich liebte all die Piratengeschichten, in denen Schiffe überfallen und alle umgebracht wurden. Es ist nicht so real, wenn wir Kinder sind, oder?"

„Nein, da hast du recht", stimmte Sorcha zu. „Und jetzt ... tja, hier sind wir nun."

„Und es gibt keinen Ort, an dem ich lieber wäre." Biancas Stimme schnitt durch die Melancholie von Sorchas Worten. „Sicher ist es beängstigend, Sorcha. Aber weißt du was? Es ist auch unglaublich faszinierend. Du bist einer der wenigen Menschen – oder vielleicht Halbmenschen –, die Wissen über die größeren magischen Zusammenhänge in dieser Welt haben. *Und* die des nächsten Reiches. Ich meine, wie cool ist das denn? Sicher, dieses Wissen hat seinen Preis. Magie wird nicht leichtfertig vergeben, Sorcha. Und ja, wir müssen auf der Seite des Guten kämpfen. Aber wie wundervoll ist es, zu lernen, dass es noch viel mehr Schönheit und Macht in dieser Welt gibt? Es ist vielleicht nicht leicht, mit diesem Wissen umzugehen. Aber es ist kein langweiliges Leben, Sorcha. Und ist es nicht das, was du die ganze Zeit wolltest? Aus deinem kleinen Dorf herauszukommen und ein Leben mit offenen Augen zu führen?"

Sorcha sagte nichts, aber das unaufhörliche Tippen ihrer Finger auf dem Lenkrad ließ nach.

„Hier ist es", sagte Sorcha und bog langsam in einen Schotterweg ein, der von der Straße aus kaum zu sehen war.

Torin war sich nicht sicher, was er erwartet hatte, aber es war nicht dieses einfache einstöckige Haus mit den zwei heruntergekommenen Nebengebäuden gewesen. Efeu kletterte an der Wand des Haupthauses hoch, und eines der Nebengebäude hatte überhaupt kein Dach. Verschiedene Autos, mechanische Teile, Türen und anderer Kram lagen im Nebenhof vor einer Art Werkstatt herum. Von den sechs Schwestern, von denen Sorcha gesprochen hatte, war nichts zu sehen. Stattdessen richtete sich eine ältere Frau mit hängenden Schultern, die einen beigen Pullover und eine staubige Jeanshose trug, bei ihrer Ankunft auf. Tiefe Falten zogen sich über ihre Stirn. Auf ihrem Gesicht lag Resignation statt Freude, als sie Sorcha hinter dem Steuer sah. Torin zuckte zusammen. Das war so weit von seiner Erfahrung mit Besuchen bei seinen eigenen Eltern entfernt, dass er nicht wusste, was er sagen sollte. Stattdessen nahm er Sorchas Hand in die seine und drückte sie wiederholt, so wie sie es getan hatte, als er auf dem Krankenbett gelegen hatte. Schließlich drückte sie seine Hand zurück, in Anerkennung des Trosts, den er ihr spendete.

„Sie sieht wie eine alte Schreckschraube aus, oder?", fragte Bianca und entlockte Sorcha ein Lachen.

„Oh Gott", sagte Sorcha und drehte sich um, um Bianca anzustrahlen. „Das tut sie wirklich. Aber sie würde dich dafür hassen, dass du das sagst."

„Das ist also deine Mutter?"

„Das ist sie. Naja. Vielleicht auch nicht. Ich weiß es nicht." Verwirrung machte sich auf Sorchas Gesicht breit, dann schüttelte sie den Kopf. „Wie auch immer. Ja. Das ist sie."

„Nun, sie sieht *reizend* aus." Bianca wölbte eine Augenbraue und Sorcha lachte wieder.

„Sei nicht so streng mit ihr. Sie hat meinen Vater all die Jahre ertragen müssen."

Damit öffnete Sorcha die Tür, und Torin folgte ihrem Beispiel, wobei er darauf achtete, dicht bei ihr zu bleiben, um ihrer Mutter eine Botschaft zu senden.

„Mutter", sagte Sorcha und blieb vor der Frau stehen.

„Sorcha. Schön, dass du vorbeikommst, nach all den Problemen, die du uns diese Woche bereitet hast. Wir sind das Gesprächsthema Nummer eins der Stadt." Sorchas Mutter drehte sich um und musterte Torin von oben bis unten. „Warum ist er so schick?"

„Er ist reich, Mutter. Sie ziehen sich schöner an als wir." Sorchas Mundwinkel verzogen sich, als ihre Mutter Torins Kleidung studierte. Er blickte an sich herunter, ohne zu wissen, was so viel Aufsehen erregte. Er trug eine dunkle Jeans, Lederstiefel und eine dunkle Lederjacke. Vielleicht war es seine Gürtelschnalle? Sie war mit dem Wappen seiner Familie verziert, diente ihm als Schutz und war Träger mächtiger Magie. Ansonsten fand er sein Outfit relativ dezent im Vergleich zu dem, was er normalerweise wählte, wenn er sich im Reich der Fae aufhielt.

„Ist das so?" Die Erwähnung des Geldes brachte einen Glanz in die Augen ihrer Mutter, und sie streckte Torin die Hand entgegen. Als er sie an seine Lippen führte, um ihr einen Kuss auf die Finger zu drücken, eine alte Angewohnheit, verzog sich ihr Gesicht zu einem Lächeln und sie klimperte mit den Wimpern.

„Lieber Gott", murmelte Sorcha leise vor sich hin.

„Du kannst mich Aileen nennen. Kommt, kommt. Ich setze den Kessel auf." Aileen nahm seine Hand und zog ihn mit sich, und Torin warf einen verwirrten Blick über seine Schulter zu Sorcha, die nur den Kopf schüttelte und seufzte. Er bemerkte, dass Aileen sich nicht einmal die Mühe machte, Bianca und Seamus zu begrüßen, die sich hinter Sorcha einreihten, während sie ins Haus strömten.

„Nun, wie heißt du denn?", fragte Aileen. Sie war bei einem Telefon stehen geblieben, das auf einem kleinen Beistelltisch neben einem abgenutzten Sessel stand. Die Tür, durch die sie gekommen waren, führte direkt in einen

Wohnbereich, in dem zwei schäbige Sofas, ein Sessel und ein kleiner Couchtisch standen. Ein abgewetzter Teppich bedeckte den Laminatboden, und am Fenster hingen schlaffe graue Vorhänge. Es gab nicht viel Schmuck oder etwas Fröhliches, stellte Torin fest, als er sich im Raum umsah. Wie war es für ein so lebhaftes und phantasievolles Kind wie Sorcha gewesen, in einer solch zweckmäßigen Umgebung aufgewachsen zu sein?

„Sein Name ist Torin", sagte Sorcha und wies auf Bianca und Seamus. „Und das sind meine Freunde Bianca und Seamus."

„Und dieser hier ist ... auch ein Freund?" Aileen nickte Torin zu, während sie das Telefon hielt.

„Ich versuche, Ihre Tochter davon zu überzeugen, mit mir auszugehen", sagte Torin, bevor Sorcha antworten konnte.

„Das ist das Beste, was du tun kannst, Sorcha", sagte Aileen und schürzte die Lippen, während sie eine Nummer am Telefon wählte. „Ich würde aufhören, die Unnahbare zu spielen und das Angebot annehmen."

Torins Augen weiteten sich, und er fragte sich, ob noch jemand gehört hatte, was sie leise murmelnd hinzugefügt hatte. *Bevor er seinen Fehler bemerkt.* Er begann, ihre gemischten Gefühle für ihre Familie zu verstehen.

„Shannon, ruf die Mädchen. Sorcha hat endlich einen Mann nach Hause gebracht. Und noch dazu einen schicken", sagte Aileen ins Telefon und sah ihn von oben bis unten an. „Bring auch etwas zu essen mit. Natürlich kann keiner erwarten, dass ich alle füttere, wenn sie unangekündigt vor der Tür steht. Ich habe jetzt keine Zeit, um einzukaufen."

„Mutter. Das ist nicht nötig, wirklich ...", protestierte Sorcha, aber Aileen warf ihr nur einen strengen Blick zu.

„Ja, die Dose Kekse, die ich so gerne mag, war Anfang der Woche im Angebot. Bring die auch mit." Aileen legte den Hörer auf und winkte mit den Händen in den Raum. „Setzt euch. Ich setze nur schnell den Kessel auf."

Torin wartete, bis sie durch eine Tür verschwunden war, die vermutlich in die Küche führte, aus der das Quietschen von Schränken mit rostigen Scharnieren und das Klappern von Geschirr zu hören war. Er ging zu Sorcha hinüber und umfasste mit seinen Händen ihre Schultern, damit sie zu ihm aufsah.

„Sie verdient dich nicht, Sorcha. Egal, ob du mit ihr verwandt bist oder nicht – mach deinen Selbstwert nicht von ihrer Meinung abhängig." Torin drückte ihr einen sanften Kuss auf die Stirn und wurde belohnt, indem sie sich an ihn lehnte. Draußen hörte man Reifen auf dem Kies, gefolgt vom Zuschlagen von Autotüren. Sorcha seufzte und löste sich von Torin.

„Bereitet euch auf den Ansturm vor. Am besten gehen wir nach hinten – dort gibt es ein paar Picknicktische und noch hält das Wetter. Hier ist nicht genug Platz für alle."

„Was ist das Problem mit hier drinnen?", fragte Aileen von der Tür aus, wo sie ein Geschirrtuch zwischen ihren Händen hielt. „Bist du jetzt zu gut für uns, Sorcha? Als du und deine Schwestern hier aufgewachsen seid, habt ihr und all eure Freunde problemlos in dieses Haus gepasst. Und jetzt ist es nicht mehr gut genug?"

„Das habe ich nie gesagt..." Sorcha kniff sich in die Nase. „Ich habe vorgeschlagen, dass wir uns draußen hinsetzen, weil das Wetter warm ist und es schön ist, etwas

Zeit an der frischen Luft zu verbringen, solange es nicht regnet."

„Nun, dann muss ich wohl den ganzen Tee nach draußen schleppen."

„Ich helfe Ihnen gerne dabei", bot Torin sofort an, und Aileen strahlte ihn wieder an. Er hatte sie nicht ein einziges Mal Sorcha anlächeln sehen, und das tat ihm im Herzen weh. Kein Wunder, dass sie aus diesem Haus verschwinden musste – es war klar, dass die Umgebung ihren Glanz trübte.

„Ich führe die anderen hinaus", sagte Sorcha und wandte sich mit verschlossenem Gesicht von ihm ab. Hatte er sich verrechnet, als er seine Hilfe anbot? In diesem Moment schien es das Beste zu sein, was er tun konnte. Es war, als würde er versuchen, auf einem Drahtseil zu balancieren, hoch über einer Grube voller hungriger Alligatoren, und ein falscher Schritt würde ihn in den Tod stürzen lassen.

„Also, wo hat sie dich gefunden?", fragte Aileen und holte ungleiche Tassen aus dem Schrank. Stimmen drangen durch die dünne Scheibe des Fensters über der Spüle, und Torin erhaschte einen Blick auf mehrere Frauen, die mit Taschen in den Armen vorbeigingen.

„Eigentlich habe ich sie gefunden. Auf einem Festival", sagte Torin, wobei er die Details aussparte.

„Ein Festival", schnaubte Aileen, als wäre die Idee lächerlich. „Wer hat schon Zeit für so etwas? Hat sie da gearbeitet? In einem dieser lächerlichen Kostüme? Ist sie halbnackt vor aller Augen herumstolziert? Ich weiß schon, worauf du aus bist, Junge."

„Oh, nein. Sie war einfach nur da, hat die Musik

genossen und neue Freunde kennengelernt.... vollständig bekleidet." Nun, zumindest für einen Teil des Abends, ergänzte Torin leise bei sich und griff nach dem Tablett, auf dem sich nun die Tassen türmten.

„Du bist also ein arbeitender Mann?" Aileen warf ihm einen weiteren abschätzenden Blick zu. „Sorcha sagte, du wärst reich."

„Reich an Lebenserfahrungen", sagte Torin sanft. Er weigerte sich, mit dieser Frau, die so offensichtlich nach einem Ausweg aus ihrem deprimierenden Leben suchte, über so etwas wie Geld zu sprechen. Wenn sie nur erkennen würde, dass sie sich anders entscheiden könnte, dann würde sie nicht in der ewig gleichen Routine feststecken.

„Ach, hör dir das an. Reich an Lebenserfahrung, sagt der Mann", lachte Aileen. Sie klatschte das Geschirrtuch auf den Tresen. „Muss schön sein, sich neue Erfahrungen leisten zu können. Aber vielleicht nimmt unser Schicksal hier endlich einen neuen Lauf. Das will ich hoffen... nach allem, was wir für Sorcha getan haben. Sie ist uns etwas schuldig, weißt du."

„Nein, weiß ich nicht. Warum sollte eine Tochter ihren Eltern etwas schulden?" Torin stand mit dem Tablett in der Hand, und wählte seine Worte sorgfältig. Würde ihre Mutter mehr Informationen darüber preisgeben, woher Sorcha kam?

„Wir haben sie durchgefüttert und angezogen, nicht wahr? Wir brachten sie zum Arzt, wenn sie krank wurde. Vielleicht war es kein schönes Leben, aber sie hat überlebt. Als Entschädigung dafür ist sie uns gegenüber verpflichtet."

„Ich bin mir nicht sicher, ob eine Eltern-Kind-Beziehung wie eine Art Transaktion ist", sagte Torin, und Aileen sah ihn verwirrt an.

„Ich weiß nicht, was du damit meinst, aber sie ist uns etwas schuldig. Sie ist nicht wie die anderen."

„Inwiefern?", fragte Torin und lehnte sich gegen den Türrahmen. Aileen hielt inne. Sie schien zu merken, dass sie mehr preisgab, als sie wollte, und wedelte mit den Händen in der Luft.

„Ach, nichts. Nur ein schwer zu erziehendes Kind. Sie hat sich nie etwas aus mir gemacht. Seit ich sie kenne, habe ich nichts als Probleme mit ihr. Also gut. Bringen wir die Tassen nach draußen und hoffen, dass eine meiner Töchter schlau genug war, sich an meine Kekse zu erinnern." Aileen nickte in Richtung Tür.

Torin drehte sich um und folgte ihr durch einen Korridor, ihre Worte hallten in seinem Kopf nach.

Seit ich sie kenne...

KAPITEL NEUNZEHN

„Na, wenn das nicht Smokin' Sorcha ist ...", spottete Shannon, Sorchas älteste Schwester, als sie um die Hausecke kam, gefolgt von zwei ihrer anderen Schwestern, fünf Kindern und einem pummeligen Welpen. Eines der Kinder schnappte sich den Hund, und sie rannten auf das Feld. Sie winkten Sorcha kaum zu, bevor sie unter lautem Geschrei verschwanden.

„Hör auf damit, Shannon. Es war nicht meine Schuld", sagte Sorcha. Ihre Verärgerung kochte hoch. Ihr Magen zog sich zusammen, und das altbekannte Brennen der Verbitterung erfüllte sie. Diese Leute hatten sie nie verstanden – und sie hatten es auch nie versucht. Sie hatte ihnen gegenüber immer so getan, als wolle sie den Frieden bewahren, aber jetzt? Sie brauchte das nicht mehr. Das Problem war, dass ein Teil von ihr immer noch verzweifelt nach ihrer Anerkennung suchte. Aber warum eigentlich? Hatte es wirklich einen Sinn, die Anerkennung von Menschen zu suchen, die sie weder verstanden noch versuchten, es zu tun? Ihr Weltbild war so beschränkt, dass sie nicht einmal ansatzweise in der Lage waren nachzuvollziehen, wer Sorcha wirklich war.

Eine Prinzessin der Fae.

Sie zog die Schultern zurück, hob den Kopf und versuchte, das Selbstvertrauen, das sie bei Auftritten empfand, heraufzubeschwören. Denn das war alles, was sie mit ihrer Familie hatte – es war ein Auftritt. Wenn sie friedlich mit ihnen auskommen wollte, blieb sie ruhig und zurückhaltend und ließ sich von ihnen runtermachen. Wenn sie keine Lust dazu hatte, wurde sie laut, und dann kam es zum Streit. Sie hatte jedoch noch nie einen Mann mitgebracht, und die Einführung dieses neuen Elements veränderte die Lage. Die Dynamik hatte sich verschoben, und wo Sorcha gedacht hatte, ihre Familie würde sich vielleicht mehr für sie erwärmen, wenn sie einen Partner hätte – etwas, das sie einordnen konnten –, fühlte sie sich stattdessen noch isolierter, da die Frauen Torin geradezu umschwärmten.

„Im Radio wurde berichtet, dass du gerade von der Bühne gekommen bist, nachdem du eine Feuer-Nummer aufgeführt hast, bevor der Laden in Flammen aufging. Ich meine, komm schon, Sorcha. Du willst doch nicht ernsthaft andeuten, dass es anders war?" Shannon ließ ihre Einkaufstüte auf den Tisch fallen und begann, den Inhalt auszupacken, wobei sie kurz nickte, als Bianca sich und Seamus vorstellte.

„Das war ich nicht, Shannon. Ich treffe alle Vorsichtsmaßnahmen und bin ein ausgebildeter Profi", sagte Sorcha.

„Ausgebildet? Von wem?" Aileen stellte einen Krug mit Wasser und den Teekessel auf den Tisch. „Gibt es eine Schule, die Diplome in diesen Dingen vergibt?"

„Eigentlich ...", begann Sorcha, aber ihre Schwestern hatten angefangen zu lachen und über sie hinwegzureden, als drei weitere Frauen um die Ecke des Hauses kamen. Die einzige Schwester, die fehlte, war Mary, und schon bald wurde die Unterhaltung so laut, dass Sorcha die Schultern einzog und sich zurücklehnte, ohne sich die Mühe zu machen, noch etwas zu sagen. Wenn sie glauben wollten, was in den Nachrichten über den Brand gesagt wurde, dann war das ihre Sache. Es wäre schön gewesen, wenn sich eine von ihnen für sie eingesetzt hätte. Sie hätten sie, verdammt noch mal, einfach mal fragen können, was wirklich passiert war, aber sie wusste nicht, warum sie etwas anderes erwartet hatte. Sie war wie ein Kind, das sich weigerte, seine Lektion zu lernen und das immer wieder die heiße Herdplatte berührte und erwartete, dass es sie nicht verbrannte.

„Na, du bist ja ein hübscher Kerl, nicht wahr?" Shannon drehte sich um, eine Frau mittleren Alters, deren blondes Haar von grauen Strähnen durchzogen war und deren Hüften von ihren letzten beiden Schwangerschaften gepolstert waren. „Ich kann mir nicht vorstellen, warum du dich für unsere kleine Sorcha interessieren solltest. Was machst du denn beruflich?"

„Ich bin Berater", sagte Torin, dessen Gesicht harte Züge angenommen hatte, „und ich interessiere mich für Sorcha, weil sie die Vollkommenheit in menschlicher Gestalt ist. Strahlend wie ein einzelner kristalliner Tautropfen auf einem Rosenblatt, wenn die Morgensonne es küsst."

Stille kehrte nach seinen Worten ein. Alle Frauen der Familie blickten von Torin zu Sorcha und dann wieder zurück zu ihm. Shannon durchbrach die Stille schließlich mit einem lauten Lachen.

„Du bist also auch ein Dichter, wie ich sehe? Sorcha kann sich glücklich schätzen, dass sie dein Interesse geweckt hat. Ich bin mir sicher, dass viele Frauen bei dir Schlange stehen, um mit dir auszugehen, wenn du eine so sanfte Zunge hast."

„Meine Güte", murmelte Sorcha. Sie hatte sich auf eine Seite des Picknicktisches gesetzt, und Bianca setzte sich neben sie. Sie beugte sich vor und stieß Sorcha mit ihrer Schulter an.

„Familie kann schwierig sein", sagte Bianca.

„Gibt es hier irgendwo Schnaps?" Sorcha blickte hoffnungsvoll auf die Einkaufstüten. Eine leichte Brise brachte den Duft von Pferden und feuchten Feldern mit sich, und die Sonne wärmte ihren Rücken. In jeder anderen Situation würde sie jetzt ein schönes Picknick genießen. Aber stattdessen musste sie zusehen, wie ihre Schwestern mit Torin flirteten. Die meisten von ihnen waren verheiratet, um Himmels willen, und hier war Shannon nun und wurde rot bei Torins Worten. Als sie sich vorbeugte und ihm den Arm tätschelte und unter ihren Wimpern hindurch schüchtern zu ihm aufblickte, riss Sorcha ihren Blick los.

„Ich habe keinen gesehen. Hast du welchen in Betty Blue? Ich kann ihn für dich holen", bot Bianca an und ließ einen leisen Pfiff ertönen. Seamus, der anscheinend nicht gut genug aussah, um von den Frauen umgarnt zu werden, setzte sich auf die andere Seite von Bianca. Er beugte sich vor und lächelte Sorcha sanft an.

„Lass dich von ihnen nicht unterkriegen. Du bist eine Prinzessin, schon vergessen?"

„Nicht, dass sie es jemals glauben würden. Ich war für sie immer nur eine Last oder ein Nachteil", sagte Sorcha.

„Ach, zum Teufel mit ihnen", sagte Bianca und erschreckte Sorcha. „Warum willst du überhaupt hier reinpassen? Sie sind eindeutig unglücklich. Sieh mal ... deine Schwester da mit dem Ehering? Ich schwöre, sie ist bereit, Torin wie einen Baum zu besteigen. Sogar deine Mutter hat mit ihm geflirtet. Menschen, die in ihrem Leben glücklich sind, versuchen nicht, ihrer Schwester den Freund auszuspannen. Das macht man einfach nicht."

„Ich wusste nicht, dass es so kommen würde. Ich habe noch nie jemanden mit nach Hause gebracht", sagte Sorcha. Sie kannte diese Frauen nicht, nicht wirklich, wurde Sorcha plötzlich klar. Die Mädchen, die sie gewesen waren, als sie noch ein Schlafzimmer miteinander geteilt hatten, waren als Erwachsene zu härteren Versionen ihrer selbst gereift. Ihre Kanten waren schärfer geworden, und ihre Hoffnungen und Träume waren durch Bitterkeit und Ablehnung ersetzt worden. Sie blickten nicht mehr in die Zukunft, sondern kämpften sich nur noch durch den Tag. Sie konnte sich darüber beschweren, wie wenig Mühe sie sich machten, sie zu verstehen, aber im Grunde galt dasselbe für sie. Sie hatte sie vor langer Zeit verlassen – aus gutem Grund –, aber sie hatte auch nicht wirklich versucht, in ihrem Leben zu bleiben. Oberflächlich betrachtet, erfüllte sie ihre Pflichten. Ab und zu rief sie an, um sich zu erkundigen, wie es den Kindern ging, aber fragte sie jemals, was Shannon glücklich machte? Ob sie an etwas Neuem arbeitete oder sich ein neues Hobby zugelegt hatte? Sie vermutete, dass sie mitschuldig am Scheitern ihrer Beziehung war, denn sie hatte sich auch nicht darum gekümmert.

Vielleicht war es auf diese Weise auch einfacher.

Oder besser gesagt, das Beste für alle.

Menschen entwickelten und veränderten sich. Familien brachen auseinander, und die Bruchstücke passten nie wieder ganz zusammen. Freunde zogen weiter. Vielleicht war nicht jeder dazu bestimmt, für immer im Leben einer bestimmten Person zu bleiben. Einige Menschen blieben, und andere erfüllten ihren Zweck in der Zeit, in der sie da waren. In diesem neuen Licht betrachtete Sorcha ihre Familie. Würde sie ihren Groll gegen sie jemals loslassen können?

„Hey, Shannon?", fragte Sorcha und lenkte die Aufmerksamkeit ihrer Schwester von Torin ab. Sofort stürzten sich die anderen Schwestern auf ihn.

„Was?", fragte Shannon und stupste den Deckel von einer Keksdose, wobei ihr Blick automatisch die Felder nach ihren Kindern absuchte.

„Was macht dich glücklich?", fragte Sorcha. Sie fragte sich, ob sie die Mauer, die ihre älteste Schwester um sich herum errichtet hatte, durchbrechen konnte.

„Was?", wiederholte Shannon und legte ihre Stirn verwirrt in Falten. Sie sah zu Sorcha hinunter. „Was meinst du?"

„Ich bin einfach neugierig. Wir haben in letzter Zeit über nichts anderes als die Kinder gesprochen. Ich habe mich nur gefragt, ob du ein Hobby hast, das dir Spaß macht, oder ob du einen Traum für deine Zukunft hast, der dein Inneres zum Leuchten bringt?" Sorcha ließ ein warmes Lächeln auf ihrem Gesicht erblühen, in der Hoffnung, eine echte Verbindung mit ihrer Schwester fördern zu können.

„Oh, ist das nicht schön, Sorcha? Ist es nicht schön, dass du die Zeit hast zu träumen? Um ein Hobby zu haben?

Was glaubst du, wann ich am Tag einen Moment für mich haben sollte, geschweige denn, um von der Zukunft zu träumen? Ich komme so schon kaum über die Runden. Ich habe kaum genug Zeit, um alle Münder an meinem Tisch zu füttern. Die Zukunft? Das ist das, was ich zum Abendessen koche, und ich bin froh, wenn ich das rechtzeitig fertig bekomme. Es ist immer das Gleiche mit dir, weißt du? Du kommst her und erzählst uns, dass du überall hingehen kannst, wo du willst, und dass du all diese Träume und Hoffnungen hast. Nun, weißt du was, Sorcha? Ich kann das nicht. Ich sitze hier fest, so wie ich es immer getan habe, und wie ich es immer tun werde. Und ich mag es nicht, wenn du mich daran erinnerst. Mit deinem schicken Freund und deinem albernen Herumgetingel. Mach weiter mit dem Zirkus oder dem Reisen oder was auch immer du zurzeit tust. Ehrlich gesagt, das interessiert keinen von uns. Halte deinen Namen einfach aus den Nachrichten heraus, wir haben nicht die Energie, uns zum Gespött des Ortes zu machen. Schon wieder." Shannon knallte den Deckel der Keksdose auf den Boden und stürmte ins Haus.

„Na, ist sie nicht *reizend*?", fragte Bianca und schaute Sorcha an. „Du armes Ding. Kein Wunder, dass du weit weggelaufen bist. Lauf weiter weg, Liebling. Deine Liebe ist hier verschwendet."

„Ich brauche mal eine Minute...", sagte Sorcha. Ihre Stimme war rau. Sie nickte in Richtung der Stelle, wo Torin mit ihren anderen Schwestern war. Sie hatten ihn zur Seite gezogen, um ihm etwas zu zeigen. Wahrscheinlich ihre Brüste oder etwas ebenso Peinliches oder Lächerliches. „Kannst du ein Auge auf ihn werfen?"

„Geh nicht zu weit weg, ja?", sagte Seamus, dessen

Gesicht von Sorge gezeichnet war. „Wenn Donal in der Nähe ist, könnten wir ein Problem bekommen."

„Nur nach vorne zu Betty Blue. Ich brauche einfach eine Minute für mich, das ist alles." Sorcha stand auf und ging an Torins Rücken vorbei ums Haus. Tränen brannten in ihren Augen, und sie stolperte an Betty Blue vorbei in Richtung des Waldes, der ihr Grundstück säumte. Ihre Lungen hatten sich verkrampft, und sie rang um den nächsten Atemzug, während der Beginn einer Panikattacke ihre Wirbelsäule hinaufkroch. Sie hatte ihrer Familie nie von ihren Angstzuständen erzählt und auch nicht davon, dass sie manchmal unter lähmender Panik litt. Warum auch? Sie würden es nicht einmal ansatzweise verstehen, und sie brauchte ihnen nicht noch eine weitere Schwäche zu offenbaren.

Warum konnte nicht eine von ihnen – nur eine – versuchen, nett zu sein? Auch nur für einen Moment? Sie war schon fast versucht gewesen, einen Feuerball in die Luft zu schießen und ihnen zu zeigen, wer und was sie wirklich war. Wäre das nicht ein toller Anblick gewesen? Vielleicht sollte sie das immer noch tun ... ihren Schwestern zeigen, welche Macht sie erlangt hatte. Der Gedanke heiterte sie auf, verdrängte die Angst ein wenig. Sie träumte davon, wie sie sich ihrer Familie gegenüber als Kriegerprinzessin präsentierte. Oh, sie würden ihren Verstand verlieren – das war sicher. Aber es würde Spaß machen, zu sehen, wie sie angekrochen kommen würden. Könnte sie sie dazu bringen, sich zu verbeugen? Ist es das, was Prinzessinnen von ihrem Volk verlangen? Sorcha spielte mit dem Gedanken, zurückzulaufen, ihrer Familie ihre Macht zu zeigen und sie in Ehrfurcht erstarren zu lassen, doch als sie einen sprudelnden Bach erreichte, machte sie Halt. Sie hatte diesen Ort schon halb vergessen und riss sich aus ihren Tagträumen, die sich darum drehten, ihre Familie zur Heldenverehrung zu zwingen.

Sorcha ließ sich auf einem umgestürzten Baumstamm am Bach nieder, streckte die Beine vor sich aus und ließ sich von der Stille des Waldes beruhigen. Abgesehen vom Geräusch des fließenden Wassers war der Wald still – keine Vögel, die zwitscherten, keine Tiere, die im Gebüsch raschelten, und kein Windhauch, der die Blätter weit über ihr streifte. Das war seltsam, dachte Sorcha. Sie verstummte. Wälder waren *nicht* still. Sie waren friedlich, aber sie waren nicht still. Ihre Augen huschten über die Lichtung am Wasser, und die Erinnerung an die Nacht zuvor kam unaufgefordert in ihr Bewusstsein.

Du bist ein Wechselbalg aus dem Wald...

Sie war von hier gekommen. Irgendwie, auf irgendeine Weise war Sorcha hier gefunden worden. Die Wahrheit traf sie wie ein Schlag, und sie stand auf und drehte sich im Kreis, um zu sehen, ob sie irgendetwas Auffälliges oder Ungewöhnliches sehen konnte. Mit klopfendem Herzen trat sie vor und blickte auf den Bach hinunter. Er plätscherte vor sich hin, das Wasser folgte Rinnsalen aus Steinen und Kies, und ab und zu glitzerte ein Sonnenstrahl auf der Wasseroberfläche. An einer Stelle machte das Wasser eine Beugung, als würde es über einen Felsvorsprung fließen, und Sorcha legte den Kopf schief.

Der Strom sollte weiterfließen, in dieselbe Richtung wie der Rest des Wassers. Aber nicht an dieser einen Stelle. Stattdessen wirbelte das Wasser im Kreis, gegen den Uhrzeigersinn, und bewegte sich so schnell, dass es unmöglich war, den Grund zu sehen. Sie fragte sich, was zum...

„Du hast endlich das Portal gefunden."

Auf der anderen Seite des Baches stand eine Frau mit dunklem Haar, das um ihren Kopf gewickelt war. Ihre Augen waren wie Eissplitter. Sie war schön wie ein prächtiger Weißer Hai – atemberaubend anzusehen, aber unter der Oberfläche strahlte sie eine tödliche Kraft aus. Sorcha war sich nicht sicher, aber sie glaubte, dass sie sich in der Gegenwart einer Göttin befand. Langsam hob sie die Hände vor sich und hielt sie an ihre Brust, unsicher, wie sie weiter vorgehen sollte. Dankbar für das Kettenhemd, das sie heute Morgen angezogen hatte, konzentrierte sich Sorcha auf die Frau und versuchte ihr Bestes, um zu hören, ob sich jemand von hinten näherte.

Der Wald blieb still.

Das machte Sinn, jetzt, wo Sorcha diese Frau sah. Das Überleben des Stärkeren war ein inhärentes Prinzip in der Natur, kein Wunder also, dass alle Wildtiere geflohen waren.

„Es ist ein Portal?", fragte Sorcha und merkte, dass die Frau darauf gewartet hatte, dass sie sprach.

„So ist es. Eines von vielen, natürlich, aber für uns ist es ein besonderes. Weißt du... die Danula haben dieses Portal noch nicht gefunden. Es lässt uns sowohl in ihre Welt als auch in deine gelangen. Es ist eines der letzten Geheimnisse, die mein Volk besitzt. Wir werden es um jeden Preis beschützen."

„Dein Volk? Du bist also ... eine Königin?" Sorcha wusste sofort, dass sie mit ihrer Vermutung richtig lag, dass diese Frau die Göttin Domnu war, von der Bianca ihr erzählt hatte. Doch sie wollte ihre Stellung absichtlich herunterspielen, um zu sehen, ob die Göttin zur Eitelkeit neigte. Wenn ja, war dies eine Schwäche, die gegen sie verwendet werden konnte. Sorcha hatte einen großen Teil ihres Lebens damit verbracht, andere zu beobachten und ihre Absichten zu lesen, und sie würde jetzt jedes Quäntchen ihres Wissens nutzen müssen, wenn sie diese Interaktion lebend überstehen wollte. Im Moment sahen ihre Möglichkeiten nicht so gut aus. Sie konnte angreifen, weglaufen oder durch das Portal springen.

„Eine Königin? Bitte", spottete die Frau und strich sich eine Haarsträhne über die Schulter. „Solch ein Titel ist unter meiner Würde. Ich bin die Göttin Domnu. Du hast doch sicher schon von mir gehört?"

Sorcha schürzte die Lippen und blickte in die Luft, als würde sie angestrengt nachdenken und versuchen, sich an ein Gespräch über die Göttin zu erinnern.

„Nein, das kann ich nicht behaupten. Aber dieser ganze Feenkram ist noch ziemlich neu für mich. Du bist also keine Königin? Dein Kleid ist dennoch hübsch."

Zorn blitzte in den Augen der Göttin auf.

Bitte töte mich nicht, bitte töte mich nicht, bitte töte mich nicht.

Sorcha behielt ihren verwunderten, aber interessierten Gesichtsausdruck bei. Sie hoffte, dass ein Kompliment am Ende ihrer Worte die Göttin besänftigen würde.

„Mein Kleid ist aus den Tränen derer gemacht, die mich verraten haben. Ihr Kummer ist zu schimmernden Fäden des Bedauerns gesponnen und zu einem Stoff gewebt, den nur eine Göttin tragen kann." Domnu strich sich mit den Händen über ihr Gewand. Sorcha hatte nicht gelogen, das

Kleid war atemberaubend – ein Mitternachtsblau, das von kristallinem Schimmer durchzogen war – und jetzt verstand sie besser, was es so einzigartig machte.

„Das ist ... stark", entschied Sorcha.

„Ja, starke Emotionen sind der Motor für Veränderungen, du dummes Menschenkind."

„Bist du deshalb hier? Was versuchst du zu ändern?" Sorcha wollte nur, dass sie weiter redete, denn wenn sie redete, dann tötete sie nicht, und Sorcha hoffte inständig, an diesem Tag auf der richtigen Seite von Leben und Tod zu bleiben.

„Mein Volk verdient es, zu herrschen. Wir sind stärker, klüger und besser als diese anderen Schwächlinge. In die Finsternis verbannt? Dass ich nicht lache!" Die Göttin Domnu stach mit dem Finger in die Luft. „Das Leben ist hier oben so viel süßer. Menschen sind reizvolle Spielzeuge für uns Fae, wusstest du das?"

„Wenn du eine Königin bist – kannst du es nicht einfach geschehen lassen?", stichelte Sorcha.

Irritation durchzuckte die Göttin. Ihre Haare sträubten sich und zischten um ihren Kopf, während sich Sorchas Augen weiteten. Sie hatte nicht gewusst, dass die Locken tatsächlich lebendig waren, und die neue Erkenntnis verursachte ihr Übelkeit.

„Ich bin keine Königin!", kreischte die Göttin Domnu, und wenn es möglich war, wurde der Wald noch stiller.

„Nein, das bist du nicht. Aber ich schon."

Instinktiv duckte sich Sorcha, drehte sich, und verschränkte die Arme vor dem Gesicht, als Königin Aurelia vortrat und eine Welle von Magie auf Domnu schoss, die die Göttin vom Boden hob und in das Gebüsch hinter ihr stürzte. Sorcha hielt den Atem an. Das würde der Göttin *gar nicht* gefallen.

„Bleib zurück, Sorcha. Du bist es, was sie will." Die Königin, die auf Sorcha bisher nett, aber streng gewirkt hatte, sah jetzt ganz und gar wie eine Kriegerin aus. Anstelle eines Kleides trug sie eine metallische Hose und ein tailliertes Oberteil, und bei näherem Hinsehen erkannte Sorcha, dass es aus einem ähnlichen Material bestand wie die Kettenhemdweste, die sie selbst trug. Sorcha drehte sich um, rannte zu einer Gruppe von Büschen und tauchte ab, wobei die Zweige in ihre Seiten stießen, als sie sich hinhockte und durch die Blätter herausschaute. Vielleicht war es ein alberner Ort, aber Sorcha hatte nicht viel Zeit, um Entscheidungen zu treffen, und sie wollte sich vom Kampf entfernen, um keine Ablenkung zu verursachen. Trotzdem juckte es sie, neben der Königin zu stehen.

Die Göttin bäumte sich auf und feuerte Magie ab, und die Königin wich aus, als ein Magieblitz nach dem anderen auf sie einschlug. Sorcha konnte nicht einmal sagen, welche Art von Magie es war. Sie konnte nur kleine schimmernde Stränge sehen, die durch die Luft zischten, während die beiden Frauen gegeneinander kämpften. Ein mulmiges Gefühl stieg in ihrem Magen auf, als die Königin stolperte, nachdem sie einen weiteren Treffer der Magie abbekommen hatte.

„Du glaubst, du bist stärker als ich?" Die Göttin Domnu warf ihren Kopf zurück und lachte. „Ich bin eine Göttin, du Dummkopf."

„Und ich bin vom Blut deiner Schwester", keuchte Königin Aurelia, die nun auf allen Vieren am Bach entlang kroch.

„Meine Schwester ist schwächlich." Die Göttin Domnu ließ eine weitere Welle der Magie auf die Königin niederprasseln und warf sie auf den Rücken. Sorcha musste nicht einmal darüber nachdenken. Ein Feuerblitz verließ ihre Hände und traf die Göttin am Kopf, wobei sich ihr Haar entzündete. Eine tödliche Wut huschte über ihr Gesicht, als sie sich umdrehte und Sorcha ins Visier nahm.

„Du wagst es, mich anzugreifen?", zischte Domnu. Ihr Haar schrie auf, während es von den Flammen verzehrt wurde, und dann stand die Göttin neben Aurelia. Sorcha hatte nicht einmal gesehen, wie sie sich bewegt hatte. „Törichtes Mädchen. Ich mochte dieses Haarnest."

Damit hob Domnu ihre Arme, zur gleichen Zeit wie die Königin, und ihre Magie traf sich in der Mitte, so dass beide Frauen in einer Explosion von katastrophalem Ausmaß durch die Luft flogen. Domnu verschwand, sich den Bauch haltend, und Sorcha hielt sich an den Ästen fest und wandte ihr Gesicht ab, während Schmutz und Steine durch die Luft flogen. Als es wieder still war, drehte sie sich um und hatte Angst vor dem, was sie vorfinden würde. Eine Schweißperle rann ihr über die Stirn, und Sorcha wischte sie weg, bevor sie ihr in die Augen gelangen konnte. Es war das Rot, das ihr ins Auge stach, und sie erkannte, dass es kein Schweiß, sondern Blut war, das ihr Gesicht hinunterlief. Sorcha griff nach oben, fand die Wunde und drückte ihre Hand darauf, um den Blutfluss zu stoppen.

Zögernd erhob sie sich aus dem Gebüsch, die Hand an der Stirn, und schlich weiter. Die Göttin Domnu war nirgends zu sehen. Ein schauderhaftes Stöhnen erhob sich vom Waldboden und Sorcha rannte zu der Stelle, wo die Königin am Fuße dreier hoher Bäume auf der Erde lag. Wie es schien, hatten die Bäume ihren Sturz abgefedert, aber nun lag die Königin schlaff da und atmete kaum noch.

„Königin ... was kann ich tun?" Sorcha sank auf die Knie und griff nach der Hand der Frau. Eisige Angst durchströmte sie, als die Königin einen weiteren Atemzug ausstieß und keuchend um Luft rang.

„Du darfst nicht ... sterben", keuchte die Königin.

„Ich... bitte, was soll ich tun? Wie kann ich Euch helfen?" Sorcha blinzelte die Tränen weg, erschrocken über die aschfahle Farbe von Königin Aurelias Gesicht.

„Es ist... vielleicht zu spät. Mein Sohn ... bitte, sag ihm ..." Die Königin drückte Sorchas Hand sanft. „Ich liebe ihn so sehr. Mein Volk auch. Erzähle ihnen von meiner Liebe."

„Wartet ... nein, sagt *Ihr* es ihnen. Ihr könnt nicht ..." Sorcha keuchte, als der Griff der Königin schlaff wurde und ihr Kopf nach hinten fiel. „Nein, nein, nein. Aurelia. Hört mir zu."

„Du sollst dies tragen..." Die Königin zog das goldene Diadem, das sie trug, aus ihrem Haar. Panik ergriff Sorcha, als die Königin nach hinten fiel und zu atmen aufhörte. Ohne nachzudenken, begann Sorcha, den Brustkorb der Frau zu pumpen, um ihren Herzschlag wiederherzustellen. Sie zählte die Pumpvorgänge ab, wie es ihr beigebracht worden war, und ihr Verstand überschlug sich, während sie versuchte herauszufinden, was zu tun war.

Der Schrei eines Kindes durchschnitt die Luft.

Sorchas Kopf hob sich und sie erkannte, dass ihre Familie angegriffen wurde. Hin- und hergerissen blickte sie zum Haus, während weitere Schreie ertönten. Dann blickte sie wieder hinunter zum Körper der Königin. Ihr Blick huschte zum Portal.

Es war die einzige Magie, die sie zur Verfügung hatte. Entschlossen stand Sorcha auf, hob Königin Aurelia hoch und hievte ihren leblosen Körper wie eine Feuerwehrfrau über ihre Schultern. Dankbar für die Muskeln, die sie in stundenlangem Training aufgebaut hatte, stolperte Sorcha zu dem Portal. Ohne zu zögern, sprang sie in den Fluss, die Königin auf dem Rücken.

„Die Königin!" Sorcha hatte kaum Zeit, die Augen zu öffnen, als sie von Schreien begrüßt wurde. Sie wusste nicht, wo sie war, aber Wachen umringten sie.

„Nehmt sie. Ich muss zurückgehen. Göttin Domnu...", keuchte Sorcha und flehte einen Wächter an. „Es war dunkle Magie."

„Wir werden uns um sie kümmern, Prinzessin." Schon war das Gewicht des Körpers der Königin von ihren Schultern verschwunden, und Sorcha nahm sich einen Moment Zeit, um sich zu vergewissern, dass sich die Wachen um die Königin kümmerten, bevor sie sich umdrehte und wieder durch das Portal sprang. Die Königin mochte tot sein, aber eine Prinzessin lebte noch.

Es war an der Zeit, *ihr* Volk zu retten.

KAPITEL ZWANZIG

Das Portal spuckte sie wieder am Bach aus, und Sorcha zuckte zusammen, als sie durch das kalte Wasser ans Ufer gespült wurde. Als sie wieder festen Boden unter den Füßen hatte, hielt sie inne und suchte den Wald ab. Als ein Vogel vorbeiflatterte, entfuhr ihr ein Seufzer der Erleichterung. Sorcha sprang den Pfad hinunter und rannte zurück in Richtung ihres Elternhauses, wobei die Sorge um die Königin mit der Sorge um die anderen abwechselte.

Torin.

Sie hatte kaum Zeit gehabt, über die Intimität nachzudenken, die sie in der Nacht zuvor geteilt hatten, und auch nicht darüber, wie sich ihre Gefühle für ihn verändert hatten. Und jetzt, wo ihr Leben auf dem Spiel stand, spielte die Vergangenheit keine Rolle mehr. Musste sie sich wirklich an der Tatsache festklammern, dass er sie ein einziges Mal verlassen hatte? Er hatte sie doch schließlich wiedergefunden, oder nicht? Und er war seitdem immer wieder für sie da gewesen. Jetzt war es an ihr, für ihn da zu sein, dachte sie, als sie vor dem Haus zum Stehen kam.

Stille begrüßte sie, und das gefiel Sorcha überhaupt nicht. Bei einer großen Familie kam immer Lärm von irgendwoher. Aufmerksam drehte sie sich langsam im Kreis, die Hände erhoben, und versuchte, die Situation einzuschätzen. Als nichts Ungewöhnliches geschah, ging Sorcha zu der Stelle, wo Betty Blue geparkt war. *Ihr Schließfach.*

Der Stab.

Sorcha verfluchte sich dafür, dass sie ihn vergessen hatte, kletterte die kleine Leiter auf der Rückseite des Wohnwagens hinauf und tippte den Code für die Dachbox ein, die als zusätzlicher Stauraum für ihre Habseligkeiten diente. Sie hatte den prächtigen Stab an dem Tag, an dem sie ihn bekommen hatte, in der Box weggeschlossen, weil sie noch nicht bereit gewesen war, ihn in ihre Shows einzubauen. Jetzt betete sie, dass er noch da war.

„Oh, danke..." Sorcha keuchte, als sie den Holzstab in ihrem Daunenmantel entdeckte. In dem Moment, in dem sich ihre Hand um ihn schloss, durchflutete sie eine Welle der Macht, und sie wusste, dass dies der verschollene Talisman der Feuer-Fae war.

Das bedeutete, dass die beiden Dinge, die die Domnua davon abhielten, die Feuer-Fae vollständig zu kontrollieren, hier waren – zumindest nach dem, was Bianca ihr erzählt hatte. Die Domnua mussten sie aus dem Weg schaffen. Und sie brauchten den Stab. Die Erkenntnis, in welch gefährlicher Lage sie sich jetzt befand, dämmerte ihr, aber zum ersten Mal spürte Sorcha nicht den Beginn einer Panikattacke. Stattdessen durchströmte sie Ruhe und ihre Sinne schärften sich – eine kühle Klarheit bemächtigte sich ihrer Gedanken. Sorcha streifte das Diadem ab, das sie sich bei der Rettung der Königin über den Arm geschoben hatte, und setzte es sich auf den Kopf. Sie hoffte, dass es kein großer Bruch mit den königlichen Regeln war, diese Krone zu tragen, aber in dem Moment, in dem sie es aufsetzte, gewann sie frischen Mut.

Sorcha kam wieder auf den Boden zurück, den Stab in der Hand, und warf die Schultern zurück. *Jetzt* war sie bereit, ihren eigenen Weg zu gehen und für ihr Volk zu kämpfen. Als Erstes würde sie mit denen beginnen, die im Hinterhof ihres Hauses verschwunden waren. Schnell umrundete sie das Haus, wobei ihre Schuhe über den Kies knirschten, und hielt inne, als sie ihre Mutter leise weinend am Picknicktisch sah. Als sie ihre Schritte hörte, blickte Aileen auf und kniff die Augen zusammen.

„Bastard-Kind", sagte Aileen mit Gift in der Stimme. Es war eine Gefühlsregung, die sich hinter jahrelanger angespannter Kommunikation verborgen hatte und schließlich an die Oberfläche kam. Sorcha hatte sich nicht geirrt - diese Frau hatte immer nur Ablehnung für sie empfunden.

„Was ist passiert?" Sorcha hatte keine Zeit, sich mit Aileens Groll zu beschäftigen. „Wo sind denn alle?"

„Ich hätte niemals zulassen dürfen, dass dein Vater ..." Aileen schluckte und wischte sich mit der Hand, die von jahrelanger körperlicher Arbeit gerötet war, über ihr Gesicht.

„Dass er was...?" Sorcha schürzte die Lippen und suchte weiterhin die Felder hinter dem Haus nach Bewegungen ab.

„Dass er dich behält... das Kind seiner Liebhaberin...", zischte Aileen. Daraufhin weiteten sich Sorchas Augen. Ihr Vater? Mit einer anderen Frau?

„Du willst damit sagen, dass ..." Sorcha versuchte, den Gedanken zu begreifen, dass ihr Vater mit jemandem intim gewesen war. Es war schwer, sich das vorzustellen, vor allem mit einer anderen Frau als mit Aileen. Er war ein grober und sarkastischer Mann, anmaßend und wütend, ohne jeglichen Funken Charme im Leib. Es war ein Wunder, dass es eine Frau gab, die sich für ihn entschieden hatte, ganz zu schweigen davon, dass sie jetzt herausfand, dass er nebenbei noch eine andere hatte. Unglaublich, wirklich.

„Ja, du Ausgeburt des Teufels. Genau das bist du." Aileen machte das Kreuzzeichen, ihre Finger wanderten zu ihrer Halskette, an der ein schlichtes Silberkreuz hing. Die Berührung des Kreuzes schien sie zu beruhigen, und sie hob ihr Gesicht zu Sorcha. „Ich hätte dich in dem Fluss ertränken sollen, aus dem du gekommen bist."

„Na, das ist jetzt aber ein bisschen dramatisch, oder?" Sorcha schlug den Stachel der Worte zur Seite. Sie weigerte sich, sich von dieser Frau davon abhalten zu lassen, ihre Freunde – ihre wahre Familie – zu finden. „Ich hätte nicht gedacht, dass du eine Kindermörderin in dir hast."

„Du hast mir immer widersprochen. Nicht wie die anderen Mädchen. Meine süßen Babys. Meine Engel. Es hat nie einen besseren Tag gegeben als den, an dem du endlich das Haus verlassen hast. Ich wäre froh gewesen, dich nie wieder zu sehen, aber du hast trotzdem darauf bestanden, zurückzukommen."

„Glaub mir – es war aus reinem Pflichtgefühl. Das ist jetzt weg, also werde ich mich in Zukunft nicht mehr so viel mit Leuten wie dir herumschlagen. Erzähl mir, was passiert ist." Sorcha schlug mit der Hand auf den Tisch, was Aileen aufschrecken ließ. „Ich habe keine Zeit für so etwas. Wo sind alle hin?"

„Der Mann hat sie mitgenommen." Aileen schlang ihre

Arme um sich, Tränen liefen ihr über das Gesicht. „Meine Kinder. Ich wusste, dass du uns eines Tages Ärger bringen würdest. Du warst nichts als eine tickende Zeitbombe."

Sorcha holte tief Luft und betrachtete die gebrochene Frau vor ihr. Es war nicht Sorchas Schuld, dass sie in dieses Haus gebracht worden war, aber es war auch nicht Aileens Schuld, dass sie unfähig gewesen war, sie zu lieben. An ihrer Wut festzuhalten, würde sie nicht weiterbringen. Sie beugte sich vor und zwang Aileen, ihr in die Augen zu sehen.

„Ich vergebe dir. Du hast aus dem, was dir zugeteilt wurde, das Beste gemacht. Ich werde dir deine Familie zurückbringen. Hast du verstanden?"

„Versprichst du es?", flüsterte Aileen und wischte sich die Augen.

„Ich werde alles in meiner Macht Stehende tun, um sie sicher nach Hause zu bringen. Das ist das Beste, was ich anbieten kann."

Zum ersten Mal sah Aileen sie mit so etwas wie Respekt in den Augen an. Die Frauen sahen sich an, schienen zu begreifen, dass sich alles verändert hatte, und fanden sich damit ab. Aileen betrachtete den Stab, den Sorcha immer noch in der Hand hielt, und die goldene Krone, die in ihrem Haar glänzte.

„Du warst schon immer die Stärkste von uns allen gewesen."

„Pass auf dich auf", sagte Sorcha und neigte leicht den Kopf, um das Kompliment anzunehmen. Sie drehte sich um und lief dorthin, wo das Feld begann, folgte einer niedrigen Steinmauer, die sich an einem Feldweg entlang zog, der zum ersten der Nebengebäude führte. Ein leises Winseln drang an ihr Ohr, und Sorcha blieb stehen, als der

Welpe, den die Kinder mitgebracht hatten, um das
Gebäude gelaufen kam. Als er sie erblickte, ließ er sich auf
sein Hinterteil plumpsen und begann bitterlich aufzuheu-
len. Das arme Ding sah erschöpft aus, dachte Sorcha und
hob es auf den Arm. Sie drückte den pelzigen, warmen
Körper an ihre Brust und suchte ihn schnell nach Wunden
ab, während der Welpe verzweifelt nach ihrem Gesicht
leckte. Sie drehte um und kehrte zu Aileen zurück, die
immer noch am Picknicktisch saß.

„Der hier braucht dich. Wasser und Streicheleinheiten.
Beschütze ihn." Sorcha legte den Welpen in Aileens Armen
ab, und die ältere Frau begann automatisch, den Hund zu
wiegen und eine Melodie zu summen. Zufrieden, dass man
sich um den kleinen Hund kümmern würde, machte
Sorcha auf dem Absatz kehrt und joggte in die Richtung
zurück, aus der der Welpe gekommen war. Am ersten
Nebengebäude lehnte Sorcha sich mit dem Rücken an die
Außenwand, wobei das feuchte, zerklüftete Holz mit seinen
rauen Fasern an ihrem Hemd kratzte. Sie konzentrierte sich
auf ihre Atmung, lauschte, ob etwas nicht stimmte, und
suchte das Gelände ab. Dann hörte sie es. Ein Niesen, das
aus dem nächsten Gebäude kam. Es handelte sich um ein
älteres Gebäude ohne Dach, das ihr Vater schon seit langem
nicht mehr hatte reparieren wollen. Als Kind hatte sie dort
viele Tage verbracht, sich in dunklen Ecken versteckt und
von einem anderen Leben geträumt.

Sorcha schlich leise zum Rand des Gebäudes, duckte
sich und lugte durch eine Öffnung in der Wand, wo früher
zwei Türen gewesen waren.

Alle ihre Schwestern, bis auf eine, und deren Kinder
saßen mit gefesselten Armen auf dem Boden. Über ihnen

stand Mary – und sie hielt eine Waffe in den Händen. Wo hatte Mary plötzlich eine Waffe her? Waffen waren in Irland nicht erlaubt. Aus irgendeinem Grund war dies Sorchas erster Gedanke, bevor das Gewicht des Verrats über sie hereinbrach. Warum hielt Mary ihre eigene Familie mit einer Waffe in Schach? Hatte Donal es geschafft, sie einer Gehirnwäsche zu unterziehen? Oder hatte Mary von Anfang an den dunklen Fae angehört?

„Du kannst genauso gut reinkommen, Sorcha. Ich kann dich in den Augenwinkeln sehen", sagte Mary mit ruhiger Hand. Sie war viel größer als Sorcha, hatte dünnes blondes Haar und hochgezogene Schultern. Mary war immer die Schwester gewesen, zu der sie das komplizierteste Verhältnis gehabt hatte. Eine Zeit lang hatte Sorcha geglaubt, dass sie auf dem Weg waren, sich einander anzunähern. Aber dann war Mary an die Uni gegangen und hatte Sorchas Lebensentscheidungen missbilligt. Jetzt musste sich Sorcha fragen, ob noch andere Einflüsse im Spiel waren, die zu Marys Abneigung beigetragen hatten.

„Mary. Nimm die Waffe runter. Du musst das nicht tun", sagte Sorcha und trat langsam in den Raum. Nun, eigentlich war es ein halber Raum. Der Himmel öffnete sich weit über ihnen, und in der Ferne klang ein leises Grollen wie das Versprechen eines Sturms, lange bevor der Regen einsetzte.

„Dessen bin ich mir sehr wohl bewusst, Sorcha. Das Einzige, was ich wirklich tun muss, ist ... dich zu kriegen." Mary drehte sich um, die Waffe nun auf Sorcha gerichtet. „Ich hatte nicht erwartet, dass es so einfach sein würde, aber hier sind wir nun."

„Ja, hier sind wir", wiederholte Sorcha Marys Worte.

Die Kinder wimmerten, und ihre Schwestern versuchten sie zum Schweigen zu bringen, aber es war fast unmöglich, eine Gruppe von Kindern völlig zum Schweigen zu bringen. Vielleicht konnte Sorcha die Ablenkung zu ihrem Vorteil nutzen. Der magische Stab summte in ihren Händen.

„Aber warum, Mary? Warum sind wir hier? Deine eigenen Schwestern?"

„Meine eigenen Schwestern, die nichts für mich getan haben. Nichts!", sagte Mary, und Zorn blitzte in ihren Augen auf. Zum ersten Mal zitterte die Waffe in ihren Händen. „Ich war die Einzige, die auf die Universität gegangen ist. Hat es jemanden interessiert? Ist irgendwer zu meiner Abschlussfeier gekommen?"

„Ja, bin ich", sagte Sorcha leise.

„Klar, die eine Schwester, die nicht einmal mit uns verwandt ist", sagte Mary mit finsterem Blick. Shannon blieb der Mund offen stehen und sie schaute zu Sorcha, die leicht den Kopf schüttelte.

„Woher weißt du das überhaupt? Ich habe es selbst gerade erst herausgefunden", sagte Sorcha und bewegte sich ein wenig. Wenn sie weiterreden und sich nur ein paar Schritte nach links bewegen könnte, wäre sie in der Lage, etwas Magie auf sie zu feuern.

„Ich habe es schon immer gewusst. Ich hörte eines Tages, wie Mutter und Vater sich darüber stritten. Es ist schwer, in einem so kleinen Haus Geheimnisse zu bewahren", sagte Mary.

„Und doch hast du uns das verschwiegen", warf Shannon ein, und Marys Blick wanderte zu ihr hinab. Sorcha nutzte die Gelegenheit, um sich ein paar Schritte nach links zu bewegen.

„Ach, sei still, Shannon. Niemand kümmert sich darum, was du denkst. Nur weil du die Älteste bist, heißt das nicht, dass du es am besten weißt, oder? Ich meine, sieh dich nur an... du bist genau wie Mutter, nicht wahr? Ein paar Kinder, ein Ehemann, den du nicht magst, dasselbe Dorf..." Marys Lippen kräuselten sich.

„Das ist unverschämt", sagte Sorcha, die wollte, dass Mary sich auf sie konzentrierte und nicht auf Shannon. Sie selbst konnte sich wenigstens verteidigen. „Nicht jede hat die gleiche Vision für ihr Leben, Mary. Lass Shannon in Ruhe. Du willst doch mich, oder? Aber warum eigentlich – warum du?"

„Es ist nicht meine Schuld, dass ich die Schönste von euch allen bin." Mary warf ihr Haar über ihre Schulter und schürzte die Lippen. Die Waffe zitterte in ihrer Hand, und Sorcha wusste, dass sie Mary etwas nervös machte. Die Frau war sicherlich nicht auf eine Situation wie diese vorbereitet – zumindest nicht, dass Sorcha davon wüsste –, was sie umso unheimlicher machte.

„Was hat das mit der Sache zu tun?", fragte Sorcha und wich wieder nach links aus. Erneut ertönte ein leises Grollen, und Sorcha fragte sich, ob ein Sturm aufzog.

„Deshalb wurde ich auserwählt – von Donal. Ich bin dazu bestimmt, eine Prinzessin zu sein", brüstete sich Mary.

„Das hat er dir also gesagt?" Sorcha lachte, und Marys Augen verengten sich. Die Waffe hob sich und diesmal zielte sie direkt auf ihren Kopf.

„Du kennst Donal?"

„Sicher kenne ich ihn. Er ist ein Verräter und hat sehr wenig Macht. Du wirst keine Prinzessin sein, so wie du denkst. Willst du wissen, warum?", fragte Sorcha und hob den Stab vor sich.

„Warum?", zischte Mary und legte den Finger an den Abzug.

„Siehst du diese Krone? Ich bin die Prinzessin der Feuer-Fae, Liebling. Dieser Posten ist bereits vergeben."

Mary holte tief Luft. Dann geschahen zwei Dinge gleichzeitig – Shannon trat Mary in die Kniekehle, so dass sie nach hinten stürzte und die Waffe in den Himmel richtete – und Sorchas Feuerstoß erreichte Mary. Sie hatte nicht vorgehabt, sie zu verletzen, aber in dieser Situation hatte sie keine andere Wahl. Manchmal waren bestimmte Menschen einfach durch und durch schlecht. Ihre Schwester war eine von ihnen. Sie war schon immer egoistisch, gemein und schwierig gewesen – und dass sie sich gegen ihre eigenen Nichten und Neffen wandte, war der Beweis für ihre Schlechtigkeit. Sorchas Magie traf die Waffe und schleuderte sie zu Boden, das Feuer versengte Marys Hände.

Bevor Mary reagieren konnte, durchquerte Sorcha den Raum, stieß die Waffe aus dem Weg und beugte sich über ihre Schwester. Als diese zu ihr aufblickte und versuchte, aufzuspringen, griff Sorcha zu einer Taktik der alten Schule und packte sie an den Haaren. Quiekend wie eine Katze, die in die Badewanne geworfen wurde, griff Mary nach ihrem Kopf, aber Sorcha hatte sie bereits gedreht und ihr ein Knie in den Rücken gedrückt.

„Shannon – kannst du dich bewegen? Ich brauche etwas, womit ich sie fesseln kann."

„Ich kann aufstehen." Shannon stützte sich ab und schlurfte durch den Raum, bevor sie Sorcha etwas mit dem

Fuß zustieß. Sie blickte nach unten und sah eine Rolle Klebeband auf dem Boden liegen.

„Komm, knie dich auf sie", befahl Sorcha und kümmerte sich nicht darum, dass Mary nun wimmernd auf den schmutzigen Boden sank und ihre Tränen Schlieren auf ihrem staubigen Gesicht hinterließen. Sie kannte keine Gnade mit Verrätern – vor allem nicht mit solchen, die nicht wussten, was auf dem Spiel stand. Shannon setzte sich bereitwillig auf Mary, während Sorcha sich daran machte, ihre Arme und Beine fest zu verbinden.

„Lass mich machen ...", sagte Sorcha, als Mary keine Gefahr mehr war, und sie benutzte den Dolch an ihrem Gürtel, um das Band an Shannons Handgelenken zu durchtrennen. Sofort war Shannon auf den Beinen und lief zu ihren Kindern, deren Weinen lauter geworden war.

„Ich muss los", sagte Sorcha und stand auf. Ihre Schwestern sahen sie mit einer Mischung aus Schock und Ehrfurcht an.

„Geh nur. Ich sorge dafür, dass Mary nicht freikommt."

„Weißt du, was mit den anderen passiert ist?", fragte Sorcha.

„Sie sind dort entlang ... mehr weiß ich nicht. Sie sind weggelaufen." Shannon deutete über das Feld, und das Grollen war erneut zu hören – diesmal viel näher. Sie legte einen Arm um ihre Tochter und zog sie an sich. „Sei vorsichtig, Sorcha. Du hast vielleicht nie wirklich zu uns gepasst, aber das ist nicht wichtig. Lass dich von Marys Boshaftigkeit nicht abbringen. Sie ist ein Nichts. Du hingegen bist eine Prinzessin, wie es scheint. Beweise es allen!"

„Danke", sagte Sorcha und ein kurzes Lächeln huschte

über ihre Lippen. Sie neigte ihren Kopf zu Shannon, und ihre anderen Schwestern nickten ihr zu. Nein, sie würden sich nie nahestehen – aber ein neues Verständnis zwischen ihnen war geboren. „Ich bin so schnell wie möglich zurück. Mutter ist bei dem kleinen Hund, der sich hinter dem Haus die Augen ausgeheult hat. Lasst sie nicht in Marys Nähe, sonst überredet sie Mutter wahrscheinlich, sie loszumachen."

„Sie hatte schon immer eine Schwäche für Mary." Shannon schüttelte den Kopf. „Wahrscheinlich wegen ihrer gemeinsamen Abneigung gegen dich."

Sorcha drehte sich an der Tür um. „War das so offensichtlich?"

„Es war kaum zu übersehen, Sorcha. Du hattest einen schweren Stand. Aber ich konnte nicht viel für dich tun – und kann es immer noch nicht. Aber ich werde mich in Zukunft mehr anstrengen."

„Danke", sagte Sorcha, und schon war sie aus der Tür und hüpfte über das Feld, dem Geräusch entgegen, das sie vorhin gehört hatte. Es war kein Sturm, wie sie gedacht hatte, denn der Himmel war sonnig und wolkenlos. Nein, etwas viel Unheimlicheres erwartete sie, und der Stab, den Sorcha in der Hand hielt, wurde heiß. Er schien sie vor einer drohenden Gefahr zu warnen, und als Sorcha nach unten blickte, sah sie, dass die Spitze – ein kunstvoll gestaltetes Herz – sanft glühte. Mit klopfendem Herzen erklomm Sorcha einen Hügel und blieb stehen.

„Oh, Scheiße", sagte Sorcha, und ihr Magen verknotete sich.

Unter ihr stürmte eine Armee von Domnua über die Felder, angeführt von Donal. Das Grollen kam von ihrer schieren Zahl, und der Boden unter ihren Füßen bebte, während sie vorrückten. Sorchas Herz erstarrte. Gegenüber der Armee stand Bianca, die winzig und wehrlos gegen die Masse der dunklen Fae aussah, während Seamus und Torin sie flankierten. Furchtlos und tollkühn, dachte Sorcha und stürzte sich in den Kampf. Sie rannte den Abhang hinunter und versuchte, näher heranzukommen, aber die Domnua waren ihr weit voraus. Sie konnte nur zusehen, wie sie anfingen, Magie abzufeuern, noch bevor sie ihre Freunde erreichten. Es war furchtbar, Sorcha keuchte, und die Angst lähmte sie fast. Ihr dämmerte, dass sie nicht rechtzeitig zu ihnen gelangen würde.

Aber sie war es, die sie wollten, nicht wahr?

Ohne weiter darüber nachzudenken, warf sich Sorcha den sprichwörtlichen Wölfen zum Fraß vor.

KAPITEL EINUNDZWANZIG

„Hey!", schrie Sorcha aus voller Kehle. „Hey! Ihr Deppen! Hier bin ich! Und den Talisman habe ich auch!" Sorcha schwenkte den Stab hoch über sich in der Luft.

Es war, als ob eine Schallplatte zum Stillstand käme. Die gesamte Armee blieb stehen und drehte sich plötzlich wie eine Art ferngesteuerte mechanische Puppe. Sorcha sah die Panik in Torins Augen, als Donal ebenfalls seine Richtung änderte und auf Sorcha zustürmte.

Nun, vielleicht brauchte sie mehr als nur den Plan, sie abzulenken. Der Stab erwärmte sich unter ihrer Hand. Die abgenutzten Holzfurchen verbrannten fast ihre Handfläche, und sie betrachtete ihn.

Ja, natürlich.

Der Talisman ihres Volkes. Er sagte ihr, dass sie es anführen sollte. Sie musste ihr Volk rufen und es in diese Schlacht führen. Schließlich war sie die Prinzessin, nicht wahr? Sollte das nicht ein paar Vorteile mit sich bringen, wie zum Beispiel die Möglichkeit, ihre eigene Fae-Armee willentlich heraufzubeschwören? Sorcha stieß den Stab in den Boden, schloss die Augen und konzentrierte sich auf den kleinen Lichtball tief in ihrem Inneren, der ihre Macht war. Sie schöpfte aus seiner Quelle, ließ zu, dass die Macht ihren Körper durchflutete und ihr Herz und ihre Seele öffnete. Sie warf den Kopf zurück und schrie zum Himmel.

„Feuer-Fae! Ich befehle euch, diese Schlacht zu schlagen. Wir brauchen euch. Jetzt!"

Es folgte ein wildes Durcheinander.

Flammen schossen aus dem Kopf des Talismans und bildeten eine Feuerlinie, die direkt in den Himmel schoss. Der Boden unter ihren Füßen bebte. Sorcha stolperte und ging auf ein Knie, so beeindruckt war sie von dem Holzstab, der nun eine Art Flammenwerfer zu sein schien.

„Okay, damit kann ich arbeiten", sagte Sorcha und richtete die Flammen auf die erste Runde Domnua, die auf sie zugestürzt kamen. Sie löschte sie in einer fließenden Bewegung mit einem heftigen Feuerschlag aus. Es war ein silbernes Gemetzel. Auf eine seltsame Art und Weise war Sorcha dankbar, dass die Domnua kein rotes Blut hatten. Das hätte es viel schwieriger gemacht, sie zu töten, dachte sie, als sie eine weitere Reihe der Armee in einer silbrigen Explosion ausschaltete. Es kam ihr immer noch so unwirklich vor, dass sie hier – in ihrem eigenen Hinterhof – gegen magische Wesen kämpfte.

Die nächste Reihe Domnua blieb stehen. Ihre Augen weiteten sich, und Sorcha warf einen Blick über ihre Schulter, um zu sehen, was sie erschreckt hatte. Freude glühte in ihr auf, und sie hob den Stab höher in die Luft. Ihr Volk war gekommen.

Hunderte von Feuer-Fae strömten über das Feld, eine

Wand aus Flammen umgab sie und es sah aus wie ein einziger Tornado aus Feuer, der über das Feld donnerte. Rauchschwaden stiegen in den Himmel, als sie an Sorcha vorbei direkt in die Armee der dunklen Fae stürmten und sich einen mörderischen Weg bahnten. Schreie ertönten, während die Flammen der Feuer-Fae die Armee verzehrten, ihre schiere Macht und die Kraft des Feuers überwältigten die Domnua, und ließen Sorcha jubeln. Sie rannte voraus und folgte den Fae in die Schlacht, um nach ihren Freunden zu suchen.

„Bianca!", rief Sorcha. Sie hatte die hübsche Blondine mit den schmutzigen Wangen gefunden, die fröhlich auf einen Domnua eindrosch.

„Na, du bist ja mal ein schöner Anblick", keuchte Bianca. „Ich dachte schon, wir hätten dich für eine Sekunde aus den Augen verloren."

„Tut mir leid", sagte Sorcha, schnellte herum und schlug mit ihrem Feuerstab nach einem herannahenden Domnua. „Ich hätte mich nicht vom Haus entfernen sollen. Ich bin mir nicht einmal sicher, warum ich es getan habe..."

„Die Fae sind trickreich, wenn sie es wollen. Wahrscheinlich haben sie dich dazu veranlasst", sagte Seamus über ihre Schulter und Sorcha grinste zu ihm hoch.

„Ich bin froh, euch in einem Stück zu sehen."

„Ebenso. Allerdings macht deine Schwester Schwierigkeiten...", sagte Seamus und trennte mit einem Grinsen den Kopf eines Domnuas neben Sorcha ab.

„Das habe ich bemerkt. Wo ist Torin?", fragte Sorcha, während sie eine Gruppe herannahender Domnua mit ihrem neuen Flammenwerfer ausschaltete.

„Praktisches Teil, nicht wahr?" Bianca nickte anerkennend.

„Scheint so. Ich hatte ihn die ganze Zeit... Ich wusste es nur nicht", sagte Sorcha und suchte das Schlachtfeld ab, um Torin zu finden. Die Feuer-Fae hatten einen großen Unterschied gemacht, und die Domnua zogen sich bereits unter ihrem unerbittlichen Angriff zurück. Sorcha war wenig überrascht, denn mit Feuer war nicht zu spaßen. Eine Wand aus Flammen erhob sich vor ihnen, und durch das Flackern sah sie Torin im Schwitzkasten von Donal.

„Oh nein...", keuchte Sorcha. „Ich kann Torin sehen. Ich muss zu ihm."

„Nur los. Wir haben das hier im Griff. Das Schlimmste ist erledigt. Deine Fae machen sie fertig!" Bianca griff einen weiteren Domnua an, ihre Augen leuchteten vor Adrenalin.

Sorcha war bereits unterwegs. Sie hatte den beißenden Geschmack des Rauchs auf der Zunge, und die Hitze des Feuers tanzte über ihre Haut. Würde sie es schaffen, Torin zu erreichen? Nur weil sie die Prinzessin der Feuer-Fae war, hieß das nicht unbedingt, dass sie durch Feuer gehen konnte, oder? Sie hatte noch keine Zeit gehabt, sich mit den Regeln vertraut zu machen, die man als Royal im Feenreich befolgen musste. Sich selbst Mut zusprechend, versuchte Sorcha, sich nicht von ihrer Angst unterkriegen zu lassen.

Sorcha stürzte sich durch die Feuerwand und stolperte auf die andere Seite. Ihr Gesicht war schweißnass. Sie nutzte den Stab, um ihren Sturz abzufangen, und blinzelte durch den Rauch, der ihre Augen brennen ließ.

„Ah, perfekt", sagte Donal. Seine Stimme war direkt an ihrer Seite. Dann legte sich sein Arm um ihren Hals und drückte sie fest an seinen Körper. Der Rauch hatte ihr vorübergehend die Sicht geraubt, und damit war sie direkt in Donals Falle getappt. „Habt Ihr mich vermisst, Prinzessin?"

„Du kannst mich mal!", sagte Sorcha und warf ihren Kopf zurück. Leider stieß sie ihm aufgrund ihrer Körpergröße nur den Kopf in den Magen.

„Du bist aber nicht so nett wie deine Schwester", entschied Donal, während er sie vor seinem Körper festhielt. „Sie war mir gegenüber viel aufgeschlossener. Ich kann nicht behaupten, dass sie besonders charmant war, aber sie brauchte nicht viel Überzeugungsarbeit, um sich auf meine Seite zu schlagen. Sie war wie ein ausgehungerter Hund, der nach Essensresten sucht."

„Du hast sie ausgenutzt", zürnte Sorcha.

„Wenn einem etwas so freimütig gegeben wird, ist es schwer, von Ausnutzen zu sprechen. Frauen sind nicht so schwer zu durchschauen, weißt du? Manche spielen gerne die Unnahbare. Andere wollen einfach nur umworben werden. Mary kam aus eigenem Antrieb zu mir."

Sorcha spreizte ihre Beine und schwang den Stab zwischen ihnen hindurch. Sie traf Donal direkt zwischen den Beinen. Sofort lockerte sich sein Griff um ihre Kehle, und sie tänzelte aus seiner Reichweite, während er auf die Knie fiel.

„Dämliche Männer ... ihr seid alle gleich", spottete Sorcha und freute sich zu sehen, wie er nach Luft hechelte, während die Feuerwand hinter ihm aufstieg. „Ihr denkt, euer Schwanz sei eure größte Stärke, dabei ist er am Ende euer größtes Verhängnis."

Donals Kopf ruckte zurück, und er hob eine Hand. Der Dolch flog bereits durch die Luft, bevor Sorcha reagieren konnte. Ein leises Stöhnen ertönte hinter ihrer Schulter. Sorcha schnellte herum und sah, wie Torin zu Boden sackte, den Dolch in der Kehle, die gelbbraunen Augen schmerzerfüllt.

„Nein", keuchte Sorcha. Sie spürte, wie sein Schmerz sie selbst durchströmte, ihre Verbindung war noch immer stark. „Torin! Nein..."

Warum hatte sie sich damit aufgehalten, Donal zu verspotten? Sie hätte ihn auf der Stelle töten sollen. Hatte sie nicht gesehen, was sie der Königin angetan hatten? Wut vernebelte ihre Sicht, und sie drehte sich zu Donal um, der lachend dastand, mit den Flammen im Rücken.

„Hoppla...", sagte Donal und zuckte mit den Schultern. „Der war eigentlich für dich bestimmt, aber ich habe wohl ein bisschen daneben gezielt."

Diesmal zögerte Sorcha nicht. Der mächtigste Talisman der Feuer-Fae, bestückt mit der Kraft von tausend Feuern, richtete sich auf Donal, und sie entfesselte seine Macht. Sie weigerte sich, irgendetwas zurückzuhalten, während sich ihre Wut schreiend in einem lodernden Blitz entlud. Donal löste sich beim Aufprall auf, sein Lächeln verschwand in den Flammen, ein Schandfleck der Menschheit war vernichtet.

„Torin", sagte Sorcha und ließ sich neben ihm auf die Knie fallen. „Bitte, bitte ... ich darf dich nicht verlieren."

Die Wunde sah fürchterlich aus, was durch die Schuld-gefühle, die Sorcha durchströmten, noch verstärkt wurde, und sie strich Torin über die Wange, unsicher, ob sie das Messer entfernen sollte. Sie fühlte sich hilflos und drehte ihren Kopf.

„Bianca! Seamus! Wir brauchen Hilfe!", rief Sorcha und

richtete ihren Blick wieder auf Torin. „Sag mir, wie ich dir helfen kann."

„Meine bezaubernde Sorcha..." Torin strahlte sie an, Traurigkeit und Schmerz in seinen goldenen Augen. „Mein schönstes Geschenk. Ich hätte nie gedacht, dass ich dich kennenlernen..."

„Torin. Bitte, spar deine Energie. Hilfe ist unterwegs. Sag mir, was ich tun soll", flehte Sorcha, während ihr Tränen über die Wangen liefen.

„Ich liebe dich, seit ich dich das erste Mal sah." Torins Worte kamen in kleinen Luftstößen heraus. „Ähnlich wie ich dich jetzt sehe... durch die Flammen, die um deinen Kopf tanzten. Herrscherin über mein Herz, Licht meiner Seele." Seine Augen flatterten zu, und Sorchas Herz blieb stehen.

„Torin! Nein, du darfst nicht loslassen. Bleib hier." Sorcha zog ihm das Hemd vom Hals und drückte ihre Hände auf seine Brust, um zu sehen, ob er noch atmete.

„Scheiße", sagte Seamus, und ließ sich an ihrer Seite nieder.

„Tu etwas!", kreischte Sorcha. „Ich weiß nicht, was ich tun soll. Wie kann ich helfen?"

„Warte, warte einfach...", befahl Seamus und kramte in einem Beutel an seiner Seite. „Ich habe das Elixier hier irgendwo."

„Gib ihm ein wenig Raum", sagte Bianca und zog Sorcha am Arm, um sie ein wenig zur Seite zu schieben.

„Ich kann nicht ... ich kann ihn nicht zusehen, wie er ..." Trauer stieg auf – um Torin, um die Königin, um den Verlust von allem in ihrem Leben, das sie für real gehalten hatte. Die Tränen machten sie blind. „Ich brauche mehr Zeit mit ihm."

„Schhh, schhh. Lass Seamus ihm das Elixier geben. Es ist extrem stark und soll Wunder bewirken. Ein Fae kann es nur einmal in seinem Leben bekommen, so stark ist es."

„Wird es ..." Sorcha strich sich mit der Hand über die Augen und hustete, während ihr ein Windstoß Rauch in die Augen wehte. „Funktioniert es?"

„Wir werden sehen. Geben wir ihm einfach Zeit", sagte Bianca mit fester Stimme.

Seamus öffnete eine kleine goldene Flasche, beugte sich vor, stieß Torins Lippen auf und goss den kostbaren Inhalt ein, bevor er ihm den Mund zuhielt. Ähnlich wie vorher, als Torin verletzt worden war, beobachtete Sorcha seine Kehle, um zu sehen, ob er schlucken würde.

„Moment, hat Prinz Callum ihm nicht schon ein Elixier gegeben? Ist es nicht zu spät?", fragte Sorcha. Ihr Griff um den Stab wurde fast schmerzhaft, aber sie konnte den Talisman nicht loslassen – nicht, solange sie noch in Gefahr waren. Sie hatte ihre Wachsamkeit vernachlässigt, und sie würde ihn erst wieder loslassen, wenn sie wusste, dass sie alle in Sicherheit waren.

„Nein, das war nur herkömmliche Fae-Medizin", sagte Seamus und legte seine Hand um den Dolch an Torins Kehle. „Seht weg, meine Damen."

Sorcha drückte ihre Augen zu und umklammerte fest Biancas Hand. Dann hörte sie ein leises Stöhnen.

„Er ist ..." Sorcha beugte sich über Torin, ignorierte die Wunde, die sich schnell in seinem Nacken schloss, und drückte ihm einen sanften Kuss auf die Lippen. „Torin, komm zurück zu mir."

Aber er tat es nicht. Seine Augen blieben geschlossen und sein Brustkorb hob sich kaum noch bei jedem Atemzug.

Seamus schaute Sorcha an, die Sorge stand ihm ins Gesicht geschrieben.

„Irgendetwas stimmt hier nicht. Wir müssen ihn nach Hause bringen, so schnell wie möglich. Ich bin mir nicht sicher, ob ich es schaffe, euch alle zum Portal in der Bucht zu bringen. Es ist eine lange Reise. Länger, als ich mit einem Verwundeten schaffen kann."

„Gleich hier gibt es ein Portal." Sorcha packte Seamus am Arm und schüttelte ihn. „Beim Wald. Ich war da, als ich weg war."

„Hier gibt es ein Portal?" Seamus Augen weiteten sich und er hob Torin bereits in seine Arme, so schnell, dass Sorcha die Bewegung kaum registrierte. „Wie weit ist es?"

„Über das Feld...beim Haus. In den Wald."

„Gib mir mehr Details", forderte Seamus.

„Der Bach im Wald. Etwa eine Viertelstunde Fußweg vom Haus entfernt. Richtung Norden."

„Meine Damen, hakt euch unter. Ich kann euch zumindest bis dorthin transportieren. Torin braucht mehr Hilfe, als ich ihm geben kann."

Sorcha legte ihren Arm um Seamus' Taille, und Bianca tat das Gleiche, so dass ein kleines Knäuel von Personen entstand. Sekunden später begann das Saugen, und Sorcha lehnte sich hinein, um den Transport zu beschleunigen. Wenige Augenblicke später standen sie am Bach, und das Sonnenlicht fiel durch die Blätter über ihnen.

„Es ist gleich hier unten ...", sagte Sorcha. Sie packte Bianca am Arm und führte sie den Weg hinunter. Dann fuhr ihr das Grauen in die Glieder. Was, wenn es nicht mehr da war?

„Ich sehe es", sagte Seamus.

„Wo?", fragte Bianca.

„Gleich dort drüben – im Wasser. Dort, wo der Strom gegen den Uhrzeigersinn strudelt. Folgt mir hinein." Seamus plätscherte durch das Wasser und sprang mit den Füßen voran in das Portal, ohne sich nur einmal umzusehen. Sorcha schätzte diese Eigenschaft an ihm – er war niemand, der Zeit verschwendete – und nahm Biancas Hand.

„Es wird schon gut gehen", versprach Bianca.

„Du kannst dir nicht sicher sein", sagte Sorcha, und die Angst kroch ihr in die Kehle.

„Nein, aber ich entscheide mich für den Glauben daran."

Gemeinsam sprangen sie.

KAPITEL ZWEIUNDZWANZIG

D ie Zeit schien sich sowohl zu verlangsamen als auch zu beschleunigen, und ehe sie sich versah, befand sich Sorcha wieder in dem vergoldeten Turmzimmer, mit einem bekümmerten Prinz Callum an Torins Seite.

„Er hat das *Beathra* bekommen?", fragte Callum und musterte seinen Freund mit ernstem Blick. Torins Brustkorb hob sich, aber nicht ohne Kampf, und Sorchas Herz zog sich zusammen. Es hatte bereits so viel Schmerz gegeben, in so kurzer Zeit. Sorcha wandte sich vom Bett ab und ging an die Seite des Raumes, um sich zu sammeln. Das Letzte, was die Fae gebrauchen konnten, war, dass sie an Torins Krankenbett weinte, aber sie wurde von ihren Gefühlen übermannt.

„Hey...", sagte Bianca, die ihr bis zur Wand gefolgt war. Sorcha ließ sich auf den Boden gleiten, ohne sich darum zu kümmern, was irgendjemand von ihr denken könnte, und vergrub ihr Gesicht in ihren Händen. „Gib dem Ganzen Zeit."

„Es ist zu viel ...", keuchte Sorcha durch ihre Hände. „Ich ... es ist einfach zu viel. Mein Leben – mein ganzes Leben ist auf den Kopf gestellt. Ich habe die Arbeit verloren, die ich liebe. Meine Familie ist nicht mehr meine Familie, und ich weiß immer noch nicht, ob sie alle überlebt haben oder was mit Mary geschehen wird. Die Königin ..."

„Was ist mit der Königin?", flüsterte Bianca und warf einen verstohlenen Blick über ihre Schulter auf Callum.

„Sie ist..." Sorcha konnte die Worte nicht aussprechen und Biancas Gesicht verzog sich.

„Bitte, sag es mir..."

„Es tut mir so leid. Ich habe versucht, sie zu retten, aber...", sagte Sorcha und Tränen liefen ihr über das Gesicht. „Und jetzt... das. Ich darf ihn nicht verlieren. Ich habe endlich verstanden, was wir zusammen hatten. Jede Nacht kam er in meine Träume, habe ich dir das erzählt? Ich habe mich immer mehr darauf gefreut, mit ihm zu lachen, ihn zu lieben ..."

„Liebst du ihn?", fragte Bianca und ging gleich zum wichtigen Teil über.

„Das tue ich. Das tue ich wirklich. Er ist ein wahr gewordener Traum, wirklich. Ein echter Märchenprinz, der zum Leben erwacht. Und ich habe ihn enttäuscht."

„Das hast du nicht, aber du tust es jetzt", sagte Bianca mit fester Stimme. „Sieh mich an."

Sorcha sah zu Biancas ernstem Gesicht auf.

„Du hast dich jetzt mal ordentlich ausgeheult. Nun wisch dir das Gesicht ab und geh zurück an seine Seite. Er braucht dich jetzt – die Zeit für Tränen ist später. Verstanden?"

Sorcha holte tief Luft, dann noch einmal. Der Schmerz ließ sie erschaudern. War sie stark genug, um Torin sterben zu sehen? Sie wusste es nicht, aber sie wusste auch, dass sie nicht allein sein wollte, wenn sie in seiner Lage wäre. Sie stand auf, wischte sich die Tränen ab und durchquerte den Raum, wo Callum mit Seamus tuschelte. Ein anderer Mann – den sie noch von der Schlacht am Strand kannte – gesellte sich zu ihnen.

„Nolan", nickte Bianca dem Neuankömmling zu. „Du wirst dich an Sorcha erinnern. Torins Schicksalsgefährtin."

Schicksalsgefährtin.

Die Worte trafen sie wie ein Versprechen und eine Drohung zugleich, und Sorcha wurde wackelig auf den Beinen. Könnte es sein, dass... Sorcha schüttelte den Kopf und sah zu den Männern auf, die sich um das Bett versammelt hatten und an denen die Trauer wie Kletten in der Wolle klebte.

„Nun..." Sorchas Stimme war heiser, und sie räusperte sich, als sie alle ansahen. „Funktioniert es nicht?"

„Es sollte funktionieren", sagte Callum, die Arme fest vor der Brust verschränkt. „Ich verstehe einfach nicht, was ihn im Moment noch schwächen könnte. Ist es möglich, dass die Domnua eine neue Magie haben? Dass das Messer ein Gift enthält, das wir noch nicht kennen?"

„Vielleicht", sagte Nolan. Er war ein großer Mann mit einschüchternden Gesichtszügen, und Sorcha spürte die Wucht seines Selbstvertrauens, als wäre es etwas Körperliches. „Aber unsere Gifthexe ist großartig. Sie wird doch sicher wissen, ob sie etwas Neues haben?"

„Ich ... ähm ..." Sorcha versuchte es noch einmal und

blickte auf Torins Brust, in der sein Atem leise rasselte. „Ist es möglich, dass ...“

„Dass was?“, fragte Callum mit scharfer Stimme.

„Ich habe ihn nicht beansprucht...“, platzte es aus Sorcha heraus. Sie war sich unsicher, wie sie reagieren würden. „Ich wusste nicht, was es ist und wie man es macht ... und ich war mir zuerst unsicher. Er sagte mir...“

„Eine Schicksalsgefährtin hat seinen Anspruch nicht erwidert. Genau wie bei seiner Schwester...“ Nolan warf ihr einen Blick der absoluten Abscheu zu, der ihr das Herz zerriss.

„Ich wusste es nicht ... ich schwöre, ich habe es nicht verstanden“, flehte Sorcha.

„Es würde Sinn machen.“ Prinz Callum schüttelte den Kopf, und Traurigkeit zuckte über seine hübschen Züge. „Ist es möglich, dass du jetzt anders darüber denkst? Oder bist du sicher, dass du ihn nicht beanspruchen willst?“

„Ich kann ihn immer noch beanspruchen?“ Tief in ihrer Brust blühte die Hoffnung auf, glänzend und rein.

„Natürlich, bis zu seinem letzten Atemzug“, Prinz Callum warf ihr einen Blick zu. „Aber beanspruche ihn nicht für dich, wenn du es nicht ernst meinst. Lügen hat in der Welt der Fae seine eigenen Konsequenzen.“

„Ich meine es ernst ... ich verspreche es.“ Sorcha hob ihre Hand. „Was soll ich tun?“

„Warum hat er den Anspruch nicht aufgegeben?“, unterbrach Nolan. „Warum hat er ihn nicht einfach fallen gelassen?“

„Er brauchte seine Kräfte, um Sorcha zu beschützen, sonst hätten die Domnua die Herrschaft über die Feuer-Fae erlangt. Sie ist ihre Prinzessin.“ Seamus nickte zu Sorcha.

„Ah", sagte Nolan. Seine stürmischen Augen musterten sie. „Und jetzt kann er nicht mehr sprechen ... und kann dich deshalb auch nicht mehr zurückweisen."

„Ich glaube nicht, dass er das will", warf Bianca ein und drückte Sorchas Hand. „Er liebt sie."

„Wenn das die Wahrheit ist – dann beanspruche ihn", rief Nolan aus.

„Wie?", fragte Sorcha. „Gibt es ein Ritual?"

„Du musst ihm sagen, dass du es tust – und wenn möglich – dein Herzenslied singen. Es gibt dem Band zusätzliche Magie, und er wird alles brauchen, was du ihm geben kannst."

„Tretet zurück", sagte Bianca, ging um den Tisch und schob die Royals zur Seite, als wären sie lästige Jungs, die sich um einen Snacktisch tummelten. „Ihr müsst ihr etwas Raum geben, sonst kann sie nicht klar denken. Jetzt geht schon."

Dankbar für Biancas Initiative wartete Sorcha, bis die Gruppe den Saal durchquert hatte, und drehte sich zu Torin um. Ohne sich um irgendwelche Anstandsregeln zu kümmern, kroch sie neben ihn ins Bett, schlang ihren Arm um seinen Hals und schmiegte sich an ihn, so dass ihr Körper an seinen gepresst war. Sein Atem kam – aber schmerzhaft langsam – und die Angst ließ ihren Verstand aussetzen. Sie kannte ihr Herzenslied nicht, oder doch? Bitte hilf mir, flehte Sorcha im Stillen. Die Königin erschien in ihrem Geist. Nur ein Bild ihres lächelnden Gesichts, rosa Haar, das in der Sonne schimmerte – und sie streckte ihre Hand nach Sorcha aus, als würde sie ihr einen Ball zuwerfen, den sie fangen sollte. Stattdessen war es eine Erinnerung. Sorchas Gedanken sprangen zurück zu ihrer ersten gemeinsamen Nacht, und die Worte fielen ihr augenblicklich ein.

Die Flammen werden tanzen,
Feuer erhellt die Dunkelheit,
Die Liebe braucht nur einen Funken,
Um ihre Chance zu bekommen.

Sorcha sang die Worte in einem zittrigen Lied, ihre Lippen schwebten über Torins, und Liebe strömte aus ihrem Herzen.

„Ich beanspruche dich, Torin von den Feuer-Fae. Ich beanspruche dich jetzt, in der Zukunft und im nächsten Reich. Du sollst für immer mein sein, mein süßer Torin. Ich beanspruche dich." Sorcha wiederholte die Worte immer wieder, nicht sicher, ob sie es noch rechtzeitig schaffte. Dann bebte seine Brust mit einem letzten Atemzug und verstummte.

„Sorcha..." Ihr Name auf seinen Lippen war wie ein Kuss des Himmels.

„Oh, danke", sagte Sorcha und sank weinend über Torin zusammen, der sie fest an seine Brust drückte.

„Du hast mich beansprucht", sagte Torin an ihren Lippen. Dann war da nichts als seine Liebe. Sie erfüllte sie wie Lava, die aus einem Vulkan strömte und jede dunkle Spalte erhitzte, die sie fand.

Hinter ihnen räusperte sich jemand.

„Sollen wir euch beide allein lassen?", fragte Seamus.

„Wir sollten vielleicht mal nach ihm sehen", argumentierte Nolan.

„Oder ihr seht einfach zu, dass ihr hier rauskommt", befahl Bianca.

Sorcha lächelte an Torins Lippen, nahm sein Gesicht in

ihre Hände und lachte, als er sich von ihrem Kuss löste, um der Gruppe hinter ihnen einen Daumen hoch zu geben. Und dann war seine Aufmerksamkeit wieder bei ihr.

Und sie war für ihn verloren, ihr Band wurde im Feuer geboren und in der Liebe gefestigt.

KAPITEL DREIUNDZWANZIG

Es war eine Woche vergangen, seit Sorcha Torin von der Schwelle des Todes zurückgeholt hatte, und er hatte die meiste Zeit damit verbracht, ihr auf immer kreativere Weise zu danken. Sorcha schien es nicht zu stören, vor allem, wenn es sich bei den Geschenken um etwas Magisches und für sie Neues handelte. Torin freute sich, ihr seine Welt zu zeigen, und er genoss es, wie ihr Gesicht bei jeder neuen Entdeckung aufleuchtete. Er wünschte sich nichts sehnlicher, als sie in diesem Kokon der Zufriedenheit zu beschützen, den sie geschaffen hatten.

Und ihre Nächte ... nun, die waren ein Fest für den hungernden Mann. Die verlorene Zeit aufzuholen war das Erste, was Torin auf seiner Agenda hatte, und er hatte sie einen ganzen Tag lang im Turmzimmer eingeschlossen, nachdem sie ihn beansprucht hatte, um ihr zu zeigen, wie dankbar er war, dass sie sich entschieden hatte, ihre Liebe mit ihm zu teilen. Es gab nichts, was er nicht mit ihr erleben wollte. Und dann war da die Art, wie ihre Haut unter seinen Küssen errötete oder wie ihre Augen vor

Befriedigung weich wurden, nachdem er sie verwöhnt hatte. Er war betrunken von ihr, dessen war er sich sicher, und mehr als bereit, jedes ihrer Bedürfnisse zu befriedigen.

Die Macht ihrer Verbindung war außergewöhnlich, und es war kein Wunder, dass sich Schicksalsgefährten gegenseitig beanspruchten. Torin rieb sich die Brust, der dumpfe Schmerz war mit ihrem Anspruch auf ihn verschwunden und durch eine Leichtigkeit und Lebendigkeit ersetzt worden, die ihn durch den Raum federn ließ. Seine Energie schien unersättlich zu sein, und seine magischen Kräfte hatten ein neues Niveau erreicht. Man hatte ihm gesagt, dass dies bei Schicksalsgefährten passieren konnte, und nun verstand er, warum das Warten auf die perfekte Gefährtin für seine Brüder so wichtig war.

So sehr er Sorcha auch in seinem Haus behalten wollte, sie hatte darauf bestanden, dass sie eine kleine Reise machten, um ihre Familie zu besuchen.

„Warum willst du gehen, meine Liebe?", fragte Torin zum zehnten Mal an diesem Tag.

„Ich habe dir bereits gesagt, dass ich nicht mit mir selbst in Frieden leben könnte, wenn ich wüsste, dass sie verletzt sind oder Hilfe brauchen. Zumindest müssen wir mal nach ihnen sehen."

„Ich werde eine Wache schicken", sagte Torin. Er beugte sich vor, knabberte an der sensiblen Haut unter ihrem Ohrläppchen und strich ihr eine Haarsträhne zurück. Sie roch heute nach Zitrusfrüchten, ein leichter Duft, der ihn dazu verleitete, sie weiter zu erforschen. Als er seine Hand an ihrer Seite hinaufführte, um sanft eine Brust zu streicheln, kicherte sie und tanzte aus seinen Armen.

„Das machen wir später. Du hast es versprochen", sagte Sorcha und blinzelte hinter ihren Wimpern zu ihm hoch.

Er hatte es versprochen. Es ärgerte ihn ein bisschen, aber er war keiner, der sein Wort brach. „Aber wenn es Ärger gibt, gehen wir sofort. Verstanden?"

Sorcha nickte zustimmend und folgte ihm zum Portal. Die Entdeckung des Portals war ein Schock für die Danula gewesen, und nach Donals Verrat und dem neu entdeckten Portal hatten sie Untersuchungen eingeleitet.

Morgen würden sie das Leben der gefallenen Königin feiern.

„Verstanden. Ich habe sie in einer so prekären Lage zurückgelassen. Es wäre einfach schön zu sehen, was passiert ist." Sorcha zog ihn in Richtung des Portaleingangs und nickte den Wachen zu, die sich in Anerkennung ihres Status tief verbeugten.

Sorcha hatte viel zu lernen, wenn es darum ging, die Rolle der Prinzessin der Feuer-Fae auszufüllen, und sie hatte sofort beschlossen, den Talisman an einen sehr dankbaren Bran zurückzugeben. Obwohl er überrascht schien, dass Sorcha ihren mächtigsten Gegenstand nicht behalten wollte, stimmte er bereitwillig ihrem Plan zu, Sorcha die Zeit und die Freiheit zu geben, mehr über die Lebensweise der Feuer-Fae zu lernen. Tatsächlich war der Respekt ihres Volkes für sie größer, weil sie nicht sofort an die Macht gestrebt war und sich wichtig gemacht hatte, und jetzt hatte sie bereits eine treue Fae-Anhängerschaft. Sie war sich ihrerseits nicht sicher, wie viel Verantwortung sie übernehmen wollte, und sprach immer noch wehmütig von ihrer verlorenen Karriere. Torin hasste es, die Traurigkeit in ihrer Stimme zu hören, aber er sagte nur wenig dazu. Er wollte sie weder in die eine noch in die andere Richtung drängen, wenn es um etwas ging, für das sie Leidenschaft empfand, und vertraute darauf, dass sie ihren eigenen Weg finden würde. Eines hatte er über Sorcha gelernt: Sie konnte sich sehr gut anpassen und war äußerst kreativ – und er war sich sicher, dass sie etwas Neues für sich finden würde.

„Ich weiß nicht, ob ich mich jemals daran gewöhnen werde", sinnierte Sorcha, als sie in der Nähe des Baches am Haus ihrer Kindheit auftauchten. Leichter Nieselregen trübte die Luft, und düstere Wolken hingen am Himmel.

„Es hat seine Vorteile für Reisen, soviel ist sicher", gab Torin zu bedenken und hielt ihre Hand in seiner, während er den Wald absuchte. Er öffnete seine Sinne, um nach Magie zu suchen, aber fand außer dem Portal keine weiteren Spuren. Gut, dachte er. Er hatte sich diese Woche schon Vorwürfe gemacht, weil er nicht schnell genug bei der Sache mit Donal zur Stelle gewesen war. Seine Kräfte waren zu jenem Zeitpunkt schon stark geschwächt gewesen, und er hatte leichtsinnigerweise beschlossen, seinen unbeantworteten Anspruch nicht zu widerrufen, bevor er in den Kampf gezogen war. Er war von der Krankheit befallen gewesen, die seine Bewegungen langsam und schwach gemacht hatten, und so war er in der Schlacht zu einer Last geworden. Sein Stolz hatte ihn davon abgehalten, zu widerrufen, aber jetzt wusste er, dass es auch etwas anderes gewesen war – sein Herz. Er hatte es *gebraucht*, dass sie sich für ihn entschied, so sehr er seinen nächsten Atemzug brauchte, und am Ende war er mit ihr genau da angekommen, wo er mit ihr sein wollte.

Sie verließen den Wald gerade, als ein staubiger Kombi in der Kieseinfahrt zum Stehen kam. Zwei Türen schlugen zu, und Sorcha blieb stehen, um zu sehen, wie man sie empfangen würde. Torin stellte sich hinter sie, legte seine Hände auf ihre Schultern und beobachtete die beiden Frauen, die zu ihnen hinüberkamen. Die Mutter und eine der Schwestern, dachte Torin, obwohl es ihm schwerfiel, sich an ihre Namen zu erinnern.

„Shannon...", wandte sich Sorcha an ihre Schwester. Sie zitterte leicht unter Torins Händen. „Ich will keine Probleme machen, das verspreche ich. Wir sind nur hier, um nach euch zu sehen." Sie wandte sich nicht an ihre Mutter, und Torin konnte es ihr nicht verdenken, nach dem, was Sorcha ihm erzählt hatte.

„Danke, dass du zurückgekommen bist ..." Shannon blickte zu Torin auf und dann wieder zu Sorcha. Ihre müden Augen waren voller Freundlichkeit. Eine Brise kräuselte ihr blondes Haar im Gesicht, und Shannon zupfte am Riemen ihrer Handtasche. „Ich ... wir ... haben uns Sorgen um dich gemacht."

„Uns geht es gut", sagte Sorcha. „Wir, ähm, haben die Bedrohung beseitigt. Ihr solltet also hoffentlich in Sicherheit sein. Ich würde den Kindern allerdings davon abraten, im Wald in der Nähe des Baches zu spielen."

Sorchas Mutter atmete scharf ein, ihr Blick schweifte zu den Bäumen und dann wieder auf den Boden.

„Nun, wir bedanken uns für diesen Tipp, nicht wahr, Mutter?" Shannon stupste ihre Mutter an.

„Oh, ähm, ja. Danke. Dein... dein Vater lässt dich grüßen." Aileen nickte heftig, drehte sich um und ging zurück zum Auto, um etwas auszuladen, das aussah wie Tüten mit Lebensmitteln. Shannons Blick folgte ihr, bevor sie wieder zu Sorcha blickte.

„Das ist das Beste, was sie anbieten kann", erklärte Shannon.

„Es ist mehr, als ich erwartet habe. Ich habe sie an etwas erinnert, das für sie sehr schmerzhaft war", sagte Sorcha, und Torin drückte ihre Schultern. Er hasste es, zu wissen, dass eine so wunderbare Person nicht mit Liebe überschüttet worden war, als sie aufwuchs. Er hatte vor, seine Tage damit zu verbringen, dies wiedergutzumachen, so viel stand fest.

„Das stimmt wahrscheinlich. Du bist viel netter als du sein solltest, aber ich werde die Freundlichkeit in ihrem Namen annehmen. Ähm ..." Shannon fummelte am Riemen ihrer Handtasche. „Dann geht es dir also gut?"

„Mir geht's gut, Shannon. Du wirst mich vielleicht nicht mehr oft sehen, aber ich werde ab und zu vorbeischauen, wenn du möchtest." Es war ein Friedensangebot, und sie fragte sich, ob Shannon es annehmen würde.

„Das wäre schön. Ich würde mir Sorgen um dich machen, wenn ich nicht ab und zu von dir hören würde. Du bist immer noch meine kleine Schwester, Sorcha, auch wenn du ... was auch immer du bist."

„Eine Fee. Ich bin eine Fee, Shannon." Es war das erste Mal, dass Torin sie diese Worte aussprechen hörte, und der Stolz in ihrer Stimme erwärmte ihn.

„Na, das ist ja mal was. Ich dachte mir schon, dass da etwas im Busch ist, als du den Feuerball auf Mary geschossen hast." Shannon schüttelte den Kopf. „Sie ist gegangen, weißt du."

„Das wollte ich gerade fragen..."

„Nun, sie ist abgehauen und hat ihre ganzen Sachen zurückgelassen. Ihre Mitbewohnerin ist auch ziemlich sauer darüber. Aber es ist auch erst eine Woche her. Wenn sie kommt und Ärger macht – muss ich dir Bescheid geben?"

„Ich glaube nicht, dass sie noch eine Gefahr darstellt, jetzt wo Donal aus dem Spiel ist. Aber wenn doch ..." Sorcha blickte zu Torin auf, Unsicherheit in ihren Augen.

„Geh zum Bach. Halte Ausschau nach der Stelle, an der das Wasser gegen den Uhrzeigersinn strudelt. Wenn du ein rotes Tuch hineinwirfst, wissen wir, dass wir kommen müssen", sagte Torin, und Sorcha lehnte sich mit dem Rücken an seine Brust, bevor er seine Arme ganz um sie schlang.

„Hoffentlich muss ich das nicht tun." Shannon sah sie mit unsicherem Blick an. „Ich weiß, dass Mary denkt, ich hätte ein schreckliches Leben, aber es ist nichts Falsches daran, sich einfache Dinge zu wünschen. Ich habe meinen Frieden damit gemacht, und ich hoffe, es bleibt dabei." In ihren Worten lag sowohl eine Warnung als auch Akzeptanz, und Sorcha nickte.

„Einfach ist gut. Was mich betrifft? Ich habe mehr gebraucht – was jetzt, wo ich weiß, was ich bin, Sinn ergibt. Ich brauche Erfahrungen – Kunst, Reisen, Aufführungen – es ist ein Teil von dem, was ich bin. Und ich denke, zu verstehen, was man braucht, ist das größte Geschenk, das wir uns selbst machen können."

„Na gut, dann geh mal, bevor du mich noch zum Weinen bringst", sagte Shannon und wedelte mit der Hand in der Luft. Sorcha löste sich aus Torins Armen und ging nach vorne. Die beiden Frauen standen kurz unbeholfen voreinander, bevor sie sich schnell umarmten. Als sie sich voneinander gelöst hatten, nahm Sorcha Torins Hand. Dann gingen sie ohne ein weiteres Wort und kehrten dem

Haus von Sorchas Kindheit und den Erinnerungen daran den Rücken.

„Willst du versuchen, deinen Vater zu finden?", fragte Torin, als sie in den Wald gingen.

„Nein, das will ich ganz sicher nicht. Wir standen uns nie nahe, und es hat keinen Sinn, jetzt mit ihm zu sprechen. Er mag Dinge, die er verstehen kann, und ich gehöre nicht in diese Kategorie. Er war nie in der Lage, mich zu kontrollieren, und er war nie in der Lage, mich zu akzeptieren. Wir befinden uns in einer Patt-Situation, und ich vermute, dass wir beide viel glücklicher sind, wenn wir nicht darüber sprechen müssen."

„Wenn das so ist, darf ich dich dann nach Hause bringen, meine Liebe? In unser Zuhause, wo du hingehörst und von Herzen geliebt wirst, damit ich dir zeigen kann, wie viel du mir bedeutest?"

Sorcha sah zu ihm auf, ihre Augen leuchteten vor Liebe und sie lächelte.

„Ja, Torin – bring mich nach Hause."

Dann sprangen sie gemeinsam.

EPILOG

„Vom Staub zur Asche und wieder zurück, vereinen sich unsere Seelen wieder mit ihrer Heimat – der Erde, aus der sie stammen. Es ist kein Abschied, sondern ein Willkommensgruß, und unsere Erde empfängt unsere Königin mit großer Freude, stiller Akzeptanz und vollkommener Liebe, wenn Königin Aurelia erneut gepflanzt wird, um mit unseren zukünftigen Brüdern und Schwestern zu erblühen."

Sorcha stand neben Torin, hoch oben auf einer Klippe mit Blick auf das Schloss, umgeben von einer Reihe königlicher Freunde und Familienangehöriger, als Königin Aurelia zu Grabe getragen wurde. Die Zeremonienmeisterin – eine große, rundliche Frau – trug ein figurbetontes grünes Seidenkleid und einen goldenen Kranz aus Zweigen, der in ihr brünettes Haar geflochten war, dessen Locken ihr bis zur Taille reichten. Sie strahlte Zuversicht aus, auf eine Art, die von großer Macht sprach, und Sorcha lehnte sich an Torin.

„Wer ist diese Frau?", flüsterte Sorcha und sah zu, wie

sie eine Flüssigkeit über das Grab von Königin Aurelia träufelte, woraufhin sich sofort ein Dickicht von Büschen aus dem Boden erhob. Aus den Büschen entrollten sich leuchtende, goldene Blumen, deren Blütenblätter in langen Strängen herabhingen, und schon huschten kleine, leuchtende Feen zwischen ihnen hindurch. Ihr Licht erleuchtete den Busch von innen, und Sorcha lächelte, obwohl ihr Herz wegen des Verlusts dieser sehr mächtigen Frau schmerzte.

„Ihr Name ist Terra. Sie hat dieselbe Aufgabe wie ich, nur ist sie für die Erd-Fae zuständig."

„Terra ... das bedeutet Erde auf Lateinisch, nicht wahr?", fragte Sorcha und lehnte sich in Torins Wärme, während eine kühle Brise den Berghang hinunterwehte. Prinz Callum und seine Geliebte Lily näherten sich den Büschen und verneigten sich. Sorcha fühlte mit ihm. Sie hatte im Grunde auch gerade ihre Mutter verloren, obwohl ihre noch lebte. Das tat weh, und sie versuchte sich vorzustellen, wie es sich anfühlen musste, wenn die Beziehung eine starke war.

„In dieser freudigen Zeit, in der wir die Rückkehr der Königin zur Erde feiern", lächelte Terra in die Menge, und Sorcha war wieder einmal von der schieren Präsenz dieser Frau beeindruckt, „salben wir unsere neue Herrscherin. Da wir eine matriarchalische Gesellschaft sind, wird die Verantwortung für die Herrschaft eines Tages auf Lily, Prinz Callums Verlobte, fallen. Aber ich höre, dass das nicht der Fall sein wird?"

Prinz Callum drehte sich um und blickte in die Menge. Er trug einen Anzug aus glänzendem Gold und hielt sein Haupt hoch.

„Meine Liebe hat mich gebeten, anstelle meiner Mutter

zu regieren, da mein Vater sich der Macht entzogen hat. Wenn Lily und ich zu gegebener Zeit unsere Hochzeit feiern, werden wir besprechen, ob sie bereit ist, den Thron zu übernehmen. Bis dahin bin ich euer neuer König."

„Loinnir Ri!", rief die Menge, und Sorcha blickte fragend zu Torin auf.

„Frei übersetzt bedeutet das Lichtkönig", flüsterte Torin ihr ins Ohr. „Wir benutzen das Wort in der Einzahl, also ‚Licht', auch als eine Art Trinkspruch. Sie prosten dem neuen König also zu."

„Ich danke euch, meine Brüder und Schwestern. Meine Mutter..." König Callum blickte zu Boden und sammelte sich, bevor er fortfuhr. Lily drückte seine Hand, und Sorcha schätzte diese Abweichung vom Protokoll. Die Menschen sollten sich in Zeiten der Traurigkeit gegenseitig unterstützen, das war wichtig. Zu oft wurden Emotionen verborgen gehalten. „Sie war eine einzigartige Frau von großer Stärke. Ich kann mich glücklich schätzen, sie in meinem Leben gehabt zu haben, und jetzt erst recht als meinen Leitstern. Wie es unser Brauch ist, werden wir nun die Freuden feiern, die sie uns während ihrer Zeit in diesem Reich gebracht hat."

Torin hatte Sorcha Anfang der Woche erklärt, dass Fae-Beerdigungen nicht im Entferntesten düster waren – stattdessen wurde bis in die frühen Morgenstunden gefeiert. Das Leben war für die Fae ein fließendes Konzept, bei dem die Seelen zwischen den Welten tanzten, und sie waren der Meinung, dass die Lebenswege ihrer Leute mit großer Freude gewürdigt werden sollten. In diesem Wissen hatte Sorcha etwas Besonderes geplant. Sie hatte die Königin nicht lange gekannt, aber da die Frau bei der Verteidigung

Sorchas – und ihres Volkes – gestorben war, hielt Sorcha es für angebracht, das Opfer, das sie gebracht hatte, auf die beste Weise zu würdigen, die sie kannte.

Ein Mann stand noch immer mit gesenktem Kopf am Grab, und etwas an seiner Haltung erregte Sorchas Aufmerksamkeit.

„Wer ist das?", fragte Sorcha, als sich die Leute zum Gehen wandten. Sie nickte diskret in Richtung des Mannes, der mit dem Rücken zur Menge verweilte.

„Er? Das ist der König. Also, Callums Vater", sagte Torin und zog an ihrer Hand, um sie wegzuführen. Sorcha konnte ihren Blick nicht von dem ehemaligen König abwenden. Aus irgendeinem unerfindlichen Grund fühlte sie sich zu ihm hingezogen. Als er sich umdrehte und seine Augen die ihren trafen, wurde ihr klar, warum.

Er war es. Der Mann aus dem Trödelladen. Es war der König selbst gewesen, der ihr vor einigen Wochen an jenem ominösen Morgen den verzauberten Stab gegeben hatte.

Schock und Verwirrung überkamen sie, aber Sorcha hatte keine Zeit, diese Erkenntnis zu verarbeiten, bevor sie von der Menge mitgerissen wurde. Als die königliche Gruppe den Berghang hinunterströmte, erschallten Trompeten und kündigten ihre Ankunft an. Das Volk der Danula strömte vor die Palastmauern, viele mit Instrumenten in der Hand, und ein beschwingtes Lied lag in der Luft. Ihr Herz schlug höher, als sie den Jubel des Volkes hörte, und Sorcha wurde wieder einmal daran erinnert, wie herzzerreißend schön das Leben sein konnte.

„Wir kennen uns noch nicht." Eine melodiöse Stimme lenkte ihre Aufmerksamkeit auf sich. Terra, die rundliche Frau, die vorhin Sorchas Interesse geweckt hatte, ging neben ihr her. Sie waren fast gleich groß, was Sorcha angenehm fand, da sie nur selten Menschen traf, die so klein waren wie sie. „Ich bin Terra, Beraterin am königlichen Hof der Erd-Fae."

„Es war eine wunderschöne Zeremonie, Terra. Ich bin Sorcha und... ich muss mich immer noch daran gewöhnen, das zu sagen – aber ich bin die Prinzessin der Feuer-Fae."

„Ein Kind der Prophezeiung, geboren in der Flamme, geschmiedet im Licht", murmelte Terra. Bei näherer Betrachtung sah Sorcha, dass ihre mandelförmigen Augen einen schönen Grünton hatten, mit winzigen goldenen Flecken in der Iris.

„Ja, so ähnlich, vermutlich."

„Die Erde weint...", sagte Terra und runzelte die Stirn. „Das Grollen hat begonnen."

„Was meinst du?", fragte Sorcha.

„Ich fürchte, wir haben die Domnua noch wütender gemacht. Als ob man mit einem Stock in ein Hornissennest sticht. Sie werden den Verlust unserer Königin als eine Schwachstelle in unserer Rüstung sehen."

„Glaubst du, sie werden jetzt noch härter vorgehen?", fragte Sorcha, die von Sorge erfüllt war.

„Ja, das glaube ich", Terra presste ihre Lippen aufeinander. „Diese Nacht werden wir tanzen. Aber am Morgen? Wir werden kämpfen."

„So bald?" Sorchas Herzschlag beschleunigte sich.

„Es hat bereits begonnen, Sorcha. Aber wir werden diese Nacht nutzen, um unsere Königin zu feiern und den Domnua ins Gesicht zu lachen. Freude ist eine mächtige Waffe, Prinzessin. Setzen wir sie weise ein", nickte Terra und wurde dann von einem anderen Royal weggerufen.

Sorcha starrte der Frau hinterher. Ihre Bewegungen waren fließend und von einer Anmut, die von tiefer Stärke sprach.

„Sorcha. Ich bin dann so weit." Bianca kam an ihre Seite und zerrte an ihrem Arm.

„Wohin geht ihr?", fragte Torin und griff nach Sorchas anderem Arm, woraufhin sie ihn spielerisch anlächelte.

„Frauengespräche", sagte Sorcha, und ihre Hand kribbelte, als er sie an seine Lippen führte und ihr einen Kuss auf die Handfläche drückte.

„Bleib nicht zu lange weg. Ich möchte heute Abend mit dir tanzen. Weißt du noch, als du für mich getanzt hast, als ich krank war? Nichts bringt mich so zum Strahlen wie du, meine Liebste." Ihr Inneres schmolz und erwärmte sich bei seinen Worten. Sorcha hielt inne und versank in seinen Augen.

„Das ist für später, ihr zwei Turteltauben." Bianca riss sie aus ihrem Liebestaumel und Sorcha erinnerte sich daran, dass sie sich zuerst um wichtigere Dinge kümmern musste. Sie hauchte ihm einen Kuss über ihre Schulter zu, und folgte Bianca ins Innere der Burgmauern und hinter eine Reihe von Zelten, die zu einer im Burghof aufgebauten Bühne führten. Eine Band spielte bereits, und die Fae, die ihre eigenen Instrumente hatten, taten es ihnen auf der Wiese gleich. Es war eine wilde und rauschende Party, mit Lagerfeuern in allen Ecken, Tänzern überall und lauten Gesängen. Es war nicht gelogen gewesen – die Fae liebten es wirklich zu feiern. Sorcha schluckte die drohende Nervosität hinunter und konzentrierte sich auf ihre Atemübungen. Diese Hommage schuldete sie der Königin.

Sorcha stieg die Treppe hinter der Bühne hinauf und zog sich schnell das Kostüm an, das Bianca für sie mitgebracht hatte. Sie schluckte und wartete hinter dem Vorhang, als die Trompeten erneut erklangen und die Menge zum Schweigen brachten.

„Sorcha."

Sorcha drehte sich bei der Stimme um. Eine Welle der Gefühle erfasste sie, als der ehemalige König an ihre Seite trat.

„Ich..." Sorcha wusste nicht, was sie sagen sollte. Sie neigte den Kopf und sah zu dem Mann auf.

„Ich glaube, wir wurden uns noch nicht offiziell vorgestellt. Ich bin König Gregor. Nun ja, ich nehme an, jetzt bin ich einfach Gregor. Ich danke dir, dass du dich um meine Frau in ihren letzten Momenten gekümmert hast. Ich habe seitdem mit ihr Kontakt aufgenommen und sie weiß, dass du ihr geholfen hast."

„Ihr habt ... eine Verbindung?" Sorcha hob die Augenbrauen, unsicher, was sie denken sollte.

„Ja, die Fae haben eine Möglichkeit, mit denen zu kommunizieren, die von uns gegangen sind. Ihre Seele verlässt sie nie wirklich, sie gleitet nur in ein anderes Reich, wo sie eine Zeit der Erneuerung genießt, bevor sie wiedergeboren wird."

„Warum hast du mir den Stab gegeben?", platzte es aus Sorcha heraus, bevor sie es sich anders überlegen konnte. „Wusstest du, welche Konsequenzen es haben würde?"

„Ich habe die möglichen Ausgänge verstanden. Die Zukunft ist nie ganz in Stein gemeißelt, wie du sicher weißt. Aber sowohl ich als auch die Königin kannten die Möglichkeiten, die sich ergeben würden. Wir haben gemeinsam beschlossen, dass die Vorteile die Risiken bei weitem überwiegen. Der Stab sollte zu dir kommen, als ich ihn dir gab.

Jetzt, da ich erfahre, dass Donal darin verwickelt war, bin ich sogar noch zufriedener mit unserer Entscheidung, ihn an dich weiterzugeben. Er war zu nah dran und der Stab in seinen Händen wäre eine Katastrophe für die Welt gewesen."

„Oh", sagte Sorcha, überrascht davon, wie schwierig die Entscheidung gewesen war, die sie hatten treffen müssen. Tränen stiegen ihr in die Augen. Es schien, als ob das Ausüben von Macht Hand in Hand mit herzzerreißenden Entscheidungen ging. „Mein herzliches Beileid für deinen Verlust. Ich kannte die Königin nicht lange, aber sie hat einen bleibenden Eindruck bei mir hinterlassen."

„Wie sie es bei den meisten getan hat. Es war mir eine Ehre, ihr Mann zu sein. Aber, meine Liebe, sei nicht traurig. Heute ist eine Zeit zum Feiern. Bitte, mach weiter. Ich höre, du willst meiner lieben Frau die Ehre erweisen."

„So ist es... Ich hoffe, ich kann sie stolz machen." Sorcha hob ihr Kinn, während die Nerven in ihrem Magen flatterten.

„Das hast du bereits."

Erneut ertönten Trompeten, und ein Ruf erhob sich aus der wartenden Menge. Mit einer letzten Verbeugung vor dem ehemaligen König duckte sich Sorcha durch den Vorhang auf die Bühne und sammelte sich vor dem Jubel der Tausenden, die vor ihr standen.

„Ein Geschenk für unsere Königin von derjenigen, mit der sie ihre letzten Momente geteilt hat."

Sorcha stählte sich, denn sie hatte noch nie vor einer so großen Menschenmenge oder für etwas so Bedeutungsvolles getanzt. Dann sprang sie in einer fast ungestümen Bewegung nach vorn auf die Bühne. Sie hielt inne, als das Licht sie fand, und warf dann ihre Hände in den Himmel. Die Musik setzte ein, eindringlich und schrill, und ihre Bewegungen spiegelten sie wider, während sie in einer Reihe komplizierter Schritte über die Bühne glitt und eine Feuerspur hinter sich ließ. Sie tanzte weiter, ließ ihren Kummer und ihre Wut in ihre Bewegungen fließen. Ihr Körper spiegelte die Grausamkeit des Kampfes und eines verlorenen Lebens wider. Als die Flammen um sie herum immer höher schlugen, änderte sich die Musik und erreichte ein zitterndes Crescendo, bevor sie explodierte, Sorcha zu Boden fiel und für einige Sekunden Stille einkehrte. Jetzt wurde die Musik langsamer, und es folgte ein zarter Tanz aus Licht und Lachen, während Sorcha sich aufrichtete und ihren Körper nach hinten wölbte. Sie strahlte Freude und Liebe aus, während das Tempo wieder anstieg. Sie wirbelte weiter, ein verzweifeltes, freudiges Rennen gegen die Zeit, und das Feuer folgte ihr über die Bühne, bis sie in die Mitte stürzte und von den Flammen verzehrt wurde.

Trommeln erschütterten das Feld, und Feuer explodierte am Himmel. Sorcha rollte sich zu einem Ball zusammen, zerriss ihr äußeres Kostüm und enthüllte einen einfachen Körperanzug aus glitzerndem Gold. Als die Flammen erloschen waren, kauerte sie sich zu einem Ball zusammen, bevor sie sich langsam und anmutig nach oben wölbte, bis sie wieder aufrecht dastand, und stolz ihre Arme in den Himmel streckte.

Ein Phönix, der in Flammen aufgeht und sich wieder aus der Asche erhebt.

Auf diese Weise wird auch die Liebe wieder auferstehen, dachte Sorcha, und Tränen stiegen ihr in die Augen, weil das Licht immer über die Dunkelheit siegen würde.

Ich hoffe, meine Bücher haben ein wenig Magie in Ihr Leben gebracht. Wenn Sie einen Moment Zeit haben, welche zu meinem Tag hinzuzufügen, können Sie helfen, indem Sie Ihren Freunden über meine Bücher erzählen und eine Rezension hinterlassen. Mund-zu-Mund-Propaganda ist der beste Weg, um meine Geschichten mit anderen zu teilen. Danke.

Wollen Sie mehr über Torin & Sorcha lesen? Genießen Sie den erweiterten Epilog unter BookHip.com/HNJNWNT

DER CHOR DER ASCHE: BAND DREI DER WILDSONG-SERIE

KAPITEL 1

Gespalten fallen wir.

Terra sah, wie das Volk das Leben seiner Königin feierte, und schöpfte Hoffnung, dass die Liebe weiterleben würde. Denn die Erde brauchte sie. Ohne Liebe würde die Erde sterben und zu einer dünnen Schale vertrocknen, nichts mehr sein als eine zerbrochene Muschel an einem vergessenen Strand. Selbst jetzt summte die Kraft durch Terra, tief im Boden verwurzelt, und sie spürte ihren Ruf.

Es war nie leicht für sie gewesen, unter so vielen Menschen zu sein. Stattdessen war sie eine Frau der Wildnis. Die Wälder und Hügel waren ihre Freunde und sie fühlte sich in ihrer eigenen Gesellschaft wohl. Denn sie war nie allein, nicht wirklich, weil sie die Energie der Natur wie ein wunderbares Lied durchströmte. Sie konnte sich stundenlang mit einer Blume unterhalten, ihrer Musik lauschen, und ihr Wissensdurst über die natürliche Welt hielt sie stets auf Trab.

Zufrieden damit, dass ihr Volk die Königin gebührend

feierte, wandte sich Terra um und verließ das Schloss. Sie überquerte ein Feld, auf dem leuchtende kleine Blumengeister zwischen dem Laub tanzten. Ihr Seidenkleid flatterte hinter ihr, das Material lag weich auf ihrer Haut, und Terra summte fröhlich vor sich hin. Am liebsten streifte sie nackt durch die Natur, aber wenn sie schon bekleidet sein musste, dann war Seide am besten. Als sie einen schönen Platz am kleinen Bach gefunden hatte, der sich am Rande des Feldes entlangschlängelte, ließ Terra sich auf den Boden sinken, schlug die Beine übereinander und legte ihre Finger auf das schwammige Moos. Der Duft von Erde und frischem Gras kitzelte ihre Nasenlöcher und sie atmete ihn ein, wie ein Bäcker seine Muffins riechen würde.

Ihr Glücksort war hier, aber ihr Volk war nicht glücklich. Sogar jetzt vibrierte das unzufriedene, chaotische Grollen der Erd-Fae durch ihre Handflächen. Ihre Beschwerden wurden lauter und Terra schickte eine Welle beruhigender Magie in den Waldboden. Vielleicht konnte sie sie ein wenig beruhigen, aber die Prophezeiung war bereits im Gange. Die Elementaren waren gespalten. Die Kinder der Prophezeiung verloren.

Und es gab einen Mann, den sie beanspruchen sollte.

„Zeig ihn mir", befahl Terra und beugte sich über den Bach. Das Wasser bewegte sich, schimmerte, während es über die Felsen wirbelte, und dann erschien ein Bild auf der Oberfläche.

Ein großer Mann mit muskulösen Schultern in einem eng geschnittenen Business-Jackett studierte einen Stapel Papiere an seinem Schreibtisch. Seine Stirn war in Falten gelegt, Ärger blitzte in seinen kastanienbraunen Augen auf, sein braunes Haar war ordentlich gekämmt. Terra wollte ihm die Haare zerzausen und ihn wild und schamlos barfuß durch den Wald laufen sehen.

Ein Seufzer entkam Terras Lippen, und sie streckte einen Finger aus, um damit über seine Lippen zu fahren.

Ihr Schicksalsgefährte. Ihr geschworener Feind.

Verpassen Sie nicht Terras Geschichte, in der sie entscheiden muss, ob die Liebe alles wert ist. *Der Chor der Asche.*

Jetzt verfügbar

Eine komplette Serie mit vier Romanen von

Tricia O'Malley

DIE INSEL DES SCHICKSALS

Sind Sie neugierig, was es mit der Suche nach den vier Schätzen auf sich hat? Begleiten Sie Bianca & Seamus, die den ursprünglichen Sucherinnen helfen, Irland vor den dunklen Feen zu schützen, in der Bestseller-Reihe: Die Insel des Schicksals. Viel Spaß!

Buch 1 - Das Lied des Steins

Buch 2 - Das Lied des Schwerts

Buch 3 - Das Lied des Speers

Buch 4 - Das Lied des Schatzkessels

Jetzt verfügbar

Eine komplette Serie mit vier Romanen von

Tricia O'Malley

"Ein tolles Buch, es greift irische Mythen auf und verbindet diese mit einem spannenden undgefühlvollen Roman. Ich freue mich schon auf das nächste Buch dieser Serie" - Amazon Review

GEHEIMNISVOLLE BUCHT

Von New York Times Bestsellerautorin Tricia O'Malley kommt eine Serie fesselnder Liebesromane, die den Leser zu den felsigen Küsten Irlands entführt.

* * *

*Jetzt verfügbar

ENGLISH TITLES BY TRICIA O'MALLEY

ENGLISH EDITIONS

Tricia O'Malley has over 30 english speaking titles available in paperback, audio, e-book and Kindle Unlimited.

The Siren Island Series*

The Althea Rose Series*

The Isle of Destiny Series*

The Mystic Cove Series*

The Wildsong Series*

The Enchanted Highlands Series

*Complete Series

Love books? What about fun giveaways? Nope? Okay, can I entice you with underwater photos and cute dogs? Let's stay friends, receive my emails and contact me by signing up at my website

www.triciaomalley.com

Or find me on Facebook and Instagram.

@triciaomalleyauthor

BLEIBEN SIE IN KONTAKT

Ich bin überglücklich, dass meine Geschichten ins Deutsche übersetzt werden. Die Übersetzungen meiner Romane nehmen ein bisschen Zeit in Anspruch. Melden Sie sich also für meinen Newsletter an, um zu erfahren, wann das nächste Buch erscheint.

http://eepurl.com/hLxHBz

Facebook: @triciaomalleyauthor

Instagram: @triciaomalleyauthor

NACHWORT

Vielen Dank, dass Sie mich auf dieser neuen Reise durch die Feenreiche in Irland begleiten. Es macht wirklich Spaß, in die Welt der Elementar-Fae einzutauchen, und ich versuche, ein wenig von der Persönlichkeit jedes Elements in meinen Figuren widerzuspiegeln. Kürzlich verbrachte ich Zeit mit einem irischen Freund von mir. Er sprach mit seinen beiden kleinen Töchtern und sagte ihnen, sie sollten immer eine Warnung aussprechen, bevor sie den Eimer Wasser, den sie in den Händen hielten, ausschütteten. Er sagte das, ohne darüber nachzudenken, aber es brachte mich zum Schmunzeln. Fae-Mythologie und -Geschichte sind in der irischen Kultur auch heute noch sehr verbreitet und lebendig. Als Erklärung: Vielen Iren wird beigebracht, eine Warnung auszusprechen, bevor sie einen Eimer Wasser zur Hintertür ausschütten, damit sie keine Feenwesen damit treffen.

Danke an Alan, nun mein *Ehemann*, der mich unterstützt hat, während ich dieses Buch schrieb, eine Hochzeit in der Ferne plante und versuchte, nicht in Panik zu geraten, weil wir unseren süßen Hund fast einen Monat lang zurücklassen mussten. Ich bin froh, sagen zu können, dass die Hochzeit zweifellos der schönste Moment meines Lebens war und Blue während der Zeit, die wir weg waren, glücklich und gesund blieb.

Um Hochzeitsfotos zu sehen – gehen Sie bitte auf BookHip.com/WPJFCBL

Vielen Dank an Dave und Rona, die sich die Zeit genommen haben, mir zu helfen, meine Bücher auf Hochglanz zu bringen – und auch für den ausgezeichneten Butler-Service während unserer kürzlichen Covid-Attacke in Schottland.

Vielen Dank an meine großartigen Beta-Leser, die meine nächste Verteidigungslinie sind, um dieses Buch in Topform zu bringen. Ihr seid die Besten!

Und wie immer ein großes Dankeschön an meine lieben Leser, die meine Freude an allem Magischen und Mystischen teilen. Funkelt weiter!